松原寿幸小説集

八月の哀しみ　他3編

松原寿幸

文芸社

目次

八月の哀しみ

八月半ばを過ぎると、信州の夜の風は秋の気配を増す。

アスファルト道や路地裏に残っていた日中の暑気も、宵になると、湖の底の清冽な水の流れのような大気の冷ややかさに急に居場所を無くして小さくなる。

高岡道雄（たかおかみちお）は、十月にクランクインするテレビドラマのシナリオを書き上げて、原稿を渡し、その足で電車に乗り、温泉街のこの街に逗留して三日が過ぎていた。

シナリオライターとしての高岡は、今流行（はやり）のヤング向けラブストーリーを書く超売れっ子ライターとは違い、どちらかと言えばあまり目立たない存在で、単発物を年に四本程度テレビ局から依頼されるぐらいだが、人生の哀感をそっと滲ませて炙り出したような独特の作品世界は、不思議とテレビ局から忘れられずに依頼が来るのだった。

突出した視聴率を上げる事は無かったが、彼のシナリオを味わいの有るものとして、存在を忘れずにいてくれるディレクターが何人か居て、彼のシナリオもそれらの人の手にかかると、より深みの有る作品となって、ミニマムの視聴率はいつもクリヤーしていたので、テレビ界の季節の谷間を埋めるように仕事の依頼が来ていた。

しかし、高岡は自分がそんな存在であっても、かなりの部分で満足はしていた。

予めテレビ局側から作品のタイトルや梗概を指定されたりするような事は殆ど無かったし、有っても放映主旨の説明が有るぐらいで、あとは全て自分の意のままに書かせてもらっていた。

脚本家として二十年。齢（よわい）は独身のまま五十を超えていたが、今でも高岡は一つのシナリオを書き上げると、ぶらりと何処かへ旅に出るのが習慣のようになっている。

観光客のように時間割されたスケジュールに追われて、時間を細かく割り当てられた旅行ではなく、ひと所に数日間滞在する、時間を忘れてのんびりする旅。

それは一つのシナリオを書くのに、書き上げるまで、集中して全ての時間を注ぎ込む事から来る反動なのかもしれなかったが、書き上げた満足感が仕事に対する日常の精神的重心を失って、緊張の糸が切れた凧のように彼の心を自由に解放させる事が大きな要因である事は確かだった。

高岡は宿の名入りの手拭いを浴衣の肩にかけて、「湯」と一文字だけ書かれた共同浴場の暖簾をくぐった。

宿泊している宿にも温泉は引いてあるが、たまたまその宿の浴槽が狭いのと、日常生活で銭湯を利用しているせいか、高岡は宿の湯には入らず、一日三回、専ら共同浴場を利用していた。

入口の脇に伍拾圓と書かれた年代物の黒塗りの木箱が据え付けられてあって、各自が勝手にお金を入れて勝手に利用する仕組みになっている。

もともと地元の人達が利用するための浴場だったが、浴槽が広いのと、昔を偲ばせる鄙びた雰囲気が何故か観光客の間でも隠れた人気が有って、そういった人が地元の利用者の他にちらほら混ざっていた。

貯金箱を思わせる投入口から五十円玉を入れると、木箱の底でコイン同士がぶつかる鈍い音がした。

薄暗い脱衣場には二十ほどの、これまた年月の長さを感じさせる褐色の艶を帯びた葛籠（くずかご）が並べられてあって、半分ほどの籠に衣類が入っていた。

脱衣場と浴室の仕切り戸だけがアルミサッシで、あとは建物も浴槽も桶も木造（きづくり）で、採光用の小窓が幾つか天井近くの高さにある。

高岡が浴室に入ると、六十前後の二人が町内の寄り合いの進め方について湯船の中で話し合っていて、その背後で坊主頭の小学生三人がふざけ合い笑い合って、浴室は賑やかさに溢れていた。

それに比べ、板壁一枚隔てた女風呂は時折浴室の出入りの度に挨拶を交わす年増女の声と、湯浴びの都度床に触れる桶の音がするだけで静かなものだった。

《この街には男天下の因習がまだ色濃く残っているのかもしれない》

湯船に浸かりながらそんな事を高岡が和みながら思っていると、七十過ぎの白髪の老人が声を掛けてきた。

「どちらから？」

「東京です」

「東京はまだまだ暑いでしょう」

「そうですね、九月半ばまでは夏の暑さですね」

「こちらはだいぶ涼しい風が吹くようになってきました」

そう言うと老人は湯船を出て桶を取り、床に直に胡座をかくと、手拭で二度軽く体をこすり、桶湯を三度ほど浴びて湯船に戻って来た。

今度は高岡が老人に話し掛けた。

「この湯の利用料は五十円ですけど、百円玉しか無い場合、おつりはどうするんでしょうか？」

「おつりですか？」

「ええ」

「おつりは出ません。人は居ませんから」

「？」

「そんな時は次回の分も含めてという事で百円を払ったり、次回にまとめて払ったりします。ごまかす人は居ませんから。まあもっとも、地元の人間は五十円を揃えて来ますけど」

「成る程」

昔から続いている仕来たりが、高岡には新鮮で心和むものに思えた。

外に出ると、共同浴場の入口近くの空地の夕闇に開いていた花魁草の紅の花が、闇に溶け込んで輪郭さえ分からなくなっていた。

そのまま夕涼みがてら、高岡は草履の音を立てて散歩の距離の定食屋に足を伸ばした。

そこでビールを二本と食事を済ませて宿に戻るのが、この街での彼の決まりのコースになっている。

日中は涼しさを運んでいた家並みの軒下で鳴る風鈴が、夜になるとひとつの季節の終わりの寂寥感を漂わせた音色に変わって、高岡の胸を掠めて、微かな夜風の中に消えていった。夜は静かに本を開いた。旅先の宿で気に入りの本を読む、それは長年高岡が愛して止まない時間の過ごし方だった。

大都会の秒刻みとは違うゆったりとした時間の流れに身を置いて、活字が導いてくれる世界に心ゆくまで自分を遊ばせる、日常とは隔絶された確かな喜びの時間がそこには有った。

四日目の朝もそれまでと変わりなく、「朝食の仕度ができましたから、どうぞ」と伝えに来た宿の女将の声で高岡は眼が覚めた。

枕元の腕時計を見ると八時を少し回っている。

ぼんやりする頭と眼で障子越しに朝の存在を確かめると、彼は床から起き上がった。

朝食だけが付く宿で、七時から九時までの間に食堂で銘々が食事を済ませる事になっているが、いつも彼が食堂に顔を出す最後の客だった。

朝方四時頃まで活字を追っていた腫れぼったい眼を、時々こすりながら食事を済ませ、部屋に戻って、布団を片付けられた後の畳にゴロリと横になる。高岡にはこれがまた最高だった。食後の一睡ほど快い眠りは無い。

睡眠にも美味さの違いが有る、若い頃から高岡はそう思っていた。

徹夜した後の眠りは意外と不味い。無理して起きていた為に体調が狂い、体が疲れきり過ぎて、寝苦しくて輾転するばかりで熟睡が出来ない。

夜に酒を飲んでの眠りは、いつの間にか寝入っていて眠りの美味さが分からず、時々は寝付かれず、眼が冴えて悶々とする事が有る。

それに比べ日中の食後の眠りは格別で、うたた寝の心地良さといったら極上もの。お百姓さんは昼食の後必ずといっていいほど午睡するので、いつもその極上の大トロ級の眠りを食べている事になる。

起きる時間に拘束されない眠りの方がより極上のようだが、豈図らんや、制限された一、二時間だけの方が不思議と美味い。好きなだけ食べなさいと眼の前に食べ物を山盛りに出されるのと、これだけですけどと一皿だけ出されて食べるのとでは何故か味が違うように。

朝食後、部屋に戻り畳に寝転がると、はっきりしない頭でそんな事を考えながら、今からの眠りは時間制限の無い分、さしずめ中トロというとこかな、そう胸の中で呟いて、高岡は足が攣りそうなほどの大の字の大欠伸をした。

高岡はそれから二時間ほどうたた寝をした。

眼覚めて、外していた腕時計に手を伸ばし時間を確かめると、起き上がり、まだ夢の中の住人のような上瞼の下がった顔を鏡に映して電気カミソリで髭を剃り、歯を磨き、手拭だけを提げて共同浴場へ行った。

さっぱりした顔で部屋に戻って来ると、私服のベージュのズボンに白の半袖シャツ姿で、前の日に見つけたジャズ喫茶へ向かった。

土蔵造りを思わせるその建物は一見して喫茶店とは見えない。『ジャズ喫茶ブラック』入口の扉に刻まれている店名表示が無ければ、どこかの資産家の大きな蔵と間違えそうだ。

中は結構広くて天井が高く、薄暗い。

木のベンチが無造作のようでありながら計算された配置で置かれていて、喫茶店というよりも教会かライブハウスと錯覚しそうなしつらえだ。

コーヒーを飲みに入るのではなく、ジャズ音楽を静かに聴きに来る、そんなお客様だけどうぞという無言の威厳が厳然と満ちていて、オーナーのポリシーの明確さが伝わる良質さを感じさせる。

店内に入って直ぐの所に譜面台が有り、今流れているレコードのジャケットが載せられていた。

客は少なかったが、学生風の若い男が二人と中年の品のいい夫婦連れが、大きなスピーカーから弾き出される軽快な音楽の波に聴き入っている。

後から一人の男の若者が入って来たが、いつまでも眼をつぶったまま、運ばれて来たコーヒーは一口も口に運ばずに耳を欹(そばだ)てていた。

そこは快い空間だった。日常とは完全に遮断された、心が息をするような落ち着いた雰囲気とその空間を埋めるジャズ音楽。

コーヒーを啜ると、高岡も眼を閉じてジャズの漣に身を委ねた。

晩夏の強い陽射しが街並みに降りそそいでいた。

夜は秋の気配だが、昼はまだまだ夏の領域の中にあって、残暑が厳しい。

秋は夜から始まるが、昼を占領するまでにはまだ日数はかかりそうだ。

喫茶店を出た高岡は、強烈な日光の氾濫に思わず眼を細めた。薄暗い店内に居た分、眩しさに目眩すら感じたほどだった。

蕎麦屋で遅い昼食を済ませ、この旅に持参した本は全て読み尽くしていたので、古本屋を見つけて立ち寄り、二冊買い求め、行きずりの公園の日陰のベンチでページを捲りながら時間を潰した。

日陰は気持ちのいいほど涼やかな風が流れ、ちょっと離れた眼の先の日向の百日紅の枝先の花が微かに揺れ、地に散らばっているそのピンクがかった淡紅色のこぼれ花が、疾うにひとつの季節の酣(たけなわ)の過ぎたことを物語っている。

《百日紅はまるで線香花火のようだ。幹からしなやかな小枝が一斉に放射状に伸び、その先で小さな薄紅色の火花が夏の記憶のように炸裂している》

高岡は何か愛しいものを見つめる思いで、枝先に咲き残り、地にこぼれ落ちたその花に時折視線を向けた。

彼がベンチから腰を上げた時、太陽は丁度山並みに隠れたところで、残光の矢が百日紅の樹の高みの花をかろうじて照らしているだけだった。

遠くにぽつぽつと灯り始めた家々の明かりを眺めながら、残光の揺曳(ようえい)する道を高岡は本をかかえて、時間を気にしないゆっくりとした足どりで帰路についた。

街中に入ると急に暮色は深まりを見せ、街路灯が一斉に灯り始めた。するとと、今まで影を薄めていた、温泉街が醸し出す独特の風情が俄かに覚醒したように甦り始め、障子を漏れる宿々の明かりと、どこからか流れて来る三味線の音色がその情趣を一層深めた。

寂れたような街並みが俄かに艶を帯び始める。

三十路をやや越えた二人の芸者と高岡は行き違ったが、シャツ姿に本を持った自分がいかにもこの場にそぐわない事に気付いて、彼は少し足を速めた。

速めて街角を曲がって直ぐだった。ちょうど高岡が進む道の先の薄闇から顔を少し下向き加減にして、一人の男がゆっくりと近づいて来て高岡と擦れ違った。

高岡は擦れ違う時、なんとなくその男の顔に視線が向いた。

その瞬間、彼の脳の働きが凝結したように止まった。

《まさか……》

高岡はそのまま擦れ違いながら、胸の中で驚きの呟きを発していた。

《まさか……そんなはずはない》

もう一度胸の中でそう呟くと、無意識のうちに彼の足は止まっていて、家々の明かりが漏れている薄闇の道を遠ざかって行く三十男の後ろ姿を振り返っていた。

《似ている……後ろ姿も似ている……でも、まさか……》

男に視線が向いた瞬間に、男の顔が暗がりから明るみに浮き上がって、擦れ違いざま、またスーッと薄闇に溶けていったのを高岡は脳裏に反芻しながら、

《確かに似ている……》

ともう一度呟いた。

高岡は男の後を追った。吸い寄せられるように、遠い日に失くした大切なものを突然眼の前に見つけて何処までも後を追ってゆくように男の後を追った。

男は見覚えのある後ろ姿を見せながら、相変らずのゆっくりとした足どりで歩いて行く。明るみにさしかかると、ジーンズに薄く横縞の入った白シャツ姿がくっきりと浮かび上がる。

高岡は男の歩調に合わせながら、男の五、六間後を付いて行った。

男の足どりは、人通りの多い大通りに出たかと思うと、その道を突っ切って、また落ち着きのある道に入る。

高岡は見失うまいと注意を集中しながら後を追った。男が何処で足を止めて何処に入って行くのか、彼は見届けるつもりになっていた。

高岡には彼自身、その男が、自分が思っている人物でない事は分かっていた。自覚していた。彼の心の中の人物は彼と同じ歳だったし、どう見ても前を行く男は自分よりも二十は若い。しかも、高岡の胸の中の人物はもうこの世に居ない筈だった。

それでも彼はその男の後を付いて行った。その男に付いて行きたい衝動と、その男が誰なのか確かめたい思いが強く彼を引き付けていた。

それはまた、男が自分の心の中の人物と違う事をはっきりと確認して、男への懐かしさのような感情から自分自身を断ち切らせ、納得させる為の行為なのかもしれなかった。

男は、入口がこざっぱりとした格子造りの一軒の小料理屋の暖簾をくぐった。

高岡は一瞬どうしようか迷った。店の中まで追って確認すべきかどうか、そこまでして自分自身確認したいのかどうか。

後を追うのはもうここまででいいと、自分を納得させようとする冷静さを見せる自分と、やはり確かめたい、このまま踵を返すのは強く後ろ髪を引かれる思いだと叫ぶ自分とが、心の中で覇権争いをしていた。

しかし、叫びの方が勝った。彼も格子扉を開けた。

店内は檜を使った真新しい造作で、小上がり二間と、席が十客の開きコの字型のカウンターが有る。

座敷に四名とカウンターに男を含めて六名の客が居た。

高岡は、男がカウンターの奥に座っているのを何気なく確かめると、入口側のカウンターに座った。丁度斜めに男を確認出来る位置だ。

高岡が柏木揚一(かしわぎよういち)と初めて会ったのは二十九歳の冬だった。

会社勤めをしながら詩を書いていた高岡は、会員になっている同人誌の年一回の懇親会の席で初めて彼と対面した。

「高岡さんでしょうか?」

彼は遠慮がちにではあったが、明るい落ち着きのある声でそう話しかけてきた。

「ええ、そうです」

高岡が返答すると、

「わたくし柏木揚一と言います。いつもあなた様の作品は楽しみに読ませていただいております」

と微笑を見せた。

柏木は二年ほど前から同人に加わった新人だったが、死や病を見つめた重い傾向の作品を発表していた。

その作品から想像する人物像と実際に眼の前で明るい微笑を見せている彼の印象とのギャップに、高岡は少し戸惑いを覚えたほどだった。

詩を書くというより、スポーツを趣味にしているような礼節をわきまえた爽やかさが感じられて好印象を受けたが、ただその印象のわりに女性のような色白の皮膚が違和感をすら感じさせて、その白い肌の部分が詩を書かせるのかもしれないと高岡に勝手に想像させた。それほど、男にしては白い皮膚をしていた。

同人の多くは四十、五十、六十を越した人生の先輩方で、高岡は最も若い会員の内の一人だった。

年齢を聞くと、自分と同齢だった事に高岡は親近感を覚えた。その事が、懇親会の終わり頃には二人をかなり打ち解けて話をさせるような親しみの間柄にしていた。

互いの住所も近くて、電車で三十分ぐらいの距離だった。その近さも加わって、以後の二人の間には友人としての交際が始まった。


男は静かにビールを飲んでいる。

高岡も手酌でビールを飲みながら突き出しをつまみ、時々チラッと男の様子を窺った。高岡があらためて驚くほど、男は柏木によく似ていた。ただ、柏木は体をよく鍛えていて、肩と腕と胸の線に引き締まったものが有ったが、眼の前の男にはその線は無かった。

板前が店の主人で、甲斐甲斐しく立ち働く女性二人の内、時々カウンターの中に入って料理作りの手伝いをしたり客の応対をする四十ぐらいの年上の方が女将らしかった。

夫婦二人では切り盛りにちょっと手が足りないので従業員を一人だけ雇っている、そんな様子で、従業員もきびきびした動きで客に応対している。

「何にいたしましょう?」

カウンターの中から主人が高岡に声を掛けた。

「そうだね、鮪のぬたと烏賊刺しを貰いましょうか」

そう注文し、「ビールも」と追加すると、

「ビール一本」

と主人は従業員に向かって声を掛けた。

従業員はビールを運んで来ると「どうぞ」と声を掛けて、高岡のグラスに口開けの酌をした。

従業員は鼻筋と眼の辺りが女将と似ていた。女将の親類筋の人なのかもしれない。

高岡から一つ空席を挟んだ隣の席の若い客が主人にビールを注ぎながら、日中に汗を掻いてきた草野球の話を始めた。馴染みの客らしい。

高岡は烏賊刺しをつまみながら、その若者の話に耳を傾けた。

「試合は勝ったのには勝ったんだけど、相手チームには女性の声援が多くてね。こっちは毎回女っ気無しのチームだから、相手のベンチに比べてウチのベンチの暗いこと暗いこと。ウチにも女性の応援が欲しいな、なんてぼんやり考えて守っていたらボールが飛んで来ちゃって、アッて思ったらもうボールは股間を抜けて外野でしたよ」

主人は話を笑顔で聞いている。

隣の席の若者の連れが話を引き継ぐように主人に話し続けた。

「試合の後半に相手のバッターが外野を抜く大きな当たりを打ちましてね。ベンチじゃヤンヤヤンヤの大騒ぎ。走れ走れの声援が五月蠅いこと五月蠅いこと。打ったバッターは一塁を回るまではよかったんだけど、普段の運動不足が見え見えで、二塁を回る頃には足がもつれぎみで転びそうなんですよ。ボールはと言えばまだ外野を転がったまま。ベンチから走れ走れの声援でしょ。だから走らないわけにはゆかない。そしたら同じベンチから、必死に走っている選手の奥さんらしき人が一際黄色い声でこうですよ『あなた、無理して走っちゃダメ！　あなたの体、あなた一人のものじゃないのよ！』、それがいかにも新婚の新妻っていう感じで、前のめりになりながらもなんとか走っていたダンナも思わずズッコケちゃって。這って何とか三塁に辿り着いてましたけどね」

主人は声を出して笑っている。高岡もつられて唇がほころんだ。

「まいったな、あの奥さんの黄色い声には」

「ほんとまいったよ」

二人のセリフを聞いていた主人がからかった。

「ほんとは羨ましかったんじゃないですか、二人とも」

「バレたか。やっぱり分かります？」

二人は見透かされて、声を立てて笑った。

柏木は健康のためと言って柔道をやっていた。やっていると言っても週二回、毎土曜日曜日に町の道場に通って汗を流すだけですよと笑ってはぐらかすが、黒帯三段を持っていた。

高岡は柏木と花見を一緒にする約束をした日曜日の午後、彼の通う道場の有る都内の駅前で柏木を待った。練習を終えてから花見に行く事になっている。

待つ間、近くの花屋から春の花々の香りが漂ってきて、高岡の鼻をくすぐり、日光の中に溶け込んでは消えてゆく。

買物を楽しんだ親子連れが眼の前を通り過ぎて行った。

「やあ、待たせたね」

柏木が右手を軽く挙げて近付いて来た。

見ると、彼一人だけではなかった。若い女性が彼の直ぐ後ろに付いて一緒に近付いて来る。

「いや、約束よりまだ五分前だよ。僕も来たばかりだ」

「妹を紹介するよ」

「妹？」

「そう、俺の妹」

「岡山じゃなかったの？」

「先週、呼び寄せたんだ」

「本当の妹？」

「本当の妹だよ」

高岡はちょっと首を捻って、

「他人の妹という事もあるからな」

と、わざと疑いのまなこを見せた。

「正真正銘の本物の俺の妹だ」

柏木は力説した。

「二人を見て、これはマズイなと思ったよ。二人のデートに余計な者がくっついていてはね」

高岡の言葉に柏木が口を開けて声を出して笑った。妹の方も静かに微笑んでいる。

美しい笑顔だ、と高岡は思った。

「こちら高岡道雄君。妹の清美(きよみ)だ」

「高岡です。よろしく」

「柏木清美です。いつも兄がお世話になっています」

彼女は苗字からきちんと言った。

「妹も一緒で構わないかな？」

「大歓迎だ。二重の花見が出来る」

「うまい事を言うね」

柏木は感心したように誰にともなく言った。

妹は恥ずかしそうに俯いている。

彼女が柏木の妹である事は直ぐに信じられた。柏木と同じに肌の色が雪のように白く、寧ろ兄以上に白さは際立っていた。家系なのだろうかと高岡は思った。

整った顔立ちに肌が白い分、瞳には思慮深さが感じられ、唇は桜桃のような美しさを見せているが、どこか病み上がりの、影の薄さのようなものが有って、あえかさを湛えている。大勢の人の集まりの中では一見目立たない存在の人が、一度眼に留まるとその存在感がどんどん他人の心の中で際立ちを見せて、ついにはその人間の心を占領してしまう、彼女はそんな部類の女性だった。

三人は私鉄に乗って目的地へ向かった。

彼女は気付いてはいないようだったが、乗り合わせた車内の男性の視線が彼女に集まり始めたのが傍目にも分かった。

彼女は殆ど喋らなかった。二人にそっと付いてきて、二人の会話に、時々微かな微笑を眼許に浮かべる、そんな様子で、それでいて三人の間にぎこちない雰囲気を醸し出す事はなく、初対面なのに不思議と前から知り合っていたような思いを高岡に抱かせた。

電車を降りて駅舎を出ると、ひと眼見て花見客と分かる大勢の人が行き来していた。

広い自動車専用道路の上に渡した横断用の高架橋を渡り、大きな池の岸を巡って歩いて行くと、眼の先に満開の桜に覆われた小高い丘が見えてきた。

岸沿いには種々な露店が並び、とうもろこしや烏賊を焼く匂いが流れている。

だいぶ傾いた位置の雲間から顔を出した太陽が光線を投げかけ始めていた。

子供を連れた家族連れは明るい内に家に帰ろうと、駅に向かって帰って来る。

それらの人々と擦れ違いながら三人はゆっくりとした足どりで、人混みも花見に欠かせない光景として眺めながら歩いた。

桜の樹々の下に入ると夕闇が立ち込めていた。

太陽は山の端に隠れ始め、それと同時に、至る所に巡らされた雪洞に明かりが灯った。花見の様相は一変で夜桜の様相に変わった。

夕陽に映える桜も良かったが、雪洞に浮かび上がる花びらも、しっとりと艶めいた蠱惑的な情趣が有って、この時間からはもう大人の領域と思わせるものがあった。

三人は丘の露店の前にセッティングされたテーブルで花を眺めながら、男二人はビールを、妹はジュースを飲んだ。

「綺麗だね」

柏木が言った。

「ほんとだね。ただ綺麗なだけじゃなくて、艶が有るね」

高岡は胸の中に『艶冶』という言葉を思い浮かべた。しかしそれは、花に対するものだけではなく、寧ろ、眼の前に座って静かに桜を見ている女性に依って呼び起こされた言葉だった。

「三好達治に桜のいい詩が有ったね」

「—あわれ花びらながれ　をみなごに花びらながれ　をみなごしめやかに語らひあゆみ　うららかの跫音空にながれ　をりふしに瞳をあげて　翳りなきみ寺の春をすぎゆくなり——」

「そうそう。でもそれは昼の花びらだね」

「そうだね」

「夜の桜をうたった詩は有ったかな?」

柏木は考え込む眼付きになった。

高岡も思いを巡らしてみたが、彼の知識の範疇には思い当たる詩は無かった。

「無いね。和歌なら有るけど」

そう答えると、二人の様子を見ていた妹が微笑ましそうに眼許を緩めた。

「和歌?」

「そう、和歌」

「たとえば?」

「——清水へ　祇園をよぎる　桜月夜　こよひ逢う人　みなうつくしき——」

「与謝野晶子?」

「そう、与謝野晶子」

「夜とは限らないけど、心に残っているのが有る……」

柏木はそこまで言うと、躊躇うように息を潜めた。

高岡は柏木の心に残っている歌が唇にのぼるのを待った。

彼は眼を閉じてその歌を詠んだ。

「——春ごとに　花のさかりは　ありなめど　あひ見むことは　いのちなりけり——」

「……」

「古今和歌集の読み人知らず」

柏木は眼を開けて、何故かちょっと哀切な表情で付け加えた。

「桜を詠んだものは淋しいものが多いね」

そう高岡が言うと、

「ああ、そうだね」

と静かに彼も答えた。

全ての花びらを接着剤で固定したように、そこに居る間、花びらは全くといっていいほど落ちてこなかった。

「ほんの数日もすれば一斉に花びらは散るんだね。地上を白い絨毯のようにして……」

高岡の声に、二人からの返事は無かった。

高岡は繽紛（ひんぷん）たる情景を脳裏に浮かべた。

柏木兄妹はそれぞれ思うところがあるのか、哀しく沈痛な表情をして夜桜を見続けていた。

駅に向かう帰り際、テント張りの露店の前で柏木が立ち止まった。

「やろうか？」

沈んだ気分を振り払うように明るい声を出すと、彼は高岡に子供のような視線を送った。

そこは、紙玉を詰めたライフル銃で、雛壇に並ぶ景品を射撃する店だった。

「やろうか」

高岡も応じた。

二人の男は二人の少年の瞳になっていた。

二十円で五発撃てる。倒れればその景品が貰える。

柏木は高価そうで大きなゴジラのプラモデルを、高岡は野球のボール型のキーホルダーが入ったガラス瓶に狙いをつけた。

たった二メートルの距離だったが、二人とも一発目は的に擦りもしなかった。二発目で柏木はゴジラの肩に命中させたが、高岡は三発目でやっと的に当てた。

しかし柏木が狙うゴジラはビクリともせず、高岡のガラス瓶は僅かに角度を変えただけでしっかりそこに立っていた。

五発を使い切っても二人とも戦果は得られなかった。ゴジラは然も、そんなヘナチョコ弾丸で儂を狙うなんておこがましい奴だと言わんばかりの威厳の態度でこちらを見ていた。

二人はまた二十円ずつ払った。

柏木が相談してきた。

「あのゴジラの鼻をどうしてもへシ折ってやりたい。協力してくれ。そのかわり、倒したらゴジラは君にやる」

「よし」

二人はゴジラの胸めがけて銃口を定めた。

「いくぞ」

「ＯＫ」

「一、二の三」

二人は同時に引き金を引き、弾丸は当たった。

しかし、それでもゴジラは微動だもせず平気な顔をしている。

「よし、今度は頭を狙おう」

二人は頭部めがけて銃を撃った。だが、柏木の弾丸は命中したが、高岡のは外れてしまった。

三度目は、二人の弾丸は見事に同時に頭部に命中した。しかしそれでも、黒い怪獣は一瞬微かに動いただけで倒れなかった。四発目も同時に当たったが、やはりダメだった。

高岡は諦めた。一番可能性の有る所に二発同時に命中しても殆どびくともしないのだから、倒れようが無かった。

それでも柏木だけは、残りの一発を怪獣めがけて撃った。

高岡は残る一発でビニールケースに入った小さな砂時計を狙って、見事にそれを倒した。黄色い粉末が砂の代わりをした可愛い物だった。

「プレゼント」

高岡はそれを清美に差し出した。

雑貨屋で買えば十円もしない粗末な物だが、彼女は一瞬躊躇うような表情を見せて受けると、

「大切にします」

と、胸の前で両手で包むようにして礼を言った。

高岡と柏木の行き来はそれから頻繁に行なわれるようになった。尤もそれは、高岡が柏木のアパートを訪ねる方が圧倒的に多かったが。

高岡の胸に清美への思慕が芽生え、募り、その思いが彼の足を柏木のアパートへと向かわせた。

高岡が行く日は、いつも清美はアパートに居た。高岡にはそれが狂喜したくなるほど嬉しかったが、その気持ちを二人に悟られまいと平静を装うのに苦労した。

その頃の高岡の心の有り様は、柏木に会いに行くのに託けて、妹会いたさの訪問だった。それほど思慕していながら、その気持ちを言葉や態度に表す事が高岡には出来なかった。友人の妹となると何故か不思議とその思いを表せない躊躇いがあった。

友情を託けて妹会いたさに俺の所に来ていたのかと問い質されるのを畏れる気持ちなのか、あるいはただ単に打ち明ける勇気が無かっただけなのか。高岡の気持ちはそのどちらとも言えた。

しかし、転機が訪れた。それをもたらしてくれたのは彼女の兄、柏木自身だった。

柏木のアパートから帰る時、兄妹はよく散歩がてらと言って駅まで送ってくれる事が有った。その日も高岡が帰ろうとすると、兄妹は送る様子を見せたが、柏木が妹に声を掛けた。

「今日は二人だけで話したい事が有るから、お前はいいよ」

「……」

妹は小さく頷くと扉の外まで出て、ちょっと淋しそうな会釈をして二人を見送った。

柏木と高岡は人通りの少ない夏の黄昏の道をゆっくりと並んで歩いた。

歩きながら、前を向いたまま柏木が言った。

「君が妹の事をどう思っているか、だいたい僕には分かっているつもりだ」

「……」

突然の事に高岡は何も答えられなかった。

「……妹も同じのようだ……」

それは、天からの神々しい光に射抜かれたような驚喜の言葉だった。

高岡の胸は涙が溢れるほどの嬉しさで震えた。それはもう感動と言ってよかった。高岡はその余韻で暫く言葉を発する事が出来無いほどだった。

「……」

「妹をよろしく頼む」

「……光栄です」

高岡の唇から漏れた言葉は、初対面の人と交わすような慇懃なものになっていた。それだけ柏木の言葉は大きくて深い喜びを高岡に与えた。

それはまた、高岡の口を黙しがちにした。胸に溢れる幸福感と感動に比べれば、言葉など取るに足りない微弱なものに思えた。

高岡のその胸の内を察してか、柏木も駅に着くまで言葉を口にのぼらせる事無く歩いた。

「秋になったら三人で何処かに出かけよう」

別れ際、柏木の方が先に言葉を発した。

「ええ」

高岡は張りの有る声音で答えた。

「それじゃ」

高岡は姿勢を正し、やや深めの黙礼をすると、柏木が踵を返して戻って行くのを見えなくなるまで見送り続けた。


最寄りの駅からタクシーに乗り、鋪装されていないつづら折りの急坂の山道を一時間以上もかかって着いたその温泉は、山々の頂にもう手が届きそうなほどの深山に在って、一軒きりの宿が有るだけの高山の温泉だった。

風は息絶えたように静まりかえっていた。

すっかり葉を落とし尽くして、幹肌を骨のように白く晒した岳かんばの林立する樹林帯が、夕陽に映えて高山特有の美しい様子を見せている光景を、息をのむ思いで柏木と高岡は露天風呂に浸かりながら眺めていた。

清美は疲れと自動車酔いのため、部屋で横になっている。

タクシーを降りる時、三人とも自動車酔いの蒼い顔をしていたが、清美が殊の外ひどく、兄に支えられるようにして手洗いに行くと、胃の中の物を吐いた。

妹はあまり丈夫な方ではないと柏木から聞かされていた高岡は、東京からだいぶ遠隔の地なのでどうかと思ったが、星に手が届きそうな所がいいとその温泉を望んだのは清美自身だった。

「こんな眺めはちょっと見られないね」

「ああ、そうだね」

呟きに似た柏木の声に高岡が頷いた。

「坂道のきつくて長いのには参ったけど、それ以上の価値が十分に有るね、この眺めは」

「ああ。疲れが一遍で吹き飛んでゆくよ。ところで……清美さんは大丈夫かな？」

「大丈夫だ。一時間も経てば起きてきて、この眺めを見れば酔いもイチコロになること間違い無しだ」

雲は殆ど無い。

こちらの宿の辺りはもう陽は陰って、湯船から見上げる向かいの山の斜面だけが夕陽に明るく照らされて、その領域が少しずつ頂に向かって樹林の上を這い上がってゆくのがはっきりと確認出来る。

夕陽の反映が、塑像のように林立する岳かんばの幹を白く輝かせて美しい。

「どう、柔道の方は？」

高岡が聞いた。

「健康の為だからなんとか続けてるよ」

「三段だそうじゃないか。清美さんから聞いたよ」

「あいつ、余計な事をしゃべりやがって」

「別に隠す事じゃないじゃないか」

「まあそうだけど……」

「小さい時からずっと？」

「いや」

柏木はそこで一呼吸置くと、続けた。

「ほんとは野球をやりたかったんだ」

「野球？」

「ああ、野球。小学生の途中までは野球のボールを追っていた。でもやめた」

「止めた？」

「仲間は皆んな陽焼けして、いかにも野球少年っていう顔して逞しく見えたけど、僕はそうはならなかった。皆んなが黒いのに僕だけ皆んなと同じにならないんだ。同じに太陽の下で一緒に野球をしているのにね。赤くはなるんだけど、それ以上にはならない。雨なんかで二、三日外に出ないでいるとその赤みも直ぐに消えてね。皆んなと同じになれなかったから、結局やめた。青瓢箪ってよく詰られたりもしたよ……」

今はもうその事に拘りを残してはいない、そんな平然さを装って柏木は語った。

星は手に取るように近かった。

星々は青い宝石を砕いて天に鏤めたように光り輝いている。

冷気に引き締まった屋外に三人は立っていた。

清美はクリーム色のスラックスに白のトレーナー姿だったが、男二人は浴衣に羽織をひっかけていた。

清美の姿が星明かりの薄闇の中に白く浮き上がっている。

「凄い星の群れだな。こんなに近くに見ると圧倒されそうで怖いくらいだ」

柏木が天を仰ぎながら言った。

「ああ、確かに凄い。今にもこの星すべてが流星群になって降って来そうだ」

高岡は感嘆の声でそう答えた。答えながら、高岡の胸は、いつか何処かで耳にした詩のフレーズのような呟きにとらえられていた。

《今にも銀河鉄道が降りて来そうな星空です。人の魂はそれに乗って、孤独と淋しさを抱いたまま、永遠の宇宙の旅を続けるのかもしれない……》

それは少年の夢の世界のようでありながら、大人の胸に切なく訴えかけるものを持っていた。

柏木と高岡は後方に有る手頃な岩に歩み寄ると、そこに腰を下ろした。

清美は立ったまま見蕩れるように夜空を見上げている。

柏木が言った。

「昔僕は、宇宙の闇の向こう側は光に満ち溢れた世界で、星というのはその光が漏れてくる穴ぼこじゃないかと思った事がある」

「星空が穴ぼこ？」

「ああ。天の穴ぼこ。でもこうして眼近に見える所に立つと、それは大きな不遜で、それはやっぱり穴ぼこじゃなくて、一つの生命を持った確かな存在物なのだという事が実感出来るね」

「……」

確かに星々はそれぞれの位置に確実な存在を持って瞬きを繰り返していて、天の穴などでは決してなかった。

「星を見ていると、自分たち人間の命の短さに怖ろしくなる事がある」

柏木は少ししんみりした口調になった。

それは高岡も実感する思いだった。億単位の星の寿命に比べて百年にも満たない人間の命の儚さ。

柏木は続けた。

「死ぬ時は星の眼差しに打たれて死にたい、そう歌った詩人が居たような気がするが、とんでもない。僕には怖ろしくてそんなロマンチックな事は考えられない」

静かだが、力の籠もった声だった。

高岡は何気無く清美に視線を走らせた。

彼女は後ろ姿を見せたまま、凝然と星を見続けている。しかしその気配には、ただ漫然と見ているというより、何かの思いに捕らわれて凝視しているような、声を掛ける事が憚られる厳然としたものが感じられた。

《今、彼女の胸には、どんな思いが去来しているのだろう》

そんな無言の呟きが高岡の胸の中にこぼれた。

柏木は静かに続けた。

「永遠のようなこの星々の生命(いのち)に比べると、人の生命はあまりにも短過ぎるね。まるで何もする時間が無いようだ。生まれて、愛し合って、子孫を残して、そして死を迎える……それだけの時間しか無いような短さだ……」

「……」

「この宇宙の中に、人間の存在って必要なのだろうか、ふとそう思う時があるよ。人の命がちっぽけなものに思えてくる……」

「……」

「……命って、哀しいね……」

そこまで言うと柏木は、急に明るさを取り戻して続けた。

「すまんすまん。なんかしんみりした話になっちゃったね。これが詩人のいけないところだ」

柏木は照れ笑いのような声の無い笑みを正面の薄暗に向かってこぼしたが、それは直ぐに闇に吸い込まれてしまった。

沈黙が流れた。

満天の星々は青白い呟きを交わしているような瞬きを繰り返していた。しかし、それは何処か淋し気に見えた。

秋の夜空は何処までも澄み切っていた。

白く浮かび上がる清美の首と肩の辺りが、星々の寂寥を集めているように、青味を帯びて薄闇の中に息づいて見えた。

「……生きているって事だけで美しいんだな、命というのは……」

唐突に、柏木が誰にともなく呟くように言った。

高岡は柏木に出会えてほんとに良かったとしみじみ思った。彼の周りには、こんな話をし合える仲間は居なかった。

「だいぶ冷えてきた。流れ星を五つ見つけたら部屋に戻ろう」

妹と高岡に向かって柏木が明るい声を発した。


旅行から帰ると、柏木の公認のもと、高岡と清美は交際を始めた。

週に三日は会って食事をし、映画を見たりコンサートを聴きに行ったり、時には演劇にも出かけた。

食事と演劇には柏木が加わって、三人で楽しむ事も有った。

二人の誘いを受ける柏木は「二人の邪魔をしちゃ悪いからな、僕はいいよ」と断るのが常だったが、「お兄さんをどうしても誘いたいの。道雄さんも私と同じ気持ち」と押しを入れると、「ほんとにいいのか」と二人の気持ちを確かめる眼付きをして、「じゃ、行くよ」とあまり気の乗ら無いような言い方をした。

その実、柏木には誘われるのを待っていたふしが有って、三人の中で一番彼が、食事の時には「美味しかった」と満足そうにお腹に手をやり、演劇の時には「良かった」と興奮ぎみの表情を示した。

高岡の正直な気持ちは、常に清美と二人だけの時間を持ちたいというのが本音だったが、兄を大切にする清美の様子が嬉しくもあったし、ほんとは自分の方がより柏木を大切にしなければならないのだという自責の念に反省もした。柏木は二人の縁結びの神様なのだ。

慌ただしい年の暮れを迎え新年に変わっても、高岡は清美の唇を奪っただけで、それ以上には進展していなかった。

何度も清美の全てが欲しいと思い詰めた事は有ったが、いざとなると不思議に柏木の顔が頭に浮かんで、高岡の決意を鈍らせた。

清美の兄としての柏木ではなく、柏木の妹である清美という認識が脳に記憶されていて、彼の存在の近しさが男の性としての行動を抑制していた。

それは、清美への思慕を誰にも打ち明けず、柏木にもその気持ちをひた隠しにしていた頃の、躊躇いの気持ちと勇気の無さに何処か通じているような気もした。

清美が柏木の妹でなかったならば、高岡は疾うに清美を一人の女としてリビドーの赴くままに抱いていただろう。何故なら、それまでに高岡に女性経験が無かった訳ではなかったのだから。

二月に入り、清美は突然一ヶ月近く、故郷の岡山に帰省したまま戻って来なかった。

理由も分からない突然の事に、高岡は柏木に訳を問い質し、初めのうち柏木は表情を曇らせてその理由を言わなかったが、やがて申し訳なさそうな顔で白状した。

叔父の勧める見合いの話が有って、それをどうしても断り切れない事情が有り、後で断ってもいいから見合いだけでもしてくれという叔父のたっての希望を叶えるべく、自分も気は進まなかったが妹の帰郷を説得した。相手方が昔から妹を知っていて、どうしても妹を嫁にと懇願してきているとの事だった。

その事を聞いて高岡は内心、柏木にも清美にも憤りを感じた。

柏木は自分と清美との交際の縁結びをし、妹を頼むとまで言っておきながら、断れない事情が有るにせよ、自分の名を挙げて、妹は今その男と結婚を前提に付き合いをしているから見合いの話は諦めてくださいと、何故言ってくれなかったのか。清美は清美で、何故頑として兄の説得を拒絶してくれなかったのか。

高岡は柏木兄妹から裏切られた気がした。

「義理の見合いを一度だけ済ませたら直ぐまた戻ってくるから、悪く考えないでくれ」という柏木の言葉に、高岡は納得出来るものではなかったが、現実に清美はもう帰郷してしまっていた。

方法として、連絡を取って、見合いは止めてくれと直接清美に伝える事が出来なくもなかったが、そこまでの行動を取る事は高岡には残念ながら憚られた。

高岡は柏木と清美に対する信頼感が揺らぐのを覚えた。二人に対する失望の思いが胸を塞がせた。

無言で、高岡は柏木の部屋を辞した。

立春を過ぎた街並みは未だ未だ冬の厳寒の中にあったが、晴れた風の無い日の昼中の大気の気配は、冬の終わりの近い事を感じさせる早春の温みが有って、陽当たりの良い場所の白梅紅梅が花びらを綻ばせている。

柏木の部屋を無言で辞して一週間近くが経っていた。

日々、時間が経過するにつれ、冷静になって考えてみると、柏木兄妹の行動の要因が全て自分自身に有る事に高岡自身気付かされて後悔し始めていた。

高岡自身、直接清美に連絡を取って見合いを止めさせる事が出来る立場でもなかったのだ。唇を重ねただけでそれ以上は進展していなかったし、結婚の約束をしている訳でもなかったのだから。

その後悔は同時に、清美を奪われるかもしれないという不安な気持ちを無限に増幅させる事にもなった。自分がしっかり、精神と肉体の全てで清美を摑まえていれば何の問題も起こらないし、清美を奪われる事も無いのだ。そんな思いが沸々と湧いた。

高岡は清美の一日も早い帰りを願った。だが、敢えて高岡は妹が戻ったかどうかを柏木に確認はしなかった。清美がほんとうに自分を愛しているのであれば、一刻も早く帰って来て自分に連絡をしてくるはずだという思いと、彼女はきっとそうするに違いないという確信が彼にそうさせた。

それはまたひとつの賭でもあった。自分と清美との愛する気持ちの結び付きの深さを知る、高岡にとっての大いなる賭でもあった。

しかし、一週間が経ち、二週間が過ぎても清美は戻っては来なかった。手紙一つ送られて来ない。

高岡の確信は揺らいでぐらつき始め、不安が募り、その思いはバクテリアが健康な細胞を侵食し増殖してゆくように、彼の心を灰色に変えていった。焦りが胸を覆った。

高岡は何度も柏木に連絡を取ろうかと迷った。迷った挙句、電話の受話器を握り何度もダイヤルを回したが、回し終えた所で受話器を置いた。男の意地が最後の所で頭を擡(もた)げたのだ。会社を終え、真っ直ぐ部屋に戻り、清美からの連絡が入っていないかどうか、郵便受けを一番に確認した。

しかし、彼女からの物は何も無かった。

そんな毎日の失望の思いを忘れるように、高岡は読書に没頭しようとしたりした。しかし、二、三ページ読み進むと直ぐに清美の事が心に甦り、悶々とする思いに精神が占領されるのだった。

清美は向こうで見合い相手と結婚してしまったのではないか。結婚までは至らなくても、自分より見合い相手を気に入り、東京に戻りづらくなったのではないか。

そんな不安な思いにどうにもならなくなると、よく酒場へ出かけたりもした。

大早の雲霓（うんげい）の日々は一ヶ月近くも続いた。そんな或る日、突然清美から電話が入った。

「今帰りました」

詫びる思いの込められた、何処か力無い声だった。

「そう」

高岡は、心がぱっと明るむ歓喜の思いだったが、唇から出た言葉はすげなさを含んでいた。

「連絡も何もしなくて……ごめんなさい」

消え入りそうなほど弱々しい声だった。

「……」

「怒（おこ）ってらっしゃるのね……」

「……」

高岡は無言を続けた。

清美が言った。

「……そうですよね……」

「……」

「私がいけないんです……ほんとにごめんなさい」

「……」

「会っていただけませんか？」

哀しく訴える声音だった。

「……いつ？」

「直ぐにでも……」

「……」

「……」

「明後日の夜なら……」

高岡は明日にでも、今直ぐにでも清美に会えたが、そんな言葉が冷たく口を突いて出ていた。今までの積もり重なった不安と焦りと憤りの気持ちが逆の受け答えをさせたのは確かだった。

明後日の時間と場所を一方的に清美に伝えて、高岡は受話器を置いた。

行く手の、小さな公園の梅の香りが路上を流れて漂っていた。

待ち合わせの場所に、わざと十分ほど遅れて高岡は足を運んだ。

公園の入口に清美はポツンと立っていた。

彼女の姿を認めると、高岡はそこに少しの間立ち止まって彼女の様子に視線を走らせ続けた。

清美は細い肩をより細くして、小さな後ろ姿を見せて、一つだけ灯っている明かりの下に立っている。その姿は、不安に打ち震えて荒野に立っている、淋し気であえかな白い花を連想させた。

近付くと、気配に気付いて彼女が振り向いた。

その姿勢のまま、確かめるようにじっと高岡に視線を走らせてくる。

突然、彼女の表情が崩れた。眼が大きく見開かれたかと思うと、俄かにその瞳が潤みを見せ始めるのが分かった。

その瞬間、清美は高岡に向かって走り出していた。そして高岡の胸に飛び込むと、

「ごめんなさい、ごめんなさい、私を嫌いにならないで」

と泣き出した。

高岡は彼女を抱きとめながら、突然何かが切れたように、一遍に今までの憤りや蟠りが消し飛んでゆくのを感じた。今までの勘繰りが全て自分の間違いであった事を彼女の一途な姿が物語っていた。

高岡の眼にも涙が溢れた。胸にどうしようもないほどの彼女への愛しさが噴き上げるように湧いてきて、

「ごめん」

と呟きながら清美を強く抱きしめ続けた。

その日、高岡の部屋で初めて高岡は清美を抱いた。

夢のような日々だった。

清美との時間が毎日を輝かしいものに変えた。

高岡は自分のアパートの合鍵を清美に渡し、彼女は毎日のように夕刻から来て、夕食を作り、高岡の帰りを待った。それは、新婚の新妻が夫の帰宅を迎え入れて夕食のテーブルに着かせる、喜びに満ちた、幸せの絶頂のようなひとときだった。

清美のさり気ない仕草や表情に、新妻気分を味わっているような幸福感が表れていた。

しかしそんな毎日のうちにも、高岡には二つの不満が有った。

一つは、必ず彼女が兄の居るアパートに毎日帰って行く事だった。

高岡には清美に関しての、彼女の兄である柏木に対する気兼ねのようなものは、初めて清美を抱いた時から薄れて、高岡の気持ちの中での清美は清美という一人の独立した存在で、柏木の妹である清美という思いは感じなくなっていたので、二十一時を回り、彼女が帰り仕度の気配を見せ始めるのを不満に思った。

彼女も帰りたくない気持ちのようで、それが表情にありありと出ていたが、交際許可の前提として兄とその事を約束させられてでもいるのか、彼女自身も、仕方が無いという表情を見せて帰って行くのだった。

もう一つは、結婚しようと彼女に告げても、彼女があやふやにその返事を濁してしまう事だった。

「結婚はしたいけど……今は……」

語尾の最後は消え入るような打ち消しの呟きになっていた。

《結婚はしたいけど……今は……》

いったいそれは何故なんだという疑問と不満が、当然の事ながら、時折高岡にすっきりしない気持ちを抱かせた。

二人は互いに愛の確認をし、毎日心身ともに結ばれて、新婚のような至福の時を過ごし、清美にとって唯一の肉親である柏木の認知も取り付けている。結婚を渋らせる理由が他にいったい何が有るのか。何も無いではないか、そんなしこりを含んだ不満が時々頭を擡げた。

しかし、

「今はこのままの幸せでいいの」

と哀しく訴え掛ける瞳で清美に言われると、高岡はそれ以上何も言えなくなった。清美自身が結婚の意志表示をするまで、高岡も結婚の事にはそれ以上触れない事に決めて、一切口にしない事にした。


何時しか梅の花も散り、桃の花も終わって、満開の桜の季節になっていた。

日曜日の午後、清美と高岡は彼のアパートの近くの公園に花見の散歩に出掛けた。

染井吉野に囲まれた広場は花見客で賑わっていて、歌に合わせた手拍子がそちらこちらで起きているが、そこを通り越して坂道を通り過ぎ、少し進むと、そこはもう宴会の喧噪とは無縁の静けさを保っていた。

二人はゆっくりと、ひと足ごとに花を見上げながら歩いた。時折過ぎる風に花びらが静かに枝を離れ、春光に散り際の哀れを見せては地面に散り敷いた。

さらに少し行くと池が有って、散り落ちた花びらが動きの無い水の面に花筏をつくっている。

落下する花びらが水の面に落ちる瞬間、微かな、有るか無きかの波紋を生じさせるのを二人は水際に立って見つめていた。

「……一年ですね」

清美が静かに言った。

「ああ、一年だね」

清美と初めて会って、丁度まる一年が経っていた。

「一日一日は長いと思っていたのに、一年はあっという間」

「僕には一日一日もあっという間だったよ」

「……」

清美は静かにしゃがみ込むと、何かの思いに囚われた表情の横顔を見せて沈黙した。

それは何とも言えず、不思議に哀しい横顔だった。

時の流れの速さへの驚きと、散る花の哀れに心が感傷的になっているのだろうと勝手に想像して、高岡は視線を水の面の上に戻した。

その時、高岡の胸に、その沈黙を破りたい衝動が俄かに湧き起こった。彼は何気なく頭上を見上げた。すると、ひとひらの花びらが彼に向かって落ちて来るのが眼に留まった。と同時に、彼の手は花びらに向かって伸びていた。

高岡は花びらをそっと受け留めた。

花びらは薄く透き通った命そのもののように、高岡の掌の中に有るか無きかの微かな存在感を感じさせて乗っていた。

掌をそっと握ると、高岡は清美に声を掛けた。

「眼をつぶって、手を出してごらん」

「？」

清美は立ち上がった。

「いいものをあげる」

「いいもの？」

「そう、いいもの」

男の子が女の子に、いい物をあげると言って女の子の掌に蛙を乗せる悪戯が有るが、清美もそんな悪戯と思ったのか、疑いの微笑を漏らして、直ぐには手を差し出さなかった。

「ほんとに、いいもの？」

「ほんとにいいもの」

彼女は疑いの気持ちを残しながらも、その気持ちを打ち消すようにして眼をつぶると、恐る恐る掌を差し出した。

高岡は清美の掌の上に花びらをこぼした。

「いいよ」

高岡の合図で清美は瞼を開けると、掌の中の花びらを見て「まあ」という感嘆の声とともに、明るく澄んだ視線を彼に向けた。瞳が美しく頬笑んでいた。

清美は胸元で、花びらをそっと両手で包み込むようにすると、

「記念」

と言って、ハンカチを取り出して拡げ、その中に大切に納めると、そのハンカチをそっと折り返した。


カウンターの右隅に置かれた黒色の小さな一輪ざしの花瓶に、黄色の花が挿し込まれている。

高岡は間近にそれを眺めながら、カウンターの中に入ってきた女将に向かって声を向けた。

「綺麗に咲いてますね」

「ええ」

女将はにこやかな視線を高岡に向けて答えると、料理を作りながら続けた。

「名前はご存知ですか？」

「いえ」

子供の頃から野山でよく見かける花だったが、それだけに名前を調べた事は無かった。

「キスゲです」

「キスゲ？」

「ええ。ちょうど今頃、あちらこちらにいっぱい咲いていますわ」

女将はそう言うと、座敷の客の料理を運んで行った。

男に視線を向けると、彼は相変わらず静かに手酌でビールを飲んでいる。

カウンターの中から主人が男に話し掛けた。

「仕事の進み具合はどうですか？」

「もうそろそろ終わりです」

「次はどちらへ？」

「四国だと思います」

高岡の耳は男と主人の会話に向けられていた。言葉付きから、この店の昔からの馴染み客でない事が分かる。

高岡は三本目のビールを注文すると、また男を見て面影をうかがった。


六月の或る日、清美が忽然と消えた。

いや、消えたのは清美だけではなかった。柏木も姿を消した。

用事が有って二、三日来られないという清美の電話に、四日後に会う約束をして受話器を置いた。

その四日後、高岡は自分のアパートで清美の来るのを今か今かと待った。だが、時計の針が六時を過ぎて七時を回っても彼女は現れなかった。

彼女が時間に遅れるのは初めての事だったので、交通事故にでも遭ったのではないかと不安になって外に向けて耳を欹てたり、約束の日時を間違えているのではないかと考えて、約束をした電話の場面を胸の中で反芻して確かめてみたりした。

しかし、何度思い返して確認しても、日取りの間違いは考えにくかった。

時間が八時を回った所で、高岡は柏木の電話のダイヤルを回した。

しかし、受話器の呼び鈴の鳴る音が耳の中で繰り返し繰り返し空しく響くばかりで、その後も一時間置きぐらいに三度ほど掛けてみたが、やはり不在だった。

夜の十一時を過ぎて柏木兄妹が二人とも不在というのも初めての事だった。

やはり事故か何かに見舞われて病院にでも行っているために不在なのではないか、いや、のっぴきならない用事が急に故郷にでも出来て、それで不在なのに違いない。そんな諸々の思いが高岡の胸に浮かんでは落ち着き無く消えていった。

しかしどうであれ、高岡に出来る事は、相手の連絡を待つ事しか無かった。

意外と清美は自分との約束をうっかり忘れて、兄と何処かに遊びに出かけて、楽しい時間を過ごしているのかもしれない、そんな風にも考えてみると、重い気持ちも急に軽くなって、なあに、明日にまた電話を掛けてみればいいさと不安を払拭した割り切れた気持ちになって眠りに就いた。

翌日、高岡は仕事に行く前に電話をしてみたが、不在だった。昼にも掛けてみたが、やはりコール音が空しく鳴るだけだった。

田舎に帰郷しているのかもしれない。しかしそれなら、清美は自分との約束をどこかで思い出して、なんらかの連絡をしてくるはずなのだが。

高岡は、あと一日待って、何の連絡も無いようなら、柏木のアパートを訪ねてみようと決めて仕事を続けた。

連絡は無かった。

それどころか、仕事を終え、訪ねて行く前にもう一度高岡が柏木のダイヤルを回してみると、「あなたのお掛けになった電話番号は、現在使われておりません」という、テープに吹き込まれた電話局の決まりきった音声が返ってきた。

柏木兄妹と音楽会に行ってから七日、清美の声を電話で最後に聞いてから既に六日が経っていた。

高岡は不思議に思った。と同時に不安の思いが嵐の闇のように彼の胸に拡がった。

高岡は急いで柏木のアパートに向かった。

電車を降りてアパートに辿り着くまでの間に、ふいに柏木か清美に出合うのではないか、そんな気持ちもしたが、それは起こらなかった。

高岡は道路に立って柏木の部屋を見上げた。他の部屋には明かりが点いていたが、二階の柏木の部屋だけ明かりが点いていない。

「まさか！」

高岡は不安の思いに胸が押し潰されそうになりながら階段を駈け上がり、部屋の前に立った。

扉の上に付いていたはずの木製の表札が外されていて、そこだけ周りの色合いと異なったその型が、くっきりと薄闇の中に浮き上がっていた。人の住んでいる気配が全く感じられなかった。

扉の向こうには、密閉された空気がそのまま数日間身動きひとつせずに淀んでいるような、利用されていない部屋の一種独特の不気味な静けさの沈澱が感じられた。

「柏木君」

応答が返ってくるはずも無いと分かり切っていながら、それでも高岡は扉をノックした。

「柏木君、清美さん」

ノックの音は空しく夜の闇に吸い取られた。

左隣の部屋の扉が半分ほど開いて、学生風の男がさも迷惑そうな表情で顔を出した。

「そこの人は引っ越しましたよ」

突慳貪な言い方だった。

「引っ越し先は分かりますでしょうか」

「さあ？　何も聞いてませんから」

そう言うと、直ぐに扉を閉めた。

高岡は右隣の部屋の扉を叩いた。中年過ぎの男が股引きに腹巻き姿で顔を出した。

「何処に引っ越したか分からねえな。なんなら大家に聞いてみな。ほれ、その家が大家だ」

男は眼の前の一軒家を顎でしゃくるようにして示した。

土木現場ででも働いている人らしく、言葉使いは荒かったが、先程の学生風の男のような突慳貪さは無かった。

大家に聞くと、引っ越し先の住所を教えてくれたが、高岡がその住所を書き写している間、こんな事を言った。

「初めはね、住所を教えてくれなかったんですよ。でもね、私としても後で何か有ると困りますから、それは困りますと言ってそれを書いてもらったんですよ。まあ、きちんとしたご兄妹でしたから何も無いとは思いますけどね」

高岡はその後、鍵を借りて部屋の中を見せてもらった。

綺麗に掃除が行き届いていた。もちろん荷物等は有るはずもなく、ガランとした広さを感じさせる殺風景な眺めだった。

高岡が見慣れた部屋の様相とは随分かけ離れていて、部屋の中だけに居ると、柏木兄妹が住んで、自分が時々訪ねた部屋とはとても思えない違和感だった。

《何故だ。どうしてなんだ》

部屋に視線を向けながら、高岡は胸の中で叫び続けた。狐に化かされているような感覚だった。

これは何かの間違いだ。いや、これは夢に違いない。夢なら早く覚めてくれ、そう祈るように思ったが、高岡の視界が捉えているものは容赦の無い現実だった。

大家に礼を述べて帰途についたが、その間中もずっと化かされている感覚は消えなかった。

自分のアパートに戻ると、書き写した岡山の住所に手紙をしたためて、直ぐに投函した。その間も、《何故だ。どうしてなんだ》という叫びは何度となく胸に湧き起こっては繰り返されて消える事が無かった。

しかし、その叫びを増幅させるように、高岡が投函した手紙がそのまま戻ってきた。

＝あて所に尋ね当たりありません＝

高岡は郵便局に直接駈け込んで住所の確認をしてもらったが、そもそも、お尋ねの町名と番地は岡山市には存在しませんと言われて愕然としてしまった。

《ばかな。そんな事が……》

高岡は、柏木と清美の勤め先を聞いていなかった事にその時気付いて悔やんだが、後の祭りだった。

彼は会社から一週間の休みを取って岡山に行き、電話帳の同姓の覧を頼りに片っ端から電話を掛け、市役所や役場を回って柏木姓の住所を調べ、電話の無い家には直接出かけて、岡山市内やその周辺を探し回ったが、柏木兄妹の消息は杳として分からなかった。

清美の最後の電話の声を思い起こしてみて、初めて高岡は、その声がいつもと違って消え入るように弱々しく、悲しさに沈んだものであった事に気付いた。

さらに高岡は、その前の日の柏木兄妹と行った音楽会の事をも脳裏に甦らせてみた。

確かに、柏木の様子がおかしかった。

演奏を聴いている間、その音楽が心に入ってゆかないのだが、何か、無理に音楽を胸に入れようとするような、溜め息を沈黙させたようなものが有った。今までに何度か三人揃って音楽会には行ったが、そんな事は初めての事だった。

音楽会が終わった後、無理に明るく振るまう様子も、いつもには見られない仕草だった。

そこまで思い返してみて、高岡は《あっ！》と胸の中で叫んでいた。彼の脳裏にその日の音楽会のテーマタイトルが浮かんだ。

――ショパンの夕べ・別れの曲・他――

まさかとは思ったが、聴きに行った経緯とを合わせて思い起こすと、まさかが真実味を帯びて確かな確信へと変わってゆくのが自分でも分かった。

「どうしても、この演奏会は君と聴きに行きたい。出来たら三人で。もう聴けそうも無いから」

高岡は「もう聴けそうも無い」と言った柏木の言葉は、指揮者とピアニストとの共演の事だと受け取ったので、その時はなんの不審も疑問も抱かなかったが、今になってみると柏木

が周章てるように、

「この演奏会の事だよ」

と付け足した事もおかしな事だった。

《どうして、あの時、その事にお前は気付かなかったのだ》

と高岡は自分自身を責めて悔いたが、もうどうしようも無かった。

あの日、柏木は「さよなら」を言っていたのだ。

それ以後も高岡は、会社の休みの度に前日の夜行に乗って岡山まで行っては探し、探しては空しく東京にとんぼ返りする日々を半年以上も続けたが、しかし、結局兄妹は見つからなかった。手掛かりすらも摑めなかった。


いつもだとビール二本も飲めば気持ち良い酩酊感が来るのだが、今日は三本飲んでも素面となんら変わりが無かった。

高岡は四本目を注文した。

草野球仲間の二人連れは相変わらず野球の話に夢中で、甲子園で活躍したあの高校のピッチャーはプロでも通用しそうだとか、だめだとか、かなり酔いが回った口振りで楽しそうに議論していた。

主人はそんな二人の遣り取りににこやかな視線を向けながら、注がれたビールを少しずつ飲んでいる。

「御馳走さま。お会計をお願いします」

主人に向けられた男の声に、高岡の視線が男に向かって走った。

男は椅子をちょっと後ろにずらすと、立ち上がってレジの前に行った。

男が帰ってしまう。そしてもう二度と会う事が無いかもしれない。いや、無いに違い無い。

高岡の胸中は漣が立つように激しく揺れた。

男が柏木でない事は分かりきっていたが、男が出口に向かって高岡の後ろを通り過ぎようとした時、高岡は勇気を振り絞るようにして男の前に立った。

「あの、失礼ですが、お名前は何とおっしゃるのでしょうか？　もし差し支えなかったらお聞かせ願えませんか」

「？」

突然の事に、男はちょっと驚いた疑問の顔をして立ち止まった。

「出し抜けで申し訳ありません。私の知り合いにあなたによく似た柏木という人がいるものですから、もしかしてそのご子息かと思いまして」

高岡の説明に、男はそこで疑問の表情を消して、

「松波（まつなみ）と言います。柏木姓とは全く関係ありません」

と、落ち着きの有る声で答えた。

「そうですか。申し訳ありません。人違いのようです」

高岡は謝るようにそう言って、小さく一礼した。

男は高岡に小さく首を下げて目礼すると、静かに店の出口に向かった。

男ともう少し接していたい気持ちは高岡の胸にまだ残っていたが、その後ろ姿が店の扉の向こうに消えて行くのをじっと見詰めるように高岡は見送った。

そして見送りながら、何処からか「さよなら」と呟く声が聞こえた気がしたが、それが高岡自身が発した声なのか、あるいは扉の外に消えて行った男のものなのか、高岡自身にもよく分からなかった。ただそれが、他人には聞こえない心の奥深くからのものだったような気もした。

高岡はその声を特別に詮策する事も無く、席に戻ってビールを一気にあおった。

終章

突然、見も知らぬ人から高岡のもとに封書の入った郵便封筒が送られてきた。

差出人は広島の女性で、差出先も広島になっていた。

広島に知り合いの心当たりが無かったので、高岡は訝りながら開封したが、中には封書と大学ノートが一冊入っていた。

手紙はこんな内容だった。

突然こんな便りを差し上げる不躾をお許しくださいい。

私は広島市内に有る病院の看護婦をしておりますが、三ヶ月ほど前に当病院で亡くなられた柏木揚一さんの事についてです。

柏木さんは八ヶ月ほど前から入院されておりましたが、亡くなられる一週間ほど前に、自分が死んだら、これを必ずあなた様にお送りするようにと懇願されて、一冊のノートを私に託されました。

その際、一つの条件が付いておりまして、自分が死んで三ヶ月以上過ぎたらあなた様のもとに送ってくれとの事でございました。

柏木さんが亡くなられて約束の三ヶ月が経過いたしましたので、柏木さんとのお約束通り、お預かりの物をあなた様に送らせていただいた次第です。悪しからず、ご海容の上、ご査収くださいませ。


高岡は驚愕した。

柏木兄妹が突然消息を絶ってから既に五年の歳月が流れていた。

直ぐに高岡は同封されてきた大学ノートを捲った。


高岡君、許してくれたまえ。いや、許してくれなくてもいい。自分は君になんと言われようと言い返す事の出来無い罪を犯したのだから。しかも過失ではなく故意に。何から君に話せばいいのか、自分でもまとまりがつかないが、思い浮かぶままに君に真実を告白しようと思う。それがせめてもの君に対する僕の責任でも有ると確信するから。僕に対する憤りと怒りにこのノートを破り捨てたくなる君の気持ちを察しながら、それでもその気持ちを君の寛容さで我慢してくれて最後まで眼を通してくれればありがたい。

僕は君と出会う前からの自分の罪深い奸計から話そうと思う。

僕と妹の清美の故郷は岡山と君には言っていたが、実はそうではない。真実は広島だ。それもピカドンの地獄の熱線が降りそそいだ広島市の出身です。そう、僕達は原爆の被爆者手帳を持っている兄妹なのです。

幸いと言うべきか、何と言うべきか、ピカドンの閃光が脳を貫いて真夏の昼以上の明るさで光った時、母と僕は爆心地から三キロほど離れた家の中に居ました。僕は五歳で、清美はまだ母のお腹の中でした。

一瞬の閃光とそれに続く激しい突風の嵐に、母は咄嗟に僕を庇って俯せになったらしく、気が付いてみると、母は僕の上に肘と膝を床に立てるようにして覆い被さっていました。何が起こったのか、どれくらい自分はそうしていたのか。母の肩越しに不思議に美しく澄んだ青い空が見えていて、僕は暫くじっとその空を眺めていたのを覚えています。吹き飛ばされて来た材木が周りに散乱していて、家の屋根も壁も吹き飛んでいました。僕は「母ちゃん、母ちゃん」と何度か母に話し掛けました。何度目だったのか、母が

「うっ」と呻くような声を発して眼を開けました。それを見た瞬間、僕は安堵して急に泣き出しました。

母は意識を取り戻すと僕の泣く声に驚いて、僕が母の重みで苦しがっていると思ったのか、急に起き上がろうとしました。でも母の上には飛んで来た大きな材木がのしかかるように被さっていて、なかなか起き上がれませんでした。でも僕の泣き声に、歯を食いしばるようにして背中でその材木を押し退けたのです。

母は、何がなんだか分からないまま、僕の両頬を手で確認するように摑むと「揚ちゃん、大丈夫。大丈夫、揚ちゃん」と叫ぶように僕の名を呼びました。

母の咄嗟の動きで僕はかすり傷だけですみましたが、立ち上がって周りを見回す母の背中は半分以上焼け爛れて、その背中の皮が棒のように細く捩(よじ)れて垂れ下がっていました。糜爛(びらん)した母の背中を見て、恐ろしさではなく、なんとも言い様のない悲しさに憑かれて、僕はまた泣き出したのを今でもはっきり覚えています。母はその時、自分の背中の異変に初めて気が付いたらしく、後ろ手で自分の背中をまさぐり、傷を確認した後、僕に、努めて明るい声をつくって「大丈夫よ。母さんは大丈夫だから、だから泣かないの」と優しく言って頬笑み掛けてくれました。僕は暫くしゃくり泣きをしていたような気がします。

母も僕も助かりました。お腹の中の妹も無事でした。

終戦後、妹は生まれました。でも、妹を生んで半年後、母は死にました。原爆の後遺症が母の命を奪ったのです。

母の事を思い出すと、僕は今でも妹が生まれる前の事が脳裏に甦ります。家が全壊して無くなり、原爆の恐怖から逃げるように母と僕はなんとか広島市街から親戚の住む片田舎に辿り着きました。親戚や村の人達は初め僕達を悲惨な辛い目に遭った者として労るように迎え入れ、接してくれていましたが、一ヶ月ぐらいして母の頭髪が抜け始めると僕達を見る視線が急に冷たいものになって、厄介なものをでも見る眼差しに変わりました。そして僕達は村外れにぽつんと一軒だけ建っている掘立小屋に移らされたのです。親戚も村の人も、すっかり頭髪の抜けた母の様子から被爆の症状は伝染するものと思ったらしいのです。その時、被爆以来初めて母は泣きました。それは、今思うに、遣り場の無い憤りと何者かへの悔し涙だったに違いありません。

食料は親戚の人が朝の薄暗い時分に村人に見つからないよう、そっと小屋の戸口の前に置いていってくれましたが、その量では足りなくて、僕と身重の母はよく食料を分けてもらいに近くの村々などを歩きました。でも、僕達を見付けると、遊んでいる子供を慌てて家の中へ引き入れて皆んな音を立てて戸口を閉めてしまうのです。まるで疫病でも通るように。その時の母の哀しそうな表情と、つないでいた僕の手に力を込めてくる掌の感触が今でも僕は忘れられません。

妹も僕も結局はピカドンの十字架から逃れる事は出来なかった。

原爆による体の異変の現れ方は人によって違いましたが、私達の周りで多くの人が白血病で亡くなってゆきました。被爆の影響です。

父は既に戦死して、母も亡くなった後、僕達二人は老夫婦二人だけの遠い親戚に預けられて育ちましたが、でも、何時自分達も発病するか分からないと、何時もピカドンの十字架に兢兢（きょうきょう）としていたのです。

白血球がいつ異常をきたすのか。幸いにも、妹も僕も異常無く成人を迎える事が出来ました。

確か、前に君に話した事があるよね。僕は野球をやりたかったけど、日焼けが出来なくて諦めたって。ほんとは違うんだ。野球をやりたかったのはほんとうだけど、やりたくても出来なかった。二時間も太陽光線の下に居ると目眩が起きて意識を失くしてしまう事がちょくちょく有ってね。自分だけかと思ったら妹も同じで、学校での授業などで長時間外に居ると妹もよく倒れて医務室に担ぎ込まれたりしたらしいのです。ピカドンにやられた人間は太陽光線にも弱いのだと思います。

僕は丈夫な体が欲しかった。ピカドンの後遺症を押さえつけてしまうほどの強靭な肉体が欲しかった。それで、室内のスポーツで体も鍛えられる柔道を始めたのです。

兢兢とした気持ちを追い払うように僕は夢中で練習しました。人の倍は練習したと思います。その激しい練習がまた、唯一、発症するかもしれないという恐怖を忘れさせてくれる時間でもあったのだから。

十八になって、僕にも異性を思う心が芽生えました。一人の乙女を愛し、交際したいと望み、僕はその乙女と交際を始める事が出来ました。そして僕は信じたのです。たとえ僕がピカドンに遭った人間だと彼女が知っても、二人の仲は深まってゆくものだと。それが愛だと。僕は彼女に全てを打ち明けました。

しかし、違った。結果は違っていたのです。深くなるどころか、自分を見る眼差しに同情の色は浮かべるものの、一定の距離を置くようになり、仕舞いには別の交際相手をつくって自分から離れて行きました。

それでも自分は信じました。彼女はそれだけの人間だったが、自分の全てを知って、きっと愛の契りを深めてくれる女性が居るに違いない。いや、居るはずだ。探すのにそんなに難しくなく。全てを知り合ってこそほんとうの愛は生まれると。

だがそれは甘っちょろい考えでした。人を信じれば信じるほど僕は裏切られたのです。妹も僕と同じでした。兄の贔屓目と思われてもかまいませんが、こんな兄によくこんないい妹が出来たものだと僕は思っていました。事実、妹には時々ラブレターが届いたくらいです。しかしそんな相手でさえ、妹が被爆手帳を持っている事を何処かから聞いて知ると、それ以上近づいては来なかった。

僕達は、清美の成人するのを待って、二人で広島市内にアパートを借りました。

妹が二十三の時、結婚してもいいと思うほど好きになった男がいました。相思相愛でした。相手は僕の仕事仲間で、僕が五歳の時にピカドンに遭った事は話してあったので、二人の仲がうまくゆくだろうと思っていました。

しかし、ある日、妹が放心した顔でデートから戻って来ると、そのまま自分の部屋に引き籠もったのです。様子がおかしいので妹の部屋に入ってどうしたんだと聞くと、妹は両手で顔を覆って急に泣き出しました。指の間から涙がこぼれ落ちて畳を濡らしても妹は泣き続けたのです。いくら訳を聞いてもただ泣くばかりで何も話さないので、僕は妹をそのままそっとして落ち着くのを待って、その後、外で食事をしてくるふりをして相手の家まで行きました。

何が有ったのか問い質すと、相手は妹に交際はやめようと言った事が分かりました。理由を問い詰めると、「あなたが五歳の時にピカドンに遭った事もその時妹さんが母のお腹にいたのも聞いて知っているが、妹さんはお腹の中にいたのでてっきり何の影響も受けないものと思っていた。最近ピカドンの事を調べてみてそうじゃない事が分かった」と言ったのです。

僕はそいつを殴りました。たった一発だったけど、僕はそいつを思いっきり殴ったのです。殴りながら「バカヤロウ」と叫んだような気がします。「お前みたいな奴とは、こっちから断る」と捨て台詞を吐いたのを覚えています。でもほんとうは、訳も言わずに泣く妹の様子で、自分でも真相はうすうす予感していたのです。自分たち兄妹の恋愛の終止符の理由はいつもその事に決まっていたのだから。

高岡君、ピカドンに遭った人間は恋愛する事も許されないのだろうか。

妹はその事が有って以来、人を好きになる事を自ら諦めたようでした。

自分としてもその男の事はショックでした。裏切られた気がしました。その男は、仕事仲間からの人望も厚く、人の苦しみや痛みを共に感じてくれるような所が有って、なにより人間として信じていましたから、それだけにショックも落胆も大きかった。

僕はその人間とどうしても一緒に働く気になれず、仕事を求めて一人上京したのです。それが君と会う一年前の事です。

僕達は病院で年に数回定期検診を受けなければなりませんでした。体の異常を早期に発見する為と、放射能を浴びた人体が時間の経過と共にどうなるのかの追跡調査の為に。原爆症の発見と治療には、やはり広島の病院が他より進んでいるというので、広島に妹を残して僕だけが上京したのですが、ある時の検診で妹の血液に異常が起こり始めているのが発見されました。白血病細胞がより多くなり始めているという検診結果だったのです。それは原爆症の表れでもありました。

ついに来てしまった。直接放射能を浴びた僕ではなく妹の方が先に。死神がついに足音を立てて妹の命を奪いに来た、そう思ったのが偽らざる気持ちでした。治療法など勿論ありません。同じ症状の人達が殆ど、発症後遅かれ早かれ一、二年内に死神に命を鷲掴みにされて息絶えていったのを僕は何人も知っていました。

妹の不憫に僕は号泣しました。涙が次から次に溢れて止まらなかった。やがてその涙は、原爆を生んだ人間への、それを使用した人間への、戦争を起こした人間への、そして自分達がこんな目に遭っているのに普通の毎日の暮らしをしている世間への怒りに変わったのです。情けない話ですが、それが本音でした。健康な体を持ち、健康な生活を送る人間が許せない気がしました。その辺を歩いている健康体の人間を一人ひっ摑まえてきて、妹の体と交換したいとさえ思ったほどです。

確かにその時の僕は錯乱状態に近かったのだと自分でも思います。いや、錯乱していたのかもしれない。どこにもぶつけられない怒りと憤りと恨みの気持ちを曲がった精神で、世間という同じ戦争の被害者に向かってぶつけていたのですから。

戦争には被害者も加害者も無い。有るのは悲惨だけだと誰かが言いましたが、そう思えるようになったのはごく最近の事です。

こんな若い身で死の宣告を受けなければならない妹。妹の不憫を思うと僕はほんとにやり切れなかった。どうせならあの八月の日に一瞬に命を奪ってくれた方がどれほどよかったかとさえ思ったくらいです。

妹の為に自分は何をしてやれるのだろうかと僕は思い悩みました。そして僕は一つの結論を導き出したのです。

残り少ない妹の命の時間の為に、自分は全てを尽くそう、命有る間だけでも幸せな時間を送らせてやる為に。それが他人を騙し、自分自身をも偽り、その結果この身が地獄に堕ちる事になったとしても。僕は妹の命と自分の命にそう誓ったのです。自分は恋愛する事が出来なかったが、せめて妹にだけはそれをさせてやりたい。いかなる状況にせよ、この世に生を受け、そして女の肉体を持って生まれた喜びを味わわせて、死神が戸口を叩いて妹に触れる前に、女としての歓喜の炎を燃やし尽くさせてやりたい。そして僕は呪いながら誓ったのです。死神よ、お前を嘲笑ってやるのだ。妹はお前の手にかかって悲惨のうちに命の炎を消すのではない。自ら進んで女の喜びに燃え尽き、この世とは別の、お前の世とは別の、新たな世界へ旅立って行くのだと。そして、一人旅立たせるのは淋し過ぎるので、女の至福である愛するひとの嬰児をお腹に宿したまま旅立たせてやるのだと。その為になら、子供はこの世に生を受けなくてもいい。その事によって俺が地獄に堕ちる事など、何が怖いものか、そう思ったのです。

僕は実行しました。そしてその被害者に僕は君を選んだ。

僕を軽蔑してくれたまえ。憎んでくれたまえ。怨念の叫びで、やがて建つ僕の墓石を粉々に砕き、火炎地獄の中に放り捨ててくれてもいい。それだけの事を僕は君に対してしたのだから。

ただこの事は信じてくれ。相手なら誰でもよかった訳ではない。自分の大切な妹だ、どこの馬の骨とも分からない男の腕に妹を託したくはなかった。君と出会い、君という人間を知り、その君だからこそ僕は妹を広島から呼び寄せ、あの春の日に君と会わせたのだという事を。

今でも僕は妹にとって最良の相手を騙したと自分は自負しているくらいだ。

僕は初め君にやきもきさせられた。妹に残された時間が少ないのに君は僕に遠慮してプラトニックな付き合い方しかしなかった。それは僕が見込んだ君の人柄を示すもので、本来なら良しとすべき事なのだが、僕の計略の中では単なる時間の浪費でしかなく、非常に困る事だった。女としての肉体的な喜びをも妹に授けてもらいたかったのだ。そこで僕は、妹が広島の病院に検診に戻るのを謀略の絶好の機会として、架空の見合い話をでっちあげて君たち二人の付き合いの進行を操作しようとした。

だが、ここでくれぐれも言っておかねばならない。僕の計略には最初から最後まで妹は一切加わってはいないという事を。妹は人を陥れられるような性格ではない。一番それを僕が知っている。そして次にその事を知っているのは君だと思うのだが。

最初から最後まで僕が計画し、実行したが、一番困難を極めたのは君を騙す事ではなかった。実は妹を騙す事だった。

過去の苦い体験から、ピカドンに遭った事も、定期検診の為に一時的に広島に戻らなければならない事も、そして生まれ故郷が広島である事も絶対に口には出さないようにと約束させるのは簡単だった。それを口にすれば高岡もお前から離れて行くかもしれないと妹に釘を刺せば。だが、その他の事はどうして妹を騙そうかと苦心したのだ。

架空の見合い話の時は、故郷に戻ってくる事を君に連絡しようとする妹に、自分が直ぐに君と会う事になっているから、その時に話すからと偽って君に連絡させなかったし、妹自身を騙すために、広島の知り合いに急遽、戻った妹との見合いを強引にさせて、東京に戻った後の辻褄合わせをしたくらいだ。妹には、戻って来た早々、私には高岡さんがいるのにどうして見合いなんかさせたんですかと随分詰め寄られて困ったよ。

君はまんまと僕の偽装の見合い話と演技に騙された。僕は今でも君と妹が肉体的にも結ばれたのは、虚偽の見合い話が引き金の一端を担っていたと思っている。君は誠実だから、ああでもしないと結婚するまで妹を抱きはしなかったに違いないのだから。

初めは妹の為に君を騙していたが、自分の計略を超越して、妹がほんとに君を愛し始めたのを知って、それ故に君を騙し続ける事が辛くなり始めた頃、丁度妹も、自分の全てを、被爆手帳を持っている事を君に打ち明けたいと何度も言い出し始めた。君を愛しているから、隠し事はしたくないと。妹は人に裏切られ続けながらも、まだ人を信じる一縷の望みを失わずにいたのです。全てを打ち明けても、それでも君はほんとうに自分を愛してくれると妹は信じているようだった。僕はそのいじらしさに涙が出た。でも、だからこそ僕は打ち明けさせなかった。絶対にだめだと頑なに言い通した。何故なら、やはり僕は君を疑っていたのです。心底から信じてはいなかったのです。愛していればいるほど、信じていればいるほど裏切られた時の傷の深さは計り知れないのです。

今までもずっと、信じられると思っていた人から僕達は裏切られ続けてきました。信じていたつもりの人間も、被爆者手帳を見せると、いつの間にか私達と一定の距離を保つようになって、それ以上踏み込んでこようとはしなかった。結局、妹も僕も恋愛する事も恋人をつくる事も出来なかったのだから。

被爆者という十字架のレッテルは恋人をつくる事さえ許さず、僕からも妹からも異性を遠ざけたのです。

妹のお腹に君の子供が宿りました。その事を妹から打ち明けられた時、産みたい、でも健康体の子供を産む自信が無いと妹は泣いていました。そしてその事を、子供が出来た事を君に話すべきかどうか迷っていた。

僕は妹に言いました。子供の事を話す事は、今まで隠し通してきたピカドンの事をも、今の体の健康状態の事をも話さなければならない。それを知ったら、高岡はお前の体の負担を考えて堕胎するように言うに違いない。いや、ピカドンの子供など絶対生むなと強要して逃げて行くかもしれない。それが普通の人間の考えだ。だから、この事は打ち明けない方がいいと。

妹は哀しく顔を俯けていました。

子供は自分達で育てよう、僕は妹にそう言っていました。泣きたい思いで僕は妹にそう言ったのです。それは本心からです。縋るような思いからだったかもしれません。その時僕は、妹に子供が宿った事で一縷の望みを抱いたのです。広島の担当の医師から内密に、妹の命はもってあと六ヶ月と宣告されていましたから。でも、もしかしたら、子供が宿った事で母親としての闘う母性本能の力が湧いて、それが死と闘う力添えをしてくれてピカドンに打ち勝つかもしれない、そう思ったのです。

子供を守ろう、僕はそう言って君の前から姿を隠す事を妹に説得していました。

計り知れない迷いに深く沈んでいた妹も、突然、決心して吹っ切れたように頷きました。

その表情は一人の女ではなく、命がけで子を守る母親の顔になっていました。

そして、僕達は君の前から姿をくらましました。

そこでノートは一ページ分空白になっていた。

高岡の胸に、稲光を発して巨大な化物のように立ちのぼるきのこ雲の傍らで、母に庇われながら瞬きひとつせずに青空を見つめている柏木少年の姿が浮かんだ。

そして、初めて清美を抱いた時「結婚しよう」と言った自分の言葉に「今はだめなんです」と答えた、底知れぬ哀しみを帯びた彼女の表情の意味が呑み込めたのだった。


子供が力になってくれるかもしれないという僕の一縷の淡い期待も結局は叶えられませんでした。

広島に戻って二ヶ月後、命の綿切れる直前まで、子供を生みたい、生むんだと哀願していた妹は息を引き取りました。

世間では広島や長崎被爆者慰霊祭、終戦の行事等で騒々しくテレビニュース等を賑わしていましたが、その間じゅう妹は病院のベッドで死の苦しみと闘い続けていました。そして、その賑わいも気の抜けたようにパッタリと止んだ終戦記念日翌日の八月十六日に二十六年の生涯を閉じたのです。

棺には、妹が三人での初めての花見の時に君から貰って大切にしていた砂時計と、君には悪いが君の写真を入れさせてもらったよ。

あの世への旅立ちは一人では行かせたくない。愛する男の子供を宿したまま旅立たせてやりたいと僕は書いたが、今もその気持ちに後悔の念は無い。君の子供を、陽の目を見せずに自分は殺した事になるのかもしれないが、その罪の意識以上に僕は僕の妹がかわいいのです。大切なのです。だからその事に今でも僕は後悔はしていない。後ろめたい気持ちが有るとすれば、君を騙し続けたその事だけです。それだけは心底すまなかったと思っています。

天が僕の謀略を許さなかったのか、それとも自然に僕の命の蠟燭の終わりが迫ったのか、ついに僕の体内でも白血球が急速に増殖し始め、体の異常が出始めました。妹と同じです。君の子供を生むという生きる目標が有った妹でさえだめだったのだから、今となっては何の生きがいも無い僕はそう遠くない日に死を迎える事になるだろう。だが、せめてその前に、君にだけは全てを明かさなければならない。それがせめてもの妹を愛してくれた君への僕の責任だと思うのです。騙し続けた事への責務だと思ってこのノートを記しました。ほんとにすまなかった。ここに書いた事が全ての真実です。

君が僕の遺書とも言うべきこのノートを見る時には、僕はあの世で妹と子供に再会しているかもしれない。あるいは、僕自身の罪のために妹には永遠に再会出来ずに地獄を彷徨っているのかもしれない。

だが、まあ、それはそれでいい。僕は一人の女性とも愛し合う事無くこの世に別れを告げねばならないが、妹だけには女としての幸せを享受させてあげる事が出来たのだから。

高岡君、最後にもう一度言わせてくれ。

君を騙してほんとにすまなかった。そして、僕の妹を愛し、子供を宿してくれてありがとう。


深夜の十一時を回った共同浴場は静かさを取りもどして、浴槽に注ぎ落ちる引き湯の音だけが唯一の音を立てていた。

浴室には、一人の老人が眼をつぶったまま体をほぐすようにゆったりと湯船に浸かっていた。

高岡の入室の音に、老人はちらっと一度だけ湯の心地良さに弛緩したような眼を開けたが、心地良さに戻るように、直ぐまた眼をつぶった。

滑り込むように高岡も静かに湯船に浸かって、アルコールを含んだ体をゆっくりと投げ出した。

老人と高岡の間には、注ぎ落ちる湯の音だけが拡がっている。

二人は暫くそのまま沈黙を守り続けたが、老人はゆっくりと眼を開けると高岡に話し掛けてきた。

「湯加減はどうですか？」

「丁度いいですね」

「そうですか」

老人は満足そうな表情を浮かべると、両手で湯を掬って、そのまま顔をちょっと強めにこすった。地元の人らしかった。

高岡も老人に話し掛けた。

「今の時期、百合のような黄色の花が綺麗ですね。キスゲと言うらしいんですが……」

高岡は、夕刻小料理屋の女将に教わった花の名を口にした。

「ええ、そうですね。丁度、今頃が盛りです」

老人はそう答えると、ちょっと間を置いて続けた。

「キスゲの別名をご存知ですか」

「いえ」

「夕菅とも言います」

「ユウスゲ？」

「ええ。夕方に咲き出しますから。夕方に開花して翌日の昼までには萎みます」

「夜通し咲き続けるのですか」

「ええ、そうです。太陽光線が苦手なんでしょうね。ひっそりと咲いてひっそりと萎む。名前で想像すると、宵の湯上がりの、和服を着た女性の艶っぽさのイメージが有りますが、どうしてどうして、そんな艶は感じられません。むしろ、秋の訪れをそっと教えてくれる清楚で清しい女性の印象です」

脳裏に花の姿を思い描いて、成程と高岡は思った。

暫くして、老人は徐に湯船を出ると、

「それでは、お先に」

と告げて浴室を出て行った。

高岡一人だけの浴室には、前より一層深い静けさが戻ってきた。引き湯の音だけが相変わらずの湯音を立て続けている。

やがてその静寂が、柏木に似た夕刻の男の姿を高岡の脳裏に思い起こさせた。

《世の中には、ほんとによく似た人がいるものだ》

高岡はゆっくりと眼をつぶった。

すると、柏木兄妹の面影が美しく哀しい残像のように彼の脳裏に甦って胸を締め付けた。瞬間、鋭い刃に切り付けられたような切なく痛む思いが彼の全身を駈け抜けた。

高岡は泣いていた。歯を食いしばり、声を押し殺して泣いていた。

八月が来るたび、八月という月が存在するかぎり、この哀しみは終わらない。少なくとも、私の命が尽きるまでは。いや、私の命が尽きても。

頬を流れ下った涙が湯に落ち続けた。

十八年ぶりの涙だった。

柏木の遺書とも言うべきノートを読んで以来の、二人の墓参りをして以来の、十八年ぶりの涙が歳月を越えて、今また、より大きな哀しみとなって高岡の頬を濡らし続けるのだった。

少年の日

電話

会社から帰って部屋着に着替え、座椅子に座って、何となくテレビのニュースを見ていた明（あきら）の、テレビ横に置いていた携帯電話が鳴った。

「もしもし、尾形（おがた）ですが」

「明か？　俺だよ俺、勇一（ゆういち）」

勇一と名乗られても、明には直ぐには誰だか分からなかった。分からない気配が相手に伝わったのか、直ぐに相手はまた声を発した。

「何だ俺を忘れたのか？　ひどいなぁ～、赤羽（あかばね）だよ赤羽。赤羽勇一」

赤羽勇一、そこでやっと相手が分かった。

「勇ちゃんか？」

「そう」

「珍しいねえ、どうしたの？」

「その感じだとやっぱり知らないなあ」

「何の事？」

「健治（けんじ）の事」

「健治？　健ちゃん？」

「そう。健治が死んだ」

「え、冗談だろう。嘘だろう」

「本当。こんな事、嘘なんて言える訳ないだろう」

明の脳裏に、いつも溌剌として、健康で、成績も優秀、小学中学と一緒に野球部で、両方共キャプテンだった健治の明るい顔が浮かび上がった。

「どうして？」

「癌。膵臓癌」

「癌？　だってまだ二十五じゃないか」

「そうだけど、癌。若い分、進行が速かったらしい。腹部の痛みが一週間続いて、病院に行ったらもう末期だったって、御袋さんが嘆いてた」

「……」

「二ヶ月前ぐらいから時々腹に違和感が有って、次第に痛みが出てきた。その都度治まっていたのであまり気にもしなかったようだが、さすがに一週間も痛みが続くと変だと思ったらしい。入院して二ヶ月もしないで死んだ」

「……そうか……」

「もう末期だったので家族だけの秘密にしていたが、本人が悟ってしまったらしい。それでお前と俺に会いたいと言ったそうだが、お前は東京で仕事が忙しいだろうからと、あいつ、俺だけを病室に呼んだ。そして俺が死んだ後にお前に知らせてくれって」

「……」

「痛み止めを打っていたからだろう、病室に行ったらあいつ意外と元気で、普通にしゃべれた。ドッキリじゃないかと思うくらいに元気そうだった。だけど二回目に行った時にはもう元気が無くて、寝たきりになっていて、三回目には面会謝絶だった」

明はそこまで聞いてやっと健治の死が本当である事を悟った。

「……葬儀は何時？」

「明日が通夜で、明後日が葬式」

明は葬儀に合わせて急遽会社から有給休暇を三日取って、故郷に帰省した。


北国とはいえ、九月半ばは未だに残暑が昼の随所に残っていて、新幹線を降りると日光の直射が半袖シャツの肌に痛いくらいだった。

赤羽勇一とは式で会う事にしていて、明は一旦実家に帰り、喪服に着替えて、二時からの葬式にタクシーに乗った。

葬儀場は市内を大分離れた田園の先の山を切り崩した場所に有った。全国チェーンの大手葬儀屋が運営している。焼き場も兼ねた、地方には不似合と思われるほどの瀟洒で立派なコンクリート造りの大きな建物で、玄関口の予定板には、その日一日だけで七家の葬儀の表示が有った。

親戚筋の控え室が七室、葬儀室が二室、荼毗の窯が五つも有る。

伊藤家の葬儀場に入り視線で明は勇一を探すと、勇一は最も後方の位置の席に座っていて、隣の席に自分の数珠を置き、明を待っていた。互いに目線で久闊を叙し、明も席に着いた。

明はそこで初めて菊の花に飾られた正面の写真を見た。

遺影はちょっと頬を弛めて、澄んだ優しい眼で真っ直ぐこちらを見ている。それは少年の頃と全く変わらぬ視線だった。

三人の中で一番身長が高く、成績も優秀で、スポーツ万能。当然女の子からモテモテだったが、その事を鼻に掛ける事も無く、寄ってくる女の子達よりも明と勇一との三人連れで行動するのが常だった。

同級生達から三人は、何時も三人連れ立っているし、名字の頭文字から『あ行三人組』と綽名を付けられていた。

焼香の段になって勇一の後に明が続き、終えて戻ろうと振り向く勇一の神妙な顔をチラっと見て、明は前に進んだ。

焼香し顔を上げて健治の写真を見詰めて、明は胸の中で声を発した。

「おい健、お前何やってんだよ。そんな高みから見下ろしやがって。まだまだ死ぬ歳じゃないだろうが。お前、先生になって立派な人間を育てる、そう言っていたよな。あれは嘘だったのかよ。死んじまったら先生続けられないだろうが。バカ」

明の眼に熱いものが湧き上がってきた。手を合わせて眼を瞑ると、

「すまん」

　健治の声が聞こえたような気がした。


　出棺前のお別れに葬儀社の担当者が、一同に告げた。

「皆様、これが最後のお別れになります。花を手向けて、お別れを言ってあげてください」

　蓋の外されている棺の中に、青白く化粧を施されて、花の中に埋まるように顔と手と胸だけを出している健治は眠っているようで、「ああ、よく寝た」そう言って起き上がってくるのではないか、そうにも思えた。

　切り花を一枝ずつ配られた参列者は、棺を巡るように歩いて花を棺の中の思い思いの所に入れ、近親者の幾人かは嗚咽の声を漏らしている。

　顔だけを残して花に埋まってゆく健治はやはり起きなかった。

「まだまだ先だろうけど、何時かまたな」

　明は花を置いて呟くと、もう一度手を合わせた。

　一同は火葬の部屋に案内され、その後棺が運び込まれ、窯の中にセッティングされ、喪主の母親に代わり担当者が点火のスイッチボタンを押した。

　荼毗に付されている間、一同は別の部屋で御神酒と軽い食事の追弔の時を過ごし、一時間半後、

「ではご一同様、もう一度前のお部屋へ」

と火葬の部屋へ案内された。

窯から出されてきた健治は、はっきりそのままの頭蓋骨と人体配列の白い骨だけになっていた。

親類の方々の陶製の骨壺への骨納めが済むと、

「お二人も、拾ってあげて」

片隅で様子を見守っていた明と勇一に喪主から声が掛かった。

舎利を拾うのは親類の方だけだろうと思っていた二人だったが、素直に頷くと、それぞれに象牙の長箸を握って幾片かを骨壺の中に入れた。

思い出

夜、明と勇一は中学の時の同級生がママをしているパブで落ち合った。ママも葬儀には参列している。

カウンターの一番奥側に二人は座り、勇一がママに声を掛けた。

「玲(れい)ちゃん、お勧めのウイスキー・ボトル一本」

「水割りでいい?」

「ああ。明も水割りでいいか?」

「いいよ」

「今日は特別だから一番下の料金で、水割りには勿体ないけど、一番上のボトルサービス」

玲子が言った。

「ありがとう」

勇一と明はそれぞれに答えた。

「これで『あ行三人組』は解消ね。一人欠けたら三人組にならないもの」

玲子の言葉に、

「そんな事は無いさ。俺達は今までも、この先も三人組。あ行三人組さ。それは変わらない」

勇一が答えた。

「そう。勇一の言う通り。俺達は何時まで経ってもあ行三人組」

「そうね、あなた達は変わらないわね」

玲子が答えながら、野菜の煮付けを突き出しに出した。

客は他にはまだ居なかった。玲子が続けた。

「そういえばあなた達、三人共野球部だったよね」

「そう。小学校から。一番最初に入部したのは健治。四年生からで、次に明と俺、五年から。

俺は運動があまり得意じゃない。健治に誘われたから入った。小学校の時はレギュラーになれなかった。中学では年功序列でなんとかセカンドを守らしてもらったけどね。そういえば健治、俺の為に練習後も居残ってノックをしてくれた。俺の失策したボール拾いは明。健治は成績も良かったから本当は家に帰って勉強したかったのだろうけど、俺に付き合ってくれた。優しい奴だった」

「健治君は小学中学とキャプテンだったもんね。私、覚えてる」

「そう言う玲ちゃんはクラブは何だっけ？」

「私？　私は帰宅部」

「そうだったか」

明と勇一は頬笑んだ。

「そういえば、小学校六年の時の合宿の肝試し、覚えてる？」

勇一が明に聞いた。

「ああ、そんな事も有ったたな。あれは恐かった。懐中電灯一つで校舎の外れのトイレに二人一組で行って、扉を開けて戻り、次の組が閉める。何しろ校舎が木造のボロボロだから、歩くだけで廊下がギシギシ、ギィーギィー音を立てる。人間を喰らう山んばの歯軋りのように。何人かは泣く奴もいたな」

「そうそう。あれは本当に恐かった。俺は健治と組まされたんだけど、あいつ凄かった。勇気が有った。初めの内は健治が先で後ろに俺が従いて行った。でも途中で俺は奴と代わってもらった。後ろに健治が従いていてくれれば幾分安心だし、ほら、ホラー映画とかで有るだろう、先に何かが起きるのは後ろの人間からって。前の人は後ろで人が攫われても気付かない。それを思い出した。で、代わってもらった。中頃を過ぎた曲がり角の手前で健治が『止まれ』って、そっと俺に声を掛けた。言われるままに俺はそこに立ち止まると、あいつが俺の前に出て『何かがいる』って囁いた。俺はもう恐いの何の。小便ちびりそうだった。『え』って言う声さえ出なかった。するとあいつ、健治どうしたと思う?」

「……さあ……」

玲子が答えた。

「あいつ、俺の前に出ると、何かがいる曲がり角へ『あ〜』と言う奇声を発しながら飛び込んで行った。あいつも恐怖は俺と一緒だった筈なのに飛び込んで行ったんだ」

「で?」

今度は明が聞いた。

「飛び込んだら何ものかに全身を受け止められた」

「で?」

「健治がパンチを繰り出そうとしたら、逆に慌てた声がした。『先生だよ先生』って。肝試しの終了後、健治は先生に言われたそうだ。『仲間を守ろうとした、その気持ちを忘れずに今後も頑張れ』って」

「俺、初めて聞いたよ。あの肝試しでそんな事が有ったなんて。俺達三人組だから俺には話してくれても良かったのに」

「ああ、かもな。でも、いくら仲良しでもバラしちゃいけない事が有る。あいつは俺の名誉を守った。ビビリの俺を守った。あいつは本当に立派な奴だ。……そんなあいつが俺達よりこんなにも早く、逝っちまいやがるなんて」

「そういえば俺も今、思い出した事がある。勇ちゃん、覚えてない？　六年生の時の保健室」

「保健室？」

「ああ、保健室。学校が休みの土曜日の野球の練習の後。何故か六年生皆んなで保健室へ行った。行って、有ろう事か、場所が場所なのにオナラ大会を始めた」

「ああ、そんな事が有ったな」

「いやだあ〜。オナラ大会？　保健室で？　私、鉄分不足でよく貧血を起こして保健室で休んでたんだから」

玲子が悲鳴に近い声を上げた。

「そう、皆んなで順番にオナラを出し合った。まああ、いろんな音が有ったな。大きいのやら小さいの。微かなのや音の無いもの。音の無いものは臭かった。皆んなで鼻をつまんだ」

三人は他に客も従業員も居ないのをいい事にオナラ談義を始めた。

「そうそう」

勇一がはっきりと思い出した。

「一人一人順番だったんだよね」

「そう順番。俺もそうだったけど、出そうと顔を歪めるのだけど出ない。半数くらいは結局出やしない。その内、ファーストのレギュラーの奴の番になったんだけど、中々出ない。負けず嫌いのそいつは顔を何度歪めても出ず、すると突然、体が硬直したように静止した。そして一言『実が出ちゃった』」

「やだあ～。本当に出ちゃったの？」

と玲子。

「ああ、本当に出ちゃった」

「それでどうしたの？」

玲子の声が興味津々に変わった。

「そいつ、そのまま直ぐ、ガニ股で家に帰って行った」

「そうだったそうだった。そいつの顔、一瞬確かに硬直した。それで当然オナラ大会は途中終了。そしてキャプテンの健治が皆んなに強要した。『今日の事は一切他言無用。いいな皆んな』って、怖い顔で言った。あれは漏らした奴の名誉を守る発言だった」

「ああ、覚えてる。野球部の仲間内でもあの件は、あの後、一切口に上らなかった」

と明。

「ひどいわね、あなた達。神聖な保健室をそんな風に使うなんて」

一番話に引き込まれていた玲子が突然、直面目な口調で言い放った。

「すいません」

何故か玲子に明が謝ると、勇一が援護した。

「したのはその一回だけ。その後はしなかったから勘弁勘弁」

玲子は首を捻り、眼を上にひんむいた後、二人に視線を戻し、

「仕様が無いわね。なら勘弁してあげる」

と笑った。

「そう言えば」と勇一が言った。

「六年の時の練習、結構いい加減だったよな。大会は一回しか無かったし、遊びの延長のようだった。可愛子ちゃんが校庭に現れると、その子に惚れていた奴がかっこいい所を見せようと急遽バッターになり、バッターボックスからピッチャーに『真ん中にいい球頼む』と訴えて、ピッチャーもそれに協力。でも力が入り過ぎるのか、真ん中の絶好球でも空振りしたり、ボテボテの内野ゴロ。一度見事にかっとばした時にはその打球はレフトを越えたはいいが、その先に有るトイレの小便場所にまっしぐら。小便に濡れたボールを木の棒二本で挟んで洗い場まで持って行った」

「確かにそんな事も有った」

明が頷く。

「でも皆んな、恋は実らなかった。俺の勘だけど、学年の一番の可愛い子果歩ちゃん。健治を好きだったんじゃないか。廊下や教室で健治と話す時の顔、赤くなっていたもの。でも健治は、女の子に興味有る顔は見せなかった。もてない俺達に悪いと思ってたのかもしれないなあ」

「ああ、それは俺も感じていた。帰宅途中、よく女の子が三、四人、道の曲がり角で待っていたよな。でも俺達二人が一緒だと知ると声を掛けてこなかった。あいつ一人で帰る時は常に女の子が数人同伴していた。『一緒に歩いていい？』そんな女の子の声掛けを何度か聞いたもの。あいついい奴だから断りもしなかった。羨ましかったな」

「右に同じ」

勇一が同意する。

「玲ちゃんは健治に惚れなかったの？」

「私は健治君素適だと思っていたけど、最初から惚れなかった。だって惚れても釣り合わないもの。それに一番の可愛い子、私の友だちだし、勇君の勘、当たっていたわ。彼女から私聞いていたもの」

「そうか、君たち、よく二人で連れ立っていたものな」

「そう。まあ　私に釣り合うの、あなた達くらいかな」

「ひでえなあ」

勇一がちょっと顔を顰めて言う。

「あら、当たってたらごめんなさい」

と澄まして玲子。

「ますますひでえや」

と、またまた勇一。

「そりゃないよ」

と明。

「でも、よく見ると玲ちゃんも美人かもよ」

「あらひどい。よく見なくても美人です」

「あ、そう。美人の定義が変わったか？」

「料金、倍。三倍かな」

「ひえ〜、勘弁勘弁。玲ちゃんも美人です。それでよござんすか？」

「よござんす」

三人の笑いが一頻りカウンターを挟んで花咲いた。

「まあ、俺たち二人は女の子にはダメだったけど、こいつ、野球で活躍した事があったんだぜ」

勇一が明を指差した後、玲子に言った。

「俺？　俺そんなこと有った？」

明が応じた。

「何だ、忘れてるのかよ。ほら五年の時。五年の時の六年生への壮行と五年の力量を試す練習試合」

「ああ、あの試合か。思い出した。覚えてるよ」

「当たり前だ。お前が覚えてなくてどうする。こいつ、大活躍したんだぜ」

勇一が玲子に顔を戻す。

「そうなの?」

「そうなんだよ。当然俺はベンチ温め。その壮行試合には何時も全く練習指導にも来ない監督代わりの先生が来て、何故か分からないけど本来レギュラーでサードの明もベンチ。なあ、覚えてるだろう」

「ああ、覚えてる。正直悔しかった」

「壮行を兼ねていたので三回までは俺たち五年組のピッチャーは六年生の二番手投手が投げ、六年組が二対〇でリード。四回から、サードに就いていた五年生エースに代わり、六年と五年のエースの投げ合いで点数はそのまま。どちらも球は速いしコントロールもバッグン。俺は下手だからいいけど、明は相変わらずベンチのまま。そして最終回の七回裏。相手のエラー二つとぼてぼてのヒットで五年組のツーアウト満塁のチャンス。なんとそこで四番に代わってピンチヒッターは明。四番打者に代わっての指名にも驚いたが、俺は自分の事では無かったけど明の出番にほっとしたよ。でも六年生エースの球速は衰えてはいなかったし、勝つのは九分九厘無理かもと俺は思っていた。いや、俺だけじゃない、六年も五年も皆んながそう思っていたのじゃないかな。そしたら明、こいつまさかのヒーローになった」

「ヒーロー?　打ったの?」

「そう、打ったの。速球を左中間に弾き返した。それも凄いの何のって、弾丸ライナーのまま外野を抜けて、走者一掃のサヨナラ二塁打」

「そうだったな」

「お前、よくあのピッチャーの球、弾き返せたな？」

「そうだね、打てたのが自分でも信じられなかった。まさか先輩のあの速い球を打てるなんて。なんか周りに六年には勝てないムードが有ったけど、唯一たった一回の出番のチャンスを貰って、あの時の俺はなんか不思議と諦めていなかった。なんとか食らい付こう、只それだけだった。不思議な事が起きた。ピッチャーの球が白く近付いてくるのだけが見えて、その周りは真っ黒。体が反応した事だけは微かに覚えているが、バットを振ったという感覚は無くて、ふっと気が付いたら白球が遊撃手と二塁ベースの間をライナーで飛んで行くのが見え、外野手の間も抜けて行った。あれは自分でも不思議だったよ。打席でボールの白球以外何も見えなかった。黒い幔幕の中を一点の白だけが近付いてくる、そんな映像だった。集中力が異常に高まるとボールが止まって見えたりする、その類かもしれない。兎に角、打てたのが不思議といえば不思議だった」

　そこまで話をしていて、カウベルの音と共にドアが開いて店のアルバイトの女性が一人入ってきた。

「いらっしゃいませ」

　二人に向けて挨拶するとカウンターの中に入り、それから十分ほどして三人連れの客が入店してテーブル席に着き、従業員はそちらの客のもてなしを始めた。

「そう言えば、明君だったよね、果歩ちゃんの鼻の穴に杉鉄砲を打ち込んだのは」

　玲子が明に顔を向けて言った。

あ行三人組が小学五年の時、何故か杉鉄砲飛ばしが流行った。しかもその流行りは五年生のクラスだけで、他の学年には見られず、教室内で飛ばし合う事に男子達は夢中になった。

当然休み時間での飛ばし合いが授業中にもこっそり行なわれるようになり、発射する時「ポン」という軽い音を立てるので、授業の先生には簡単に気づかれ、よく注意された。

小学校の裏山は杉林で、実がたくさん生っていて、竹藪も有るので鉄砲作りも出来る。作る時にはカッターナイフを持って行くのだが、中には立派な本物のナイフを持っている者も居る。今と違ってナイフを持っていても危険で物騒だからと取り上げられる事も無く、おおらかな時代だった。

「ああ、覚えてる。でも果歩ちゃんを狙った訳じゃないんだ。後ろの席を振り返った瞬時、勇一に照準を合わせたつもりが、振り返りが足りなくて、しかもタイミング良くというのか悪くというのか、顔を上げた隣の席のあの子に弾が飛んで行った。あんな事も有るんだな、そしたら見事彼女の鼻の穴にスポッと消えて行った。そして彼女の大きなくしゃみ。ヤベェ～と思った時には後の祭り。もうその授業中一度も後ろを振り向けず小さくなって『ヤベェ～』という言葉だけが頭の中を回転していた。でも彼女凄いなあと思った。その後、騒ぎ立てもしなければ先生に訴える事もしなかった。授業後、彼女を振り返って申し訳ないの仕草をしたら、彼女、親が子を叱るようにちょっと俺を睨んで『びっくりしたわ』と一言発して表情を緩ませた。それで終わり。俺あの時、彼女の人間の大きさを知らされた気がした。女は凄い、心が広い、そう思った」

「果歩からその時のこと聞いたわ。鼻に見事に入って大きなくしゃみが出た。そしたら口から出てきたんですって杉の実が。鼻と口は繋がってるのねって感心してたわ」

「そうか、やっぱり女は凄い。あの時は本当に申し訳ない事をしたよ。あの後、俺はぱったり杉鉄砲を止めた。果歩ちゃん、元気かなあ」

「あの子は今、東京に居る。元気にやってるわ」

玲子が二人のグラスに氷を足した。

「そうだ、またまた思い出しちゃったよ」

と明。

「何を？」

と勇一。

「ほら中学二年の時の十二月初めのクラブ練習の後。十二月初めは最も日没が早くて、初冬の寒さ。初冬というより真冬の寒さ以上の寒さかな。ここの雪の前の木枯らしの吹き荒び（すさ）は体の芯まで応える。体育館での筋力トレーニングを終え三人で帰った時の事」

「覚えてないなぁ。そんなの冬場は毎日の事だから」

と勇一。

「日が暮れて三人で下校したら、途中の電信柱の照明の下に三十くらいの女性が一人、困った顔で立っていた。それも日本人じゃない、外国人。確かフィリピンとか言ってたな。日本の住所が書いてあって、友だちがそこに住んで待っている。そこに行きたくて随分探し回ったけど、見つからなくて困っていた」

「ああ、あれか、あの日の事か。雪が降り出しそうな寒い夕暮れ後の底冷えの晩で、本当に寒そうで困った顔をしていた。それはそうだよな、日本人でも寒いのにフィリピンだもの。そうだったそうだった。そんな事有った」

と勇一。

「俺と勇一は外人さんというだけで気持ちが引いて声を掛けられない。外国語で話し掛けられたらどうしよう、そんな恐さのようなものが有った。でも健治は英語で声を掛けた。その女性も英語は殆ど分からない風だったが、メモを見せて、ここに行きたいという仕草をした」

「そうそう。でもメモを見たら不完全なローマ字で書かれた住所で、電話で聞き取った住所をその女性がそのままメモした、そんな好い加減な物で、地元の俺達にもこの住所何処だろうと疑わせた。明もそうだったと思うけど、寒さで顔が痛いほどだったので、俺は早く家に帰りたかった。だけど『放っておけないだろう』の健治の一言で俺たち二人も家探しを手伝う事にした。したと言うより、探す羽目になった、それが正確かな」

「そうだったな。あの夜は本当に寒かった。メモを頼りに一時間探したけど家は見つからず、仕舞いには雪がちらついてきた。風が強く無かったのがまだ助かった。更に一時間、四人で探し回ったが見つからない。そんな時だったよな、坂の上のちょっと離れた灯りの点いているマンションの窓から女性の声が掛かったのは。相手も明らかに、何時になっても来ない女友だちを心配していた声だった」

「そうそう。女性が喜びの声を発して走るように坂を登って行った。彼女、俺達を振り向きも、感謝の言葉も無くマンションの中に嬉々として入って行ったな。その事に俺達ちょっと不満の気持ちも過ったけど、見つかって良かった満足の方が大きくて、直ぐその場を後にして俺達も家路に就いた。手と顔だけじゃなく、足の指先も冷たくて痛いほどだったなあ。俺は健治に『感謝の言葉も無かった。一緒に探してあげる事も無かったかも』と話し掛けた。するとあいつ何て言ったと思う？」

「何て言ったの？」

と玲子。勇一が続ける。

「『いいさ、家が見つかったんだもの。それにさ、もし自分の家族の誰かが外国でさ、同じような事になったらと思うと放っとけない』って。あいつの顔も寒さで硬直したままだったけど、眼が嬉しさの微笑を浮かべていた」

「健治くん素適ね」

「ああ、素適な奴。いい奴だった」

勇一が言うと、玲子が続けた。

「あなた達二人も」

「俺達？　俺達はあいつに付き合っただけだよ」

勇一が答えると、明が続けた。

「そう、俺達はあ行三人組。あいつ一人を置いて帰る訳にゆかなかった。ただそれだけ。なあ勇一」

「ああ、あいつに比べたら俺たち二人、足下にも及ばない」

「なら、そういう事にしておきましょ」

玲子が澄んだ瞳で二人を見た。

大事件

「そう言えばあなた達あ行三人組、前代未聞のとんでもない珍事件を起こして、先生に物凄い声で怒鳴られたわね。あれは学校始まって以来の大事件、いえ大珍事。全く凄い事をしたものだわ。あの時のあなた達、あ行三人組じゃなく、悪行三人組ね。もう皆んな聞いてびっくり。私には思い付いても実行は出来ない。いえ、思い付きもしないわ」

玲子が勇一と明に大きく思い出し笑いしながら話し掛けた。

男二人には何の事だか直ぐに分かった。忘れようとしても忘れられない、小学五年の思い出だった。

「あの怒鳴り声は確かに凄かったな。地球が真っ二つに割れて、太陽がドスンとおっこちてくるんじゃないかと思った」

勇一が笑いながら言った。

「本当だな。あの怒髪一声は凄かった。思わず体が震え縮んだものな」

明も笑いながら応答した。


小学五年時、世間では食品偽装が横行し、代議士が虚偽の証言で逮捕、そんな記事が新聞を賑わし、テレビのニュースやモーニングショー、アフタヌーンショーでも連日連夜トップの記事。どのチャンネルを捻ってもそんな事件ばかりをトップで扱っていた。名だたる世界の多くの自動車企業、日本の大企業などでもデータの改竄が相次いで発覚。それらは社会の真面目な多くの人々、子供達に人間への不信、大人への不信を抱かせた。特に子供の心に「大人は信用出来ない」そんな気持ちを植え付けた。

クラブ活動が終わっての帰り道、勇一が言った。

「俺、今、大人が信じられない。大嫌いだ」

「勇ちゃん、どうしたの急に？」

健治が優しく聞く。

「新聞もテレビも厭な記事ばっかし。俺、大人になりたくない。大人になるって嘘つきになる事のようで厭だ」

「なんだなんだ、どうした勇一。えらく怒ってるな」

明の話し掛けに益々勇一は怒りを募らせてゆくようだった。健治も明も勇一の不満が何なのか知りたいと思った。

「明日は日曜でクラブも無いし、昼は空(あ)いているから河川敷で会おう。お前の不満を全部聞いてやる。明、お前も一緒に聞こうや」

「ああ、いいよ。でもこの暑さは閉口だ。太陽で日干しになっちゃう。へたしたら日射病だから、集合は学校の裏山の神社にしないか。神社に二時」

「ＯＫ」

「ＯＫ」

それで神社集合に決まった。


神社の境内に人影は無かったが、油蟬とミンミン蟬の蟬しぐれで全体が揺れるように姦(かしま)しかった。

一人一人が集まる足音で近くの蟬声は一時止むが、足音が遠去かるとまた直ぐに元の喧噪(けんそう)に戻る。

白の半ズボンに白の半袖シャツの三人、時間通りに集まって、神社の前の石段に陣取った。

口火を切ったのは勇一だった。

「悪いな、集まってもらって」

「どうせ暇だからなんでもないさ」

明が応答すると、

「午前中からの勉強に疲れたので丁度いい。昨日の不満話してみろよ」

と健治。

健治は母子家庭だ。父親は四年前に癌で亡くなっていた。それでそれまでは癌をやっつける医者を目指していた。だから成績も良い。良いどころか学年で何時も一番か二番の位置だ。もう一人のライバルはクラブ活動を一切していないガリ勉のメガネの、隣のクラスの男の子。明は中肉中背で学業成績もそれに見合って中位置。あまり勉強はしない。

勇一はと言うと、勇敢かと思いきや名前負けで、臆病。メガネを掛けていて、小学二年の時遊んでいて大きな犬に尻を噛まれた経験から極端に犬が恐い。泣きながら犬から遠ざかり、安全な場所に来てパッとパンツを下ろすと、犬の歯形がくっきりはっきり付いていて、少し血が滲んでいた。

「俺、不満で一杯だよ」

義憤をぶちまけるように言うと、勇一は続けた。

「食品偽装もデータ改竄も皆んな日本や世界の一流企業。あんまりに多過ぎないか。ぎりぎり食えるか食えないかの下請け企業や小さな店ならともかく、皆んな大企業だぜ。皆んなが入社に憧れる超一流ばかりだぜ。俺だってそんな大きな会社に将来は入りたい、そう思ってた。ところがこの有様だぜ。皆んなお金の為に嘘をつく、大人は嘘をつく、厭になっちまう。学校で、正直で真面目な人間にならなくちゃいけない、そう教えているのに、大人になったら逆だもんな。逆の事をしているんだもんな。真面目で嘘のつかない人間になれ、そんなこと信じられなくなってきたよ」

「同感だな」

と健治。

「俺も同感」

と明。

「それに俺の母さんと父さん、しょっちゅう口喧嘩。結婚したっていう事は愛し合っていたからだろう。だから俺と妹が出来た。でも今は口喧嘩ばっかし。聞いていると家に居るの厭になる。時間が経って、大人に成るって厭な事ばっかしだ。大人に成りたくない」

勇一にとって一番嫌いな事、厭な事は父と母の諍いだろう。それは勇一ばかりではなく、どこの子供たちにとってもそうだろう。企業の不正は遠くの出来事だが、親の諍いは直接心身に食い込む、傷付ける刃だ。

健治にも明にも勇一を慰める言葉が浮かんでこない。

三人の間に暫く、沈んだ無言が続いた。

一番勇一が気不味(まず)くなったのだろう、初めに口を開いた。

「でさあ、大人が皆んな皆んな嘘つきかどうか試してみないか?」

「試す? 大人を?」

明が言った。

「そうだ、試す」

と勇一。

「どうやって、どんな方法で？」

健治が質問。

「いい案が有るんだ」

「いい案？」

と健治。

「何だよそれ？」

と明。

「それはね」

と言ってから勇一は辺りを見回し、聞かれるとまずいからと、両手の指先を動かして近寄れの合図を二人に送った。

健治も明も辺りを見回しながら、三人の頭がぶつかりそうなほど近寄った。

三人のひそひそ話が始まった。

「いいかい、これから話す事は勇気が要る事だ。聞いた後で厭なら抜けてもいい。でも俺はやる。勇気を出してやる」

「お前の名前には勇気の勇が付いているからな」

「チャカスなよ。俺は真剣なんだ」

「ごめん。何だよそれ。早く話せ」

明が急かす。

「今度、検便の検査が有る。大人が正直に嘘偽りなく検査をしているかどうか試そうと思う」

「試す？」

「そう試す」

「どうやって？」

「検便の中身を擦り替える」

「擦り替える？　偽装ってやつか」

「そう、偽装。擦り替える。いや、擦り替えるのじゃないな。俺達の検便提出、違う物を入れる」

「違う物？　たとえば？」

「う〜ん、そうだな、犬か猫の」

「犬と猫の糞って事？」

「そう、犬と猫の糞。大人が正直に検査しているかどうか調べる。大人への挑戦状だ。いわば俺達は大人が嘘をついていないかどうか調査する警察か検察官だ。どう、いい案だろう」

健治も明も即座には頷けなかったが、ちょっと人には思い付かないいい案であるとは思った。

健治が話題を変えるように言った。

「俺、今、ウンチしてきたんだけどさ、時々思う事が有るんだ」

「何？」

と明。

「うん。あ、今出ているウンチは母さんが作ってくれたカレーライスだとかピザまんだとか」

「お前、汚（きたな）いなあ。何考えてんだよ」

とやはり明。

「うん、汚い。でもそう思う事が有るんだ。だって食べ物って食べて四時間くらいしたら排泄されるんだろう。先生が授業でそう言ってた」

「なるほど。時間を逆算すればウンチが何で出来ているか分かる訳か。健治、お前頭いいなあ」

と今度は勇一。

「こんな事、女の子の前では絶対言えないけどさ。やっぱり俺、変かな？」

「そんな事は無いよ。普通の人は思い付かないだけで、そこを思い付くなんて、お前やっぱり頭がいい。将来大物かもな」

勇一が言うと、明も頷いた。と勇一が慌てて、

「おいおい、脇道にそれるなよ。俺は真剣なんだぜ」

「すまん」

と明。

「ごめん」

と健治。

「でもなんだか厭だなあ、糞は汚いし臭いだろう。それを検便箱に入れるの、やりたくはないなあ」

と明。当時の検便は今と違って、マッチ箱のような箱容器にたっぷり入れる遣り方だった。

するとと健治が、

「明、動物の糞は、実はあまり臭くもないし汚くもないんだ」

「臭くない？」

「ああ、臭くないし汚くもない。よく考えてみて。動物は殆ど同じ物を食べる。雑食性の奴もいるが、それだって高が知れてる」

「知れてる」

勇一が頷きながら協和する。

「一番臭い糞を出す動物は何だと思う？」

と健治。

勇一がチラっと健治を見て「俺、知ってる」という顔。

「？」

明が「なんだろう」という視線を上に向けた。

「それは、人間なんだ」

「人間？」

「そう人間。人間は、和食、洋食、中華、それ以外に菓子や、時には大蒜(にんにく)料理や下手物食いもする。肉、魚、野菜、果物、穀類、いろんな物を食べる。それがお腹の中でごちゃ混ぜ。くさやなんか食ってみろ、胃の中、もう発酵状態。だから人間のが一番臭い。断トツに臭い。俺の家は犬を飼っているだろう、よく糞の後始末をするけど、臭いと思った事は無い」

「俺んちは猫だけど、健治に同じ」

勇一が追従した。

そう言われれば人間のは鼻がひん曲がるほど物凄いけど、犬や猫、カラスのさえも殆ど臭わないなあ。しかも不思議な事にカラスのは真っ白。糞は汚いと思うから臭いと勝手に思ってしまっているのかもと、恥ずかしい話、初めて明は二人に気付かされた。

「人間の便を調べるの、だから大変だと思うよ。マスクをしてても人間のはそれを突き破ってくる。一つ一つきちんと調べていればの話だけどね。臭いから調べもせずゴミ袋へポイ、なんて事も有り得る。そして結果は『異常なし』。今の世の中、大人だったら遣りかねない。だからこそ、今回のこの計画は実行する価値が有る」

勇一の決意は巌の如く揺るがない。

「でもそれ、ヤバイなあ。バレたら大変だ」

健治の言。

「うん、俺もそう思う」

と明。

「バレた時はバレた時だ。その時は謝ればいい。検査所は検査を請け負って調べている訳だろう。もし俺達の提出した物が異常無しだったら、お金だけ取って何もしていない事になる。検査していない事になる。それって偽装だろう。不正であり虚偽であり、犯罪だ。それに、大人が正直に仕事をしているかどうか、それを確認する事は俺たち子供の未来が懸かっている」

「未来が懸かっている?」

「そうだ。嘘をつかない立派な大人の世界、正直な社会が有るのかどうか、それが懸かっている。大人の社会が嘘だらけなら俺たち子供は真面目に生きなくても、良心を持ち合わせなくてもいい、正直な人間に成長しなくてもいい事になる」

「成る程」

明と健治が頷く。

「二人が止めても俺はやる。正義の為に俺はやる」

勇一の言葉には断固たる力強さが有った。大人の不祥事が続いている以上、不正をしているのかどうか調べる義務が子供には有る、そう思った。やるしかない、二人もその結論に至った。

「よし、やろう」

と明。

「分かった、俺も賛成しよう」

と健治。

健治は犬、勇一は猫。明の家は何も飼ってはいないから、道で見つけた物を入れる事に決まった。

「よし、決定。あとは実行するのみ。エイエイオーだ」

「エイエイオー」

「エイエイオー」

電光落つ

「明!! 勇一!! 前に出ろ。バカモノ!!」

電光石火、怒髪天を衝き、落雷直撃。

教室中、学校中にその声は響き渡り、学校が木造だったから良かったものの、コンクリート造りだったら全面に罅が入っていたこと間違い無しの巨大な轟きが爆(は)ぜた。

二人、両手に水満杯のバケツを持って廊下に佇立(ちょりつ)。

「健治の奴、裏切りやがった」

と勇一。

「ああ」

と明。

「だから優等生はダメなんだ。勉強は出来ても意気地が無い。もうあいつとは絶交だ。クラブも止める」

「ああ、絶交だ。俺も止める」

二人共、顔を正面に向けたままぶつぶつ言っていると、「こら、しゃべるな」と教室の中から雷が飛んできた。でも最初のよりは大分小さい。

するとまた教室内から声がした。

「おい伊藤、どうしたんだ、席に戻れ。戻れと言っているのが分からないのか！」

教室中がざわめき出し、健治の声がした。

「先生、私も二人の共犯者です。私も廊下に立ちます」

「何、お前もか。お前のは正常な物だったぞ」

「はい。ぎりぎりで恐くなって、二人を裏切りました。裏切りは一番罪が重いです。ですから私も廊下に立ちます」

健治は教室から出てくると、用務員室に向かい、満々と水を湛えた勇一と明の物よりもっと大きなバケツを二つ提げて戻ってきた。そして「すまん」と二人に謝って並んだ。

勇一も明も、さすがあ行組、「許す」と心の中で呟いた。

三人は一時間立たされ、日頃のクラブ活動が幸いしたか、足腰にはちょっと違和感が有るだけだったが、腕と肩はパンパン、壊れるんじゃないかと思うほどだった。教室に戻る事を許された時、三人共腕は上がらずだらりと下げたままで、まるでチンパンジーだった。

放課後、職員室に来いは必然で、後日の親の呼び出しも当然だった。

放課後三人は、校長、教頭、担任、それに一番おっかなくて厳しい生活指導の男の先生の前に立たされた。しかも校長室。

先生方は皆、気難しい顔と腕組みをして暫くは言葉を発しない。

生活指導の顔は「この三人、どうしてくれようか、どう調理してくれようか」そんな表情で、キラリと光る研いだばかりの切っ先の鋭い出刃庖丁の眼差しをして三人を睨付けている。

こういうのを「俎の鯉」と言うのだろうと明は思うのと同時に、「俺達の未来はここで終わった」という絶望感が襲ってきた。

「ああ、お前達は何て事をしてくれたのだ」教頭の顔ははっきり、そう物語り、担任は恐縮して体が小さくなった感じで、唯一校長だけが普段と変わらぬ表情に戻っている。

三人とも一寸法師のように小さく縮こまって床板に視線を落として、体は硬直したまま。

やっと担任が詰問の声を上げた。

「今度の事は、どうしてやったの」

顔も声も冷静さを装ってはいるが、逆にそれは冷徹な刃そのもの。

三人は無言。

「答えなさい！　答えるまで帰れないぞ」

それでも無言を続けていると、

「校長も教頭も、訳を知りたいとおっしゃっている。こんな大それた事をするからには理由が有るだろう。さ、答えなさい」

それでも黙っていると、

「今度の事をやろうと言い始めたのは誰だ？　黙ってちゃ分からんじゃないか」

ヤバイ、怒りのボルテージが上がってきた。三人の共通の感知。だが仲間は裏切れない。

「口を割らないようですな。今直ぐ親を呼びますか？」

生活指導の先生の冷静な声。この冷静さが却って恐い。突然、何時爆発して落雷になって三人の頭の上に落ちるか分からない。普段通りならもうとっくに落ちているが、今は校長も教頭も一緒に居る。爆発を懸命に堪えている、それは間違いない。

「先生、三人の電話連絡先を持ってきてもらえますか」

生活指導が担任に声を向けた。

すると健治が声を発した。

「今の時間、母は家には居ません」

「居ない？」

と生活指導。

「はい、居ません」

と健治。

「伊藤の家は父親が四年前に亡くなって母子家庭ですので、働きに行っている筈です」

と担任。

「では仕事先に連絡して、来てもらいましょう。校長、よろしいですか？」

と生活指導。

「已むを得ませんなあ」

と校長。

三人とも下を向き続けていたが、健治が顔を上げた。

「それだけは勘弁してください。母の仕事先は今、不景気とかで人員削減をしています。仕事を途中で抜け出す事になったらクビになるかもしれません。それだけはしないでください」

優等生で、来年の野球部キャプテン間違いなしの健治、さすがにきちんと物事を言う。

「きちんと白状したら、今日は親を呼ばない、それならいいか。それは先生が約束する」

と担任。

「……分かりました。白状します」

と健治。そして、世の中に横行している大人の不正、偽装、虚偽を確かめる為に犬と猫の糞を提出する事にした事を白状した。但し、誰が先に言い出したのかは言わずに。

優等生はこんな時に当てになる。事の次第を顔を上げて理路整然と相手方に話せる。

勇一も明も健治の白状を聞いていて、下を向いていた顔が上向きになってきた。

「そうか、よし、事情は分かった。お前達は不正を確かめる為、大人の不正義を確かめる為にやったのだな。だが分かっただろう、不正をしているのはほんの一部の大人で、大多数は真面目に仕事をしているのが」

　と担任。

「はい」

　と三人。

「検便の検査はきちんとしておる。検便だけじゃないぞ。大人が仕事をするという事は責任を持ってしておる。校長先生も教頭先生も、担任だってそうだ。お前たち生徒に立派な大人になってもらいたいと思って指導をしておる。分かるな。もう二度とこんな事はしないように」

　と生活指導。

「はい」

「騒動を起こした事は間違いないから、親には後日、学校に来てもらう。いいな」

　担任はそう三人に告げると、校長の方を向いて、

「これでいいでしょうか?」

　と了承を伺った。

「よろしいでしょう」

　と校長。

「まあ、そんな所ですかな」

　と教頭。

校長室を出ると担任が健治に、

「お母さんの仕事の休みの日は何曜日だ」

と聞き、更に三人に向かって「通知表に響く事は間違いないぞ。それは覚悟しなさい」と言った。


その後、担任はもう一度校長室に戻り、居残っていた校長、教頭、生活指導に生徒三人の行状を詫びた。

すると、学内で最も生徒に厳しい生活指導が、

「成る程、そうか、大人が正しい事をきちんと遣っているかどうか試した訳か。あの三人、なかなかやりますなあ……」

恐縮している担任を尻目に三人の先生の笑い声が校長室内に溢れた。

終　章

「玲ちゃん、水割り、お代わり」

勇一が言った。曜日が悪いのか、新たな客は入ってきていない。テーブル席では相変わらず従業員が明るい応対をしている。

「本当にあなた達の起こした事件、聞いてびっくりしたわ。自分のを動物のにして提出するなんて。日本中で今までに一度でもそんな事有ったのかしら」

「多分、無いだろうね」

と明。

「誰の発想？　健治君では無い筈だから、二人の内のどっちかよね」

玲子が、もう時効だからいいでしょうという意味を含んで、二人の顔を問い詰める視線で交互に見比べた。

明が勇一を指差し、勇一が笑った。

「へえ〜、勇一君なの」

「過去の事は覚えちゃいねえ、と言いたい所だけど、ハイ、僕が二人を巻き込みました。許してたもれ」

「何が許してたもれだ。このすっとこどっこい。あの後、家では大変だったんだから。両親には怒られるわ、弟妹達には冷たい眼で見られるわ、こづかいは全額カット、もう散々」

「そうかお前もか。実は俺も」

「お前の場合は自業自得だから仕方が無いとしても、こっちはひどいとばっちりだ。冷たい視線は我慢出来るとしても、こづかいカットは辛かった。辛いを通り越して痛かった」

「許してちょ、兄弟分よ」

「何が兄弟分だ」

するると玲子が、

「仲間割れは止めなさい」

と笑って二人のグラスに氷を足した。

「確かに仲間割れだ」

明が笑うと、勇一も笑った。

「でも、あの後の、俺達が起こした一件の後、驚いたな。通知表の欄に何を書かれるか、ビクビクしていたからな」

「ああ、俺もだ。俺達の未来、これで終わったなと思っていた」

と明。

「俺たち三人、同じに思っていた。俺と明はいいとして、健治には申し訳ないと心底思っていた」

「何だよそれ、俺はいいなんて」

「だって成績を考えてみろ。健治は優等生中の優等生、何時も学年で一番か二番。でも俺たち二人は中の中、時には中の下。明、そうだろ？」

「う〜ん」

明は言葉が出ず、ガックリ頷いた。

「しかも健治は医学の道を目指していた。俺達は逆立ちしたって医大には入れないけど、あいつなら何処の大学でも一発で入学出来る。俺、健治に悪いと思った。健治を誘うんじゃなかったと猛省した。だって俺たち二人と違って健治は超の付く、優等生。成績だけじゃなく人間としても。俺が誘ったばっかりに大きい希望に満ちていた健治の未来を台無しにしてしまった。健治だけは誘い込むんじゃなかったと、その申し訳なさで胸の中がいっぱいだった。本当に申し訳ないと思い続けていた」

「確かに健治君は優等生だったわね。内の学校どころではなく、中学の時の県内の成績、必ず十番以内に入っていたものね」

　玲子が静かに言った。

「実は俺もそう思ってた。健治を誘ったのだけはまずかったと」

「何だ、お前もそう思ってたのか」

　と勇一。

「ああ、あの時はあ行二人組にすれば良かった」

　と明。

「俺、だいぶ日数が経ってから健治と二人の時に謝った。『ごめん、健治、お前を今回の件では誘うんじゃなかった』と。するとあいつははっきりと言った。『俺達あ行三人組。一人でも欠けたら三人組にはならない。だから俺は後悔してない』って。あいつは本当に俺たち二人には勿体無い立派な奴だった」

「……」

「健治に申し訳ない、俺はそう思いながら学期末の通知表を受け取った。受け取って開かなかった。成績は分かっていたし、評価欄に何が書かれているのか、見るのが恐かった」

「俺も恐くて開けなかった。開けないまま母親に渡した」

　と明。

「ところがだよ、玲ちゃん、またまた例の件で怒られると思って覚悟して母さんに渡し、母さんは中身を見た。そしたら母さん、ニコッて笑ったんだよ。そして一言。いい先生方に恵まれたわねって。何だ何だ？　どうなってんだ？　疑問符が十個くらい頭の中に並んだ」

「お前もそうだし、俺も健治も驚いた。驚きを通り越して喜び、いや、喜びを通り越して感動だった」

　明が眼を輝かせて言った。

「その月からこづかいカットは取り消し。明、お前もそうだったよな」

「ああ、取り消し。それどころか毎月千円上乗せ」

「何！　上乗せ！　初めて聞いた。俺は取り消しのみ。そうか、上乗せか……」

　勇一の口振りには悔しさが籠もっている。

「あら、そうなの。悪い事じゃなく、いい事が書いて有ったのね」

　と玲子。

「そうなんだよ。それで翌日、三人通知表を神社裏に持ち寄って見せ合った」

　と明。

「そうそう」

と勇一。

「分かってはいたけど健治の成績はオール5。俺は4が一つ、体育だけど。他は3と少しの2。勇一、お前のには4は無かったな。3と2のオンパレード」

「おいおい、こんな所でばらすなよ。玲ちゃんにバカにされるじゃないか」

するとと玲子が平然と言い放った。

「最初から分かってます。三人の大体の成績は。私もあなた達二人と同じ。あら、脇道に外れちゃったわ。軌道修正、軌道修正。で、評価には何て書いてあったの？」

「俺のには、物事には何でも疑問に思って、探求心を持つ事が大切。疑問と思った事はどんどん調べ、正しい答えの導きにチャレンジする。たまにはその探求心にも行き過ぎが起こるかもしれませんが、それもまた勉強。実際の行動はその体に身に付く。検便の件は大人の正義を確認する為の勇気有る行動と思って許してあげてください。明君は将来何になるか、どんな仕事に就くかは分かりませんが、前途有望です、そんな事」

「へえ〜」

玲子が感心した声を出した。

「俺のは、探求心に行き過ぎはありましたが、正義を確かめる正しい立場に立脚しています。日頃から勇一君は間違っている事は間違っていると発言する勇気を持っています。それは立派な事です。その勇気を今後も持ち続けてほしいと願います。勇一君は立派に育っています。その事にはご安心を。でも最後にもう一言付け加えてあった。但し、ちょっと勉学の方をおろそかにしている嫌い（きら）が有りますが、だって」

「うん、的格。健治君のはどうだったの？」

「確かこんな内容だった。検便の件、健治君は正しい物を提出したので、この件の主謀者でない事は確かだと分かってはいましたが、自ら名乗り出た事は立派な行ないです。しかも自分の立場を良くする言い逃れ、弁解は一切しなかった。仲間思いです。成績も然る事ながら、人望人徳においても満点です。将来が楽しみです」

「へえ〜、やっぱり満点。小学中学と野球部のキャプテンになる訳ねえ。生徒会長にも推薦されたけど野球に集中したいって断った。さすがね」

と玲子。

「小学中学だけじゃない。高校も、大学でもキャプテン」

明が付け足した。

玲子は二人の頭上の空間に視線を向けて感心した。

勇一が言った。

「で、あいつこう言ったんだ。俺、医者目指すの止める。家にはお金も無いし。学校の先生になる、って。それであいつ先生になった」

「そう、そうだった」

と明。そして続けた。

「学校にとって大迷惑な事を俺達はした。でも、そんな俺達を最後は誉めてくれた。俺達、何だか嬉しくて嬉しくて、何でも頑張ろうという気になった。健治は特に神経も細やかで敏感だから先生達の対処に、より感動したんじゃないかな。俺はそう思う」

「今考えても俺たち二人、とんでもない事をしたと思う。でもあの件で、生徒を思いやる先生の偉大さが分かった。何時もただ叱ってばかりのようだけど」

「ああ、俺も」

と明。

「健治が人生の目標を学校の先生に変えたのも頷けるよ」

勇一の眼が潤みを帯びている。


テーブル席の客は帰り、従業員も帰らせ、店は三人だけになった。

玲子がフルーツの盛り合わせを二人の前に置いた。

「私からのプレゼント」

「いいのかい。ありがとう」

勇一は答え、明は頭を下げた。

二人とも大分酔ってきた。

「何だか不公平だよね、この世って」

勇一の言葉に、

「不公平？」

明が応じた。

「ああ、不公平。だってそうだろう。頭が良くて気持ちが大きくて優しい。嘘はつかない。どう考えたって俺たちより立派な人間だ、健治は。俺たちより遙かにこの世の役に立つ。それなのに命を持ってゆかれるなんて。しかもこんなにも早く。おかしいじゃないか。神も仏もあったもんじゃない。健治こそが長生きして、人類に大いに貢献できる人間じゃないか。もし神や仏が居るのなら、そいつら間違ってる。健治じゃないだろう。人類の損失を考えて命を持って行くなら、俺と明の方が先だろう」

「そうだな」

明も同意した。

「それともなにか、あの世は人材不足なのか。そんな事はねえだろう。ノーベル賞取った奴も一杯居るだろう。人がどんどん増えて、もう抱え込めねえほどだろうに。人格も才能有る者も溢れかえって収拾がつかねえほどだろうに、この上、何であいつなんだ。おかしいだろうが……。神も仏も適材適所、人材適所ってものを知らねえのか？　あいつが必要なのはあの世じゃないだろう、この世だろう。絶対この世だろう」

「……」

明の眼も潤んできた。

二人のボトルはもう少しで一本空く。

勇一はカウンターに俯せて「ちくしょうちくしょう」と何度か言葉を発して泣き出した。

言葉を掛けずに、玲子がカウンターの中から、そんな勇一の左の腕にそっと自分の右手を置いて、親が子をあやすように優しく動かし続けた。

「いいママになったな玲ちゃん」

明は酔いの回った胸の中で呟いた。

完

生と死の狭間（はざま）で

序章

六十の定年を迎えるにあたり、鬢髪(びんぱつ)に霜が目立ち始めた津村信一(つむらしんいち)は妻に聞いた。

「定年の記念に外国旅行でもしようか？」

「旅行？　いいわね」

五十七歳とは思えない明るく若々しい声が、食卓の向かい側から笑顔と一緒に返ってきた。

人生は烏兎匆々(うとそうそう)。津村は自分が六十になる事が信じられなかったが、それは確かな足どりで目の前に来ていた。

「どこがいい？」

「そうねえ」、突然の話に思いを巡らす表情になった後「あなたは？」と逆に問い返してきた。

「俺は何処でもいいよ」

特別行きたい外国が有った訳でもない津村は、返答に窮して有耶無耶に答えた。

「国内じゃだめ？」

暫く考えた後に妻が言った。

「国内でいいの？」

予想だにしなかった返しに津村は驚きの声を発した。

「ええ。私行きたかった所が有るの」

「へえェ、何処？」

「子供が出来る前、あなたに連れて行ってもらった所。分かる？」

津村が妻と一緒に二人だけで旅行した所は数えるほどしかない。片手以上にはならない。

小さな町工場（こうば）に就職し、結婚。そして息子二人と娘一人の三児を授かり、育てる事に精一杯の暮らし。旅行と言えば子供を連れた、子供の為の小旅行ぐらいで、子供が生まれてからは二人だけの旅行は一度もしていない。妻が初めて妊娠する前は共働きしていたので、お金に余裕が有ったが、それ以降はそんな余裕は無くなった。約三十年、生活は全て子供中心で生きてきたので、一度も二人だけでの旅行はしていない。

津村は「さて、何処だろう」と思った。片手で納まるのに何処に行ったのか、もう殆ど覚えていなかった。

「やっぱりね」妻は笑顔で小さく詰る視線と表情を津村に向けて、続けた。

「あなた、二人で行った旅行先、覚えてる？」

「北海道の小樽……九州の指宿……それから……」

「……それから……？」

「青森の酸ヶ湯温泉の先の……ええと何だったかな……その先の……そうそう檜風呂の……そうだ蔦（つた）温泉……長野の戸隠」

「あと一ヶ所」

「一ヶ所？」

「そう一ヶ所。どお～こだ？」

あと一ヶ所、津村にはどうしても思い出せなかった。

「何処だったかな？」

「あ～あ、思い出せないんだ、大切な場所なのに薄情ねえ」

大切な場所と聞いてまさかとは思ったが口に出してみた。

「岩手の北上川？」

「ごめいとう」

「北上川は、旅行というより七回忌のお墓参りじゃないか、佐伯（さえき）さんの」

「あら、あれは旅行じゃないの？」

「旅行と言えば旅行かもしれないけど、俺は今までそうは思ってなかったな」

「私には一番記憶に残っている旅行だったわ。旅行と言うより旅ね。生きる事と死ぬ事とを考えさせてくれた」

「生きる事と死ぬ事、大きく出たね」

「あら、だってそうなんだもの。あなたに連れて行って貰ってそんな事考えたの、あの旅だけ。記憶に残った一番の旅。また鮭の遡上（そじょう）を見てみたいわ」

妻は懐かしむ眼になった。

結婚

鮭の遡上期間は長い。最盛期は一ヶ月前後有る。

東北の川にも鮭が戻ってき始めたと知らせる夜のテレビニュースに三十三歳の津村は、安手のソファーに寛ぎながら、テレビ画面に映る一尾の魚の姿を見詰めた。

《もうそんな時期か。六年になるのか、佐伯さんが亡くなられて……》

七回忌にはお線香を供えに行く事を心の内で決めていた津村は、駸駸（しんしん）とした年月に驚くとともに、深い感慨に浸った後、台所で洗い物をしている妻に声を掛けた。

「来月、休みを取って岩手に行ってくるよ」

「え、今何か言った？」

「言った」

「これ終わらしたら聞くから、ちょっと待って」

家事が嫌いではない明るい声が返ってきた。

結婚して五年になる。津村は四年制大学を卒業し、妻清美（きよみ）は短大出で、従業員八人の小さな町工場（こうば）で出会った。清美の親類筋に当たる夫婦が経営者で、清美は短大卒業後一年ほどデパートに勤めた後転職、津村は大学卒業後、二年間の広告代理店勤めを経て、工場の急募に門を叩いた。

津村にとって職業は何でもよかった。何でもいいから一生懸命働く、そう決意し、工場街を歩いていて一番初めに眼に入ってきた募集の貼り紙に応じた。

清美はエプロンで手を拭きながら居間に戻ると、「何？」と声を発してテレビに視線を向けながら津村の横に座った。

「来月休みを取って岩手に行ってくる」

「岩手？」

「佐伯さんの七回忌」

「そう、もう六年になるの」

佐伯老人は親戚でもなんでもなかったが、妻には自分の人生に於ける大切な人と、それだけを話していた。詮索してこない事をいい事に妻には詳しい事は話していない。津村自身にしてもいくら妻とはいえ、成り行きを話したいと思える事ではなかった。

妻には恬淡な所が有って、こちらが喋りたく無いと少しでも察知すると、何事に於いても深く追求してこなかった。本当は知りたいのかもしれないが、妻のその性格は津村にとってありがたいものだった。夫婦と雖も元は他人、深く分け入らない方が互いに傷付ける事も無い、そう考えている節があった。

初めて出勤し、作業服に着替え、入社と初勤務の挨拶をすべく工場内で従業員全員に集まってもらった際、ひとりだけ若い女性が居て、短目の髪に作業帽を深く被っているが、明らかに若い女性で、専務の肩書きの社長の奥さんだけが女性の、他は男ばかりの職場と思っていた津村はちょっと驚いた。

「井上（いのうえ）清美です。よろしく」男のような凜とした挨拶が返ってきた。

老熟の旋盤工が六十五を超えているというので、社長から旋盤をまず覚えるようにと指示され、その下に付いて仕事に励んだ。一人前になるには最低十年は掛かると言われたが、それよりも何とか一年でも短い期間で仕事をマスターしようと津村は努力した。

当然だが、仕事を覚える事が最優先。恋愛しようとは考えてもいなかったが、職場の唯一の若い女性は秘かに気にはなっていた。

女性の方も仕事が第一というオーラを発していて、二人は二年間職場と社長宅の夕食の場で会うのみで、二人だけの飲み会さえ一度も行った事が無かった。

それが或る日、社長夫婦からちょっと話も有るので、仕事の後自宅に食事に来ないかと誘われた。独身者は週に一度社長宅の夕食に誘われるのが慣例のようになっているので、てっきり清美の他にもう一人、五十代の先輩も誘われているのだろうと思って訪問してみると、その日は津村一人だった。テーブルにはいつもより豪華な酒のつまみが並んでいる。

白髪の少し目立ち始めた小柄な体躯の社長が、壜ビールの栓を抜いて津村の持つグラスに注ぐのを合図のように三人だけのささやかな宴会が始まった。「仕事の後のビールは美味いねえ」と社長は顔の表情でビールを味わいながら、「この一瞬が一日の内で唯一仕事を忘れられる」と、大仰に眼を瞑って五臓六腑に染み渡る液体に満足の表情を示した。

夫人は「ほんと、その通り」という笑顔を夫に向け、ビールを二口飲むと、半分に減った社長と津村のグラスにビールを注ぎ足した。

つまみを半分ほど平らげ、少し酔いが回ってきた頃合いに津村が聞いた。

「社長、話って何ですか？」

その一言を機に、社長は少し猫背ぎみになっていた姿勢を改め、夫人はテーブルに転がっていたビール壜の王冠を手に拾ってエプロンのポケットに入れた。

「津村君、今、彼女は居るの？」

社長夫妻との女性に関する初めての話に津村はちょっと驚きながら、「いいえ」と短く言った後、「居ません」と答えた。

「彼女ではなくても、気に掛かっているひととかは？」

「はあ、特には」

津村は嘘をついた。清美の存在が気になっていただけに、内心、嘘をついた自分が恥ずかしかった。「気になっている女性が居ます」と言う勇気が出なかった。

津村は中学二年の時、帰路、クラブの先輩達から「好きな子を白状しろ」としつこく責められた事が有ったが、真実を知られるのが恥ずかしくて他の女の子の名を言ってしまった事が有った。誰にも言わない、ここでだけの話と言った先輩の言は守られず、当て馬の別のクラスの女の子は何処で耳に入れたのか、その日を境に毎日のように教室に来るようになり、津村に視線を向けてきた。女の子の純情な気持ちを弄ぶ結果になり、男として恥ずかしい嘘を言ってしまった事に自分自身に情け無さを覚えたが、津村にはそんな所が有った。

「単刀直入に言おう。清美と付き合わないか」

「はあ？」

「彼女と付き合って、お互い良かったら結婚、そうなったら嬉しい。彼女の伯父伯母として私達は嬉しい。どうだろう」

「はあ、でも、彼女の気持ちが？」

「彼女から直接聞いている訳ではないが、傍から見ている俺と家内の意見は一致している。君に興味を持っている。多分、興味以上を。君は清美の事をどう思っている？」

「はあ、働き者で真面目だし、素適な女性だと」

「で、それから？」

「それから……付き合えたらいいなあと」

「付き合って良かったら？」

「はあ、お嫁さんに貰えたらいいなと」

「良し！」と社長は満面の笑みを浮かべて、傍らの夫人に顔（かんばせ）を向けて言った。

「どうだ、俺の思った通りだろ」

するとと夫人が言い返した。

「あら、私だってそう思ってたわ」

「そうか。そう思ってたか」

「ええ」

「じゃ、三人で乾杯だ」

「はあ……」

流れの中で津村は喜びを感じて噛み締める前に乾杯させられていた。緊張感が弛むのを感じた。

「今日のビールは殊更美味い！」

社長の声に夫人が満面の笑みを津村に向けた。

「これでほっとしたわ。津村君、あとは押しの一手よ。男は押しの一手」夫人が言った。

「はあ」

「はあじゃないわ。早速、来週中にはデートを申し込みなさい」

「はあ」

「はあじゃないでしょ。はいでしょ」

「はい」

夫人は笑っている。もうそう答えるしかない。

「ところで、社長の所はどうだったんですか」

「俺か、う〜む、過去の事は忘れた」

「あら、あなた何言ってんのよ、忘れたなんて」

「社長も押しの一手？」津村は聞いた。

「とんでもない。一手どころか優柔不断で、女が告白しているのに男らしくなくて、はっきりしなさいと発破をかけたわ。まあ、私が喉元にナイフを突きつけたようなものね」

「あれ、先ほどの『男は押しの一手』は？」

「何言ってんの。女も押しの一手よ」と言うと、夫人は大きく笑った。

「まあ、そんな所だ」と社長は小さくなっている。

普段以上にお酒が入ったからか、今日は夫人の方が攻勢だ。

「あんまり秘密を暴露するなよ。社長としての俺の威厳が無くなるじゃないか」

「あら、それもそうね。社長さん、まあ一杯どうぞ」

夫人は芸妓のような科をつくろって両手で社長のグラスに淑やかにビールを注いだ。

「俺は本物の芸者に注いで貰いたいよ」と社長は反攻に出ると、夫人は「あら、本物でなくてごめんなさい」とすんなりあしらって、また笑いをこぼした。

津村は目の前の二人の仲の良さに、結婚したらこういう夫婦になりたいものだと思ったが、それとは裏腹に、工場を潰さずにここまでやってくるには並大抵ではない相当の苦労が有った筈だ。二人はそれを乗り越えてきたから今の仲の良さが有るに違いないと思った。

社長が少ししんみりした口調で話し始めた。

「清美は俺の弟の娘だが、その弟は癌で死んだ。胃癌だった。俺と同じに工場を持っていて、電話で胃の不調を漏らす事も有ったが、納品の〆切日に追われて病院に行くのをつい後回しにして働きに働いた。小さな工場は何処も人員ぎりぎりで運営している。自分が抜けたら仕事が回らないと自覚していて、つい病院に行くのを疎かにした。もう立って作業していられない状況になって初めて病院に行ったが既に手遅れの状態にまでなっていた。ベッドに横たわりながら息を引き取るまでずっと家族の事や従業員の事を心配し、清美の花嫁姿を見たいと何度も何度も言っていた。結局、何から何まで経営の事をやっていた弟が居なくなると工場は閉鎖せざるを得なくなった。自分は自分の工場の事で精一杯だったので、仕方がない。俺に出来るのは従業員を自分の工場に引き取る事ぐらいだった。六人居た従業員の内、三人は工場の仕事に見切りをつけて去って行ったが、何とか三人は引き受けた。清美の母は工場経営の苦しさを知っていたからだろう、俺の工場の事務員で働かないかと誘ったが、三人引き受けてくれただけで十分と、自分は近くのスーパーに働きに出るからと断りを入れてきた。弟の工場は借地で運営していたので、直ぐアパートを借り、小学生だった清美を育てるため即働かねばならなかった。アパート代も含めて子を育てるにはお金が掛かる。一日十四時間はパートとアルバイトの働きに出ていたと思う。お金なら少しだけど融通すると言っても何時も彼女は断ってきた。ある時なんか、工場を経営するよりパートで働く方が楽よね。だって決まったお給料日にきちんとお金が貰えるんだものとも言っていた。母の頑張りと、接する時間は少なかったが、愛情に包まれて育ったからか清美はぐれる事も無く素直な優しい子に育った。これは伯父としての俺の贔屓目ではないと思う。ちょっと真面目過ぎて男を寄せ付けない嫌(きら)いが有るが、二年間一緒に働いてきて君にもそれは分かってもらえるのではないかな」

「ええ、はい」

「清美は高校、短大と進んで、社会人になった。だが社会人になって半年後、彼女にまた不幸が襲った。不幸と言うより絶望だったかもしれない。彼女の母が倒れた。くも膜下出血だった。清美が社会人になった後はスーパーのパートだけにしていたのだが、張っていた糸が切れたとでもいうのか、倒れた場所が悪かった。パートを終え帰宅して玄関の鍵を閉めた所で倒れた。清美が帰宅して発見したのだが、既に二時間は経っていてどうしようもなかった。玄関を入る前に倒れていたら或いは近所の人が発見して助かっていたかもしれないが」

「……」

「葬式を済ませ、職場に戻った清美は明るく仕事に励んでいると同僚に聞いた。心配だったので、彼女が休日の日、こっそり職場に行って特に親しくしていたという人に聞いた。それを聞いて俺はほっとしたが、まてよと思った。その明るさは本当ではないと思った。彼女の父が死んだ後、彼女の母が話してくれた。清美は母の前では悲しい顔を見せまいと何時も明るく振る舞う。でも夜中「お父さん」とよく寝言を言い、寝ている間に涙を流していた。朝、涙の痕がよく残っていたと。仕事以外の時間、よく電話をしたが、何時も彼女は部屋に居た。若いのだから男の誘いも有るだろうし、同僚との食事会やショッピングも有るだろうと思うのだが、何時も居た。不思議なもので、電話というのは相手の姿が見えないのに声でその様子が見える事が有る。電話に出る最初の声はかなり暗いのだが、伯父の自分であると気付くと急に明るいトーンに変わった。変わったというより変えたのが分かった。彼女は母の遺影と一時も一緒に居たかったのだろうと思う」

「……」

「清美には幸せになってもらいたい。幸せに生きてもらいたい。父も居ない、母も居ない、兄妹も居ない。一人っ子の彼女は天涯孤独のようなものだ。俺が言うのも何だが、器量も性格もいいと思う。俺たち親戚に出来るのは不幸が彼女の周りに作ってしまった殻を破ってくれる男を見つけてあげる事だ。彼女を幸せにしてくれる男と一緒にさせる事だ。俺たち夫婦は二年間君を見てきた。見てきたというより観察してきた。清美を幸せに出来る男かどうか。清美を幸せにしてもらいたい」

「……」

津村は俺でいいのだろうかとも思ったが、光栄だった。一言、「頑張ります」と答えた。


清美との二年の交際の後、津村は結婚した。

結婚前の恋人時代、清美に聞いた事があった。

「どうしてこの仕事を選んだの？」

「だって私、工場で育ったんだもの」

「普通なら、油に汚れて顔が埃まみれになる仕事を若者なら嫌がって、ビジネスマンとか、手の爪が汚れない仕事に就くんじゃないの？　況して君は女性だし」

「確かにそうかもねえ。この街で一緒に育った高校時代の友達も短大時代の友達も殆ど皆んな爪の汚れない他の仕事に就いたわ」

「じゃあ、君だって他の仕事に憧れは有ったんだろう？」

「無いと言えば嘘になるわね。ううん、有った。確かに有ったわ。社会人の一年間は他で働いたもの」

昔を探る眼差しにちょっとなった後、彼女は続けた。

「私ね、デパートのハンカチ売場で働いていたの。デパートのハンカチ売場ってね、ぱっと見、中流以上の、上流に近い生活をしている客が圧倒的でね、そんな或る日、いかにも町工場で働いている作業服姿の中年のお客様がおいでになって、いろいろ眼で迷った後、『これを誕生日祝いのプレゼントにしたいからください』と言って女性物を指差したの。『奥様へのプレゼントですか？』と聞くと、照れた笑顔を見せて『はい』とお答えになって、お会計の時お金を差し出された手を見たら、ちょっとやそっとでは落ちない爪や皺の中の油汚れによる黒い無数の線が眼に入ったの。普通のお客なら興味の有る柄の物を手に取って肌触りを確認したりするのに、そのお客様はしなかった。汚しちゃまずいと思ったのでしょうね。油汚れの作業をする人ほど、仕事の後はもうこれ以上は落ちないところまで薬品と石鹸でしっかり手を洗うので、商品を手に取られても汚れが移る事は無いのに。バーゲンセールなんかするると上流に見える人でも、綺麗に並べてある品物なんか手当たり次第手に取ってはゴチャゴチャにしてそのまま。そう思ったら急に『なんて素適なお客様だろう』と心が温かくなったの。遠慮しないでどんどんその手に取って選んでくださっていいのにと思ったわ。そして突然父と母の手が甦った。大切で懐かしい手が。仕事を終えてアパートに帰ってお客様の手を思い出していたら、手が懐かしくて懐かしくて、懐かしさを通り越して胸がツ～ンと痛いくらいだった」

「……」

「父と母を思い出していたら、両親だけじゃなくて、自分が幼い頃、工場で働いていた人達の事も思い出しちゃって。皆んな爪は汚れて油染みた手だった。油染みてたけど皆んな優しい人達だった」

「……」

「日曜日は工場は基本的に休みの日なんだけど、納入締め切りに追われてちょくちょく休日返上で工場は稼働していて、そんな日の昼食は母が従業員さんの分も含めて全員分用意して、工場の隣の部屋の大きなテーブルで私も皆んなと一緒に食事するの。そんな時、父と母よりも従業員さんの方が構ってくれたわ。食後本を読んでくれたり絵の描き方を教えてくれたり、夏休みや冬休みの宿題も手伝ってくれた。夏休みに住みたい家の模型を提出する宿題が有ったんだけど、皆んな紙で作ってくるのに私だけ木材で作った立派な物。工場の人達が手伝ってくれたんだけど皆んな手は器用。立派過ぎて、これじゃ私だけで作ったのじゃない事はバレバレと思って提出するのを躊躇ったんだけど、他を作る間も無く休みが終わって、仕方なく恐る恐る提出したら案の定先生に『あら、立派過ぎるわね』と正しい疑いを掛けられたわ」

「……」

「人を笑わせるのがうまい人も居れば殆ど喋らない朴訥(ぼくとつ)な人も居た。けど、運動会の徒競走で一等になる筈の予定が、急に予定のメンバーに一人他から加わってきて、その子が速くて結局一等になれなかったんだけど、それが口惜しくて、家に帰った後、工場の裏手で泣いていたらその殆ど喋らない人が私の所に来て、無言のままチョコレートの箱を手に握らせてくれて、その後そっと私の頭に手を置いて仕事に戻って行った」

「優しい人達だね」

「うん、優しい人達。皆んな皆んな優しい人達。そう言えばそのチョコレート、大人用でちょっと苦かったわ。でも今思うと最高に美味しい苦味ね」

清美の瞳が潤みを帯びた。

佐伯老人

津村は六年前の葬儀と五年前の新設の墓参りを思い出していた。

六年前、定職にも就かず、アルバイトだけをして両親の下に生活していた日、佐伯老人の姉から、老人の死と葬儀日を記した葉書が届いた。

葬儀は老人の亡くなった小屋の有る村の寺で行なわれたが、都邑(とゆう)から遠く隔(へだ)たった山村。

場所が場所だけに列席者は十人に満たない淋しいものだった。

令姉とはあまり話が出来ず、佐伯老人が自分の小屋の布団の中で眠るように亡くなっているのを、三日に一度牛乳を貰いに来るのに来ない事を不審に思った村人が発見した事だけを教えてもらった。

津村は喪主の令姉に挨拶して帰る際、自分は今定職に就いていないので何時でも来られます。小屋の後片付けの際は是非呼んでくださいと約束し、出来ればもう一日滞在して小屋を訪ねてもみたかったが、翌日外せない約束が有ったので、帰途に就いた。

そして翌年、墓の新設と小屋整理の旨の知らせを受けて上野駅から東北本線に乗った。


津村が村の宿に着いた時には既に夕暮れ近くなっていて、数日間投宿している佐伯老人の令姉はすっかり暗くなってから石材店の車に送られて帰って来た。

津村は令姉の部屋を訪ね、一年来の久闊を叙して早々に自分の部屋に退いた。七十に近い婦人のお墓の立ち会いは少々身に応えたのだろう。疲れが顔の表情に表れていた。津村が夕食後、暫くして手洗いに立った時には婦人の部屋には既に明かりが灯っていなかった。

翌朝、食堂で顔を合わせると、令姉は前日の疲れを止(とど)めぬ表情で挨拶してきた。

投宿した人は二人の他は一人だけ。その一人も、農機具販売に携わる人とかで、既に食事を済ませて早くに出掛けた後で、別々のテーブルには二人だけの朝食の用意がしてあった。

「ご一緒に食事しませんか?」と津村が声を掛けると、「そうですね。二人だけなのに、そ

郵 便 は が き

料金受取人払郵便

新宿局承認

7553

差出有効期間
2024年1月
31日まで
(切手不要)

1 6 0-8 7 9 1

141

東京都新宿区新宿1－10－1

(株)文芸社

愛読者カード係 行

ふりがな お名前		明治 大正 昭和 平成 年生 歳
ふりがな ご住所	□□□-□□□□	性別 男・女
お電話 番 号	(書籍ご注文の際に必要です) ご職業	
E-mail		

ご購読雑誌(複数可)	ご購読新聞 新聞

最近読んでおもしろかった本や今後、とりあげてほしいテーマをお教えください。

ご自分の研究成果や経験、お考え等を出版してみたいというお気持ちはありますか。

ある　　ない　　内容・テーマ(　　　　　　　　)

現在完成した作品をお持ちですか。

ある　　ない　　ジャンル・原稿量(　　　　　　　　)

書　名				
お買上 書　店	都道 府県	市区 郡	書店名	書店
			ご購入日	年　月　日

本書をどこでお知りになりましたか?

1.書店店頭　2.知人にすすめられて　3.インターネット(サイト名　　　)

4.DMハガキ　5.広告、記事を見て(新聞、雑誌名　　　)

上の質問に関連して、ご購入の決め手となったのは?

1.タイトル　2.著者　3.内容　4.カバーデザイン　5.帯

その他ご自由にお書きください。

(　　　)

本書についてのご意見、ご感想をお聞かせください。

①内容について

②カバー、タイトル、帯について

弊社Webサイトからもご意見、ご感想をお寄せいただけます。

ご協力ありがとうございました。

※お寄せいただいたご意見、ご感想は新聞広告等で匿名にて使わせていただくことがあります。

※お客様の個人情報は、小社からの連絡のみに使用します。社外に提供することは一切ありません。

■書籍のご注文は、お近くの書店または、ブックサービス(0120-29-9625)、セブンネットショッピング(http://7net.omni7.jp/)にお申し込み下さい。

れも私のお客様なのに、別々に食事するのもなにか変ですわね」と笑顔を返してきた。

お墓はもう出来ていて、お参りするだけ。送り迎えの車は宿のご主人がしてくれる手筈になっていた。


寺は無人寺で、車で五分ほどの、南向きの丘の途中に有った。背後の緩やかな斜面が墓地で、丘の頂きまで続いている。

三ヶ月に一度、村人総出で寺と墓の手入れの結い(ゆ)が有り、法事が有る時だけ遠くの町の住持が来る。

車は寺に続く苔むした小さな石段の前に停まった。

案内を兼ねて、宿の主人が先に立ってゆっくり石段を上ってゆく。令姉と津村もその後に続いた。

山間の寺は山と樹々が風から守る恰好で、季節の寒さは感じられず、南向きの為、寧ろ汗ばむくらいの気温だった。大昔から大切にされてきたのだろう、石段を上り切ると桜のひともとの立派な老樹が丁度いい具合に紅葉の色付きを見せ、寺と墓は色とりどりの錦の樹々に囲まれて、午前の陽差しを浴びて静穏に佇んでいる。

寺の横に手桶場が有り、側に山水を引いた太い竹の樋が水を落としている。

逸早く宿の主人が手桶に水を流し込むと、「持ちます」と声を掛けた津村に、「なんの、なんの」と笑顔で応じ、そのまま墓への上り道に向かった。

主人は前日にも令姉と墓に来たらしく、ちょっと上り坂を進んだ後、迷う事無く横に伸びている墓の間の平らな細道に曲がった。入って行くと、直ぐに真新しい墓に突き当たった。主人は手桶を下に置くと、令姉と津村を迎えるように墓の正面を空けて傍に畏まるように立った。

墓石は豪奢ではなく、寧ろ小振りで約やかな物ではあったが、それが却って佐伯老人に適うものに思われた。その方が山深い村で静かに眠りに就くには、目立ち過ぎず華やか過ぎず、安らかな永遠の眠りを得られるに違いない、そんな思いが過っていた津村だったが、刻まれた碑銘に眼を遣った瞬間、驚きと疑問が漣立った。

墓には佐伯老人の他に二名の名が刻まれていた。一人は静子、一人は覚。てっきり佐伯老人の名だけの墓と勝手に思い込んでいた津村は驚くと共に、奥さんが居て当たり前かと合点はしたが、更に隣に男の名まで刻まれている。おや、と訝しみながら裏に回って碑文を見ると、享年は静子四十、覚十八と有り、それ以外は勒されていない。

「奥様とお子さんですか？」

驚きのまま津村は正面に戻ると令姉に尋ねた。

手桶の水を柄杓に掬って墓石に優しく掛けていた彼女は「ええ」とだけ答え、手桶を地面に置くと墓に向かってそっと手を合わせ眼を閉じた。

令姉の後、津村も柄杓を取り水を掛けて手を合わせた。

宿の主人に小屋近くまで送って貰い、令姉と津村は小屋に向かう林の小道の入口に立った。主人は「夕方お迎えに来ますので小屋でお待ちください」と言葉を残すと、来た道を車をバックさせながら戻って行った。

「親切な方ですね」と婦人に津村が言うと、

「ええ、本当に親切な方。お陰様で助かっています。昨日もお墓の建立に立ち会っていただきましたし、小屋へもご一緒に付き添っていただきました」

「昨日も小屋に行かれたんですね」

「ええ。一度小屋の空気を入れ換えておかないと……」

津村は只の空気の入れ換えだけではなく、自分を迎え入れてくれる為にそうしてくれたのだなと思った。

「ご主人、毎日暇ですからと仰有ってくれて、私の足代わりに車を出してくれますが、お暇な訳ないですよね。お宿を運営するって本当にたくさんのお仕事が有りますから。でも何時も笑顔で車を出してくれます。頭が下がりますわ」

津村は今別れたばかりの柔和な主人の面差しを脳裏に浮かべた。

小屋片付け用の軍手やマスク、ゴミ袋や紐、ガムテープ等が入ったバッグを背に、右手には先ほど宿の主人から渡された風呂敷包みの昼食を持って、婦人の歩調に合わせ、ゆっくりゆっくり紅葉の森と林の小道を進んだ。

進みながら、ふと津村の脳裏に疑問が湧いた。小屋への道はそれこそ自然を生業にしている森番や樵が年に数度通う道で生い茂る藪になっていておかしくない筈なのだが、人一人が藪枝に邪魔されずに通れるようになっている。もしやと思い両脇の藪に眼を凝らすと、道の上に繁茂していた雑木の小枝を鉈で切った跡がはっきりと見て取れた。小枝の切り目がごく最近に切断された事を物語る新鮮な色を留めていた。道にも眼を凝らすと、前日に二人だけが通った跡とは思われない足の踏み締めの跡がはっきりと残っている。

「昨日ここに来られたと仰有いましたが、その前も何日か来られましたか？」

歩きながら津村が聞くと、

「いえ、昨日だけですわ」と答えた。

津村はもう一度宿の主人の顔を思い浮かべた。

主人は、令姉の為に予めこの道を通り易いように整備したのに違いなかった。その事を曖気(おくび)にも出さない。ははあ、そういえば脇道に逸(そ)れてからの車の轍も一度の往復では出来ない、落葉に埋もれた土の道の沈み具合だった事に思い当たった。

「宿のご主人、小屋までの道を整備してくれましたね」

「あら、私、全然気が付きませんでしたわ。気が付かないというより全然考えてもみませんでしたわ。そういえばそうですわね。殆ど人の通らない道なのに……。私、恥ずかしいですわ。そんな事にも気付かないなんて」

婦人の顔が反省と感謝の入り混じった表情に変わると同時に「ありがたい」と呟きを漏らした。

小屋に着いた時には昼時になっていた。

ロッジ風の小屋は津村にとって佐伯老人と一週間ほど過ごした思い出の場所。その様は三年前の佐伯老人の存生(ぞんじょう)のみぎりと殆ど変わっていなかった。

南向きの左側に木の扉が有り、中に入ると中央に薪ストーブ、南に当たる右側は玻璃窓が大きく嵌め込まれていて、射し込む陽光が部屋内を明るくしている。東と西の壁面にもやや小振りな窓が有り、どの窓の玻璃も厚めの堅牢な造りで、括られた冬物のカーテンがレールから下がっている。大きな窓の下に食卓と書机を兼ねた簡素な木のテーブルが配置され、二つの椅子が向かい合う恰好で、テーブルの中央にランプが有る。

西窓の下には少しばかりの鍋や食器類、食料を入れた分厚い木箱、東側の窓の下の両脇には雑多な小物の棚や衣類箱が直接床の上に置いてあり、北面は木製の二段ベッド。ベッドの上段には折り畳まれた布団類と残り半分に書籍類が整頓されて積み上がっている。津村が居候させてもらった時は、書籍類はベッドから下ろされて衣類箱の横に移され、上段に老人、下段に津村が寝た。

小屋にそぐわない物といえば、東側の窓の両脇の壁面にそれぞれ立派な額に納まった八号大の婦人と少年の絵画が飾られている事だった。邸宅の壁面を飾るには相応しいが、小屋では異質だった。前の住居からそのまま持ってきて掛けたに違いなかった。

窈窕(ようちょう)たる婦人は秋の朝の午前十時のような澄み切った表情でこちらを見つめ、子供も昔の戦闘機帽を被り、無垢な瞳を真っ直ぐこちらに向けている。

津村は小屋の後片付けを手伝う心算でいたが、その作業は殆ど必要なかった。書籍も小物もほんの少し有るだけで、着の身着の儘に近い生活を老人は続けていたようだ。

津村はストーブに火を点け、それから外に出、近くの湧き水を薬罐に汲んできてストーブの上に載せた。

宿が作ってくれた破子の弁当をテーブルの中央に広げて湯呑みを準備し、湯の沸くのを待っている間、二人は椅子に腰掛けたまま窓の外の秋景色を眺めた。

「弟はこんな美しい眺めを三年間見ていたのね。紅葉だけじゃなくて鮮やかな新緑、澄んだ空気の眺めを」

「佐伯さんが住んでいたのは三年間ですか？」

「そう、三年間。ここに来て三年間」

「二年前、私は一週間ほどここに居候させてもらったのですが、二人とも殆ど何も喋らなかったので、佐伯さんの事は何も知りません。何の仕事をされていたのですか？」

「大学の教授です。ドイツ文学の」

「ドイツ文学？」

「ええ、ドイツ文学。ほら、ベッドの上の本、ゲーテ、シュトルム、ヘッセ、ヘルダーリン、アイヒェンドルフ、皆んなドイツの作家ですわ。特にシュトルムが好きだったようで、私も影響を受けてよく読みましたわ。尤も弟はドイツ語の原文で私は日本語訳ですけど。もしよろしかったら、本、貰っていただけません？」

「よろしいんですか？」

「どうぞどうぞ。幾らかでも貰っていただければ弟も喜びますわ。残った分は図書館にでも寄贈しますから」

五十冊ほど有る内、日本語訳の二十冊ほどを貰う事にした。

「佐伯さんとお会いしたのも丁度今頃の季節で、少し歩いた先の川に多分鮭が来ていると思います。食事の後、行ってみますか？」

「鮭の遡上？」

「遡上して来た鮭の産卵場です」

「行きましょう、行きましょう。私、遡上も産卵も見た事有りませんから、是非見てみたいですわ」

昼食後、二人は天然の産卵場に向かった。


「ああ、来ている来ている」

鮭の姿を認めると津村は自然に声が出た。そして指差して鮭の場所を婦人に教えた。

水面より一メートルほど高い川岸から俯瞰したゆるやかな滝津瀬の無い川の流れには、それぞれに離れた所に二組のカップルが居て、雌が盛んに川床に窪みを作っている。魚体を横にすると同時に激しく尾鰭を動かして石の川床を蹴散らし、その一瞬水煙を立ててはまた何度も何度も同じ場所に来ては同じ動作を繰り返す。雄はその近くに居て辺りを警戒しながら雌を見守り、雌が疲れ切ると時々手伝うように雌と同じ動作をする。悠遠の昔から続いている子孫を残す営み。

「石じゃ痛いでしょうね」

婦人が呟いた。

「そうですね」

「尾鰭が大分痛んでいますわ。必死ですわね」

二人は暫く川中を見続けた。

小屋に戻ると二人はテーブルを挟んで向かい合った。少し体が冷えたせいか、二人とも熱い湯呑みを両手の掌(たなごころ)で包むように握っていた。

「少し気になっていたんですが、あの二枚の絵、サインが入っていませんね」

「ええ。あれは弟が描いたものですから」

「佐伯さんが?」

「そう。なかなか上手でしょう」

「上手どころか、プロの絵描きさんの物かと思いましたよ。とすると、奥様とご子息?」

「そうです。弟のお嫁さんと子供です」

津村は墓に刻まれていた二人の名前に思いを巡らせた。

「お墓に刻まれていた二人ですね」

「ええ。静子さんと覚君。交通事故でした。静子さんが覚君を駅まで送る途中、反対車線を走ってきた居眠り運転のトラックと正面衝突。避ける間も無かったようです。あの二枚の絵は、亡くなる十年位前、静子さんと結婚して十年後ぐらいに描いたもののようです。静子さんは若々しいし、覚君は小学生」

　婦人は懐かしさと慈しみの眼になった。

「夫婦は本当に仲が良くて、覚君は理知が有って活発。クラスでは級長もしていたようです。行くと必ず肩を揉んでくれた」

「……」

「ある時静子さんに聞いてみたんです。夫婦喧嘩はしないのと。そしたら『私達に夫婦喧嘩という言葉は有りませんわ』ですと。ご馳走様と笑うと静子さんも羞じらいを含んだ花のような笑顔を溢れさせた。二人はベタベタという感じではなかったんですが、心の中はベタベタね。控え目で、でも明るくてお淑やか。女性の私の眼から見ても素適なひとでしたわ。でも二人の馴れ初めを聞いてびっくり。静子さんは弟の教え子で、週刊誌的に言うと教え子を誘惑して手を出した、と下種な事を思ってしまったら、それがアベコベ。静子さんの方から積極的にアタックしたと聞いてビックリ。真面目一辺倒の堅物の弟の何処に惚れたの？　と聞いたら『近頃そんな人が少なくなりましたから信頼が置けて、信頼が恋に、気が付いたら恋が愛に変わっていましたわ。私、大分秋波を送ったんですがだめで、ある時告白しました。

先生が好きですって。そしたら教え子と恋愛関係になる訳にはゆかないって拒絶されて、私、思わず言ってしまいました。妻ならいいですよねって。その時の先生の顔、豆鉄砲を食らった鳩のようでしたわ。信じてくれます？　結婚するまで先生とは手を握っただけでしたわ』」

「……」

「私も下種ですわね」

津村に向けて婦人は笑った。津村も笑い返した後、二人は壁に掛かっている絵に視線を向けた。

老少不定(ろうしょうふじょう)は世の習いと言うが、二人同時の突然の家族の落命。佐伯氏にとって底知れぬ地に落ち込む悲しみだったに違いない。

絵の中の女性は蓮のように美しかった。

「佐伯さんがここに住んでいたのは三年間とお聞きしましたが、奥様とご子息が亡くなられたのは何時頃ですか」

「弟がここに住む前の年です」

「え、前の年？」

「ええ、前の年。二人が亡くなった後、一人旅に出たようです。暫く音信不通で何処に居るのかも分かりませんでした。大学に問い合わせても二ヶ月の長期の休みを取った事しか把握していないとの事で、私、後追いで自ら命を絶つのではないかと気が気ではありませんでした。大学に休暇届を出している以上、子供ではありませんから捜索願を出す訳にもゆかず……そしたら突然電話が掛かってきて、『姉さん、大学を辞めて、東北の村に引っ越します』って。生きていた安堵と共に『もうすぐ定年じゃない。東北行きはそれからにしたら』と言ったら、教壇にはもう立ちたくないという返事で、失意のまま旅に出てこの場所に辿り着いたんでしょうね。幽棲するにはいい所ですもの。私は生きて戻ってくれただけで嬉しくて、あなたのしたいようになさいと答えていました。多分その時、弟は死ぬつもりで東北に行ったんじゃないかしら。私にはそう思えます。家族は本当に仲が良かったですから」

婦人の話を聞きながら津村の胸の中は一つの現実を追っていた。佐伯さんは妻子を亡くされてから程無くここに転住した。という事は、自分が出会ったのは妻子を亡くされて直ぐ後。悲しみの癒えない、癒えないどころか、その真っ只中に居た事になる。痛切な悲しみの深淵で生きがいを失くして、生きている事さえ自覚出来無い底知れぬ闇の底に沈んで踠(もが)き苦しんでいた時になるのだ。それなのに、一言も嘆きの言葉を漏らさず、自分に生きる道を選べと示唆を与えてくれた。あの時、本当に死にたかったのは、只漠然と死を望んでいた自分ではなく、愛する者を二人も同時に失った現実の悲劇に襲われた佐伯さん自身だったのだと。

「ちょっと外に出てきます」

津村はそう言うと小屋を出て走り出した。と同時に視界がぼやけてきた。鮭の岸辺まで走り続け、辿り着くと膝がガックリと折れ、大地に両手を突いて啜り泣き始めた。それは直ぐ激しい泣き声に変わった。

「ああ、死にたかったのは俺ではなく、佐伯さんだったのだ。佐伯さん、佐伯さん、許してください。許してください。そんな事も知らずに、死にたいなんて俺は勝手な振舞いをして」

涙がぼろぼろと大地に落ち、津村は慟哭し続けた。

禊がしたかった。涙塞き敢えず、流れ出るままに泣き続けた。

どのくらい時間が経ったのか、我に立ち返った津村は水辺に下りて水の中に両手を突いて顔を突っ込んだ。突っ込んだまま横に大きく何度も何度も振ると立ち上がり、両手で水の雫を吹き払った。

津村は大死一番、世路を変えようと決心した。東京に戻り、仕事に就き、懸命に働く。そうする事が佐伯老人の遺志に答える気がした。先ず仕事をする、それが生きる事に思えた。老人の無言の『生きろ』に報いる気がした。

七回忌法要

佐伯老人の七回忌に、妻は一緒に行くと言ってきかなかった。津村の大切な人なら絶対にお線香をあげたいと言う。「子供が出来たら行けなくなるでしょ」と笑う。

工場での共働き。丁度仕事も落ち着いている事もあって、二人休暇を取って久しぶりの二人だけの旅もいいだろうと津村は思った。清美は不平を言わないが、たまには妻にも息抜きが必要には違いない。

「俺の目的は七回忌に出てお線香をあげる事だけど、お前は紅葉を堪能すればいい。今の東北の紅葉は綺麗だぞ」

「何言ってるのよ、私にもお線香あげさせて。でも紅葉は楽しみ。鮭の遡上も見てみたいわ。今まで一度も見た事ないいんだもの」


東北行きを控えて過ごしていた或る日、佐伯老人の姉から七回忌を知らせる手紙が届いた。

前略
御無沙汰いたしております。

私は六年前に亡くなった佐伯順一郎（じゅんいちろう）の姉でございます。その折は順一郎の葬送にご臨席くださり、また翌年のお墓の建立の際にはわざわざお越しくださいまして、ありがとうございました。

月日の経つのは速いものでございます。順一郎が亡くなって二、三年と思っておりましたが、もう六年、人の記憶というのは曖昧なものでございますね。

さて、七回忌を身内の者だけで済ませる予定で、最後に住まい、息を引き取った小屋も処分しようと決め、内内に法要を済ませるつもりでおりましたが、葬儀とお墓の建立においでいただきましたあなた様にはお知らせしなければと筆を執った次第です。

ご存知の通り、晩年の順一郎は世間との社会的連絡を絶ち、小屋での隠遁生活を送っておりました。それだけ東京での弟に降り掛かった不幸は大き過ぎたのでございましょう。

弟が慈しみ、大切に過ごした小屋。失くしてしまうのも胸が痛みますが、月日には逆らえません。屋根も大分老朽してきて、二年もすれば老廃してしまうでしょう。

私も高齢になってしまい、順一郎を知る親戚筋も殆ど居なくなり、淋しい思いをいたしておりますが、もしお時間が許すのでしたらご一緒に法要を済ませたく、筆を執らせていただいた次第です。

もしお出でくださるのであればご一報をお待ち申し上げております。宿の手配等は一切私の方で対処いたします。

かしこ

追記
私も他家へ嫁ぎ六十年。人は忘れられ消えてゆく運命。弟の事を話題に出来るのも多分これが最後かと存じます。

津村の胸に朶雲(だうん)の追記の文面が突き刺さった。

執り行なうのは小屋の有る村の寺。妻と一緒に出席いたしますと返信を出した。

秋晴れの午後の最寄りの無人駅に妻と二人降り立つと、洋装の淑徳の老婦人が出迎えてくれた。

降り立ったのは自分達二人だけで他には無く、白髪の婦人は和敬を感じさせる柔らかい笑顔を向けてきた。

「お久しぶりでございます。遠い所、おいでくださいましてありがとうございます。順一郎の姉でございます」と言うと、静かに頭を下げた。

「津村です。お久しぶりです」と返すと、「妻です」と清美を紹介した。

「津村の家内です」

清美も頭を下げた。

駅舎を出ると一台のタクシーが待っていて、二人を後部座席に乗せ、婦人は助手席に乗り込み、「四季荘までお願いします」と運転手に告げた。

「弟はこの山奥がよほど気に入っておりまして、生前、自分がもし先に死ぬ事が有ったら、この村の寺に葬ってほしいと言っておりましたが、まさか本当にそうする事になるとは……。遺骨を何処に納めるか、葬儀の後、親族会議で揉めたのですが、私が弟の希望を主張したものですから」

婦人は前を向いたまま、後部座席の二人に話し掛けた。

法要は翌日の十時から執り行なわれた。誦経（ずきょう）と誄詞（るいし）を聞く列席者は、令姉と津村夫婦と宿のご主人の四名だけの淋しいものだった。宿の主人は人の少なさに気遣いをしてくれたのかもしれない。

法要の後、見納めになると言うので宿の主人の車で小屋に向かった。

五年前の墓建立の時と同じくやはり小屋までの径は通れるように繁茂する小枝が切り払われていて、しかも小屋の周りの草々が刈り払われていた。

五年も自然の中に放置された小屋は廃屋が辿る無残な姿になっていたが、刈り払いの御陰で傍で見納めする事が出来た。

妻が「未だ見た事が無いので是非見たい」と希望したので、疲れの見える令姉を残し、その後二人だけで鮭の産卵場を見に行った。

小屋の去り際、令姉は「ほんとに見納めね」とポツンと言い、妻は手を合わせてそっと眼を閉じた。

翌日、宿の主人と令姉の見送りを受けて、駅舎のホームで四人は別れの挨拶を交した。

「遠い所、ありがとうございました。弟も喜んでいる事でしょう。本当にありがとうございました」

婦人は丁寧に頭を下げた。

「お元気で」と津村が返すと、横で妻もお辞儀をした。

「あなた様も」

二人が座席におさまり電車が動き出すと、手を振る宿の主人を背後に婦人が深々とお辞儀をした。

二人は座席から立ち上がってお辞儀を返したが、婦人は電車が視界から消えるまで、深々と頭を下げたままだった。

腰を下ろすと妻が言った。

「またお会い出来るかしら」

津村はそれには答えず、胸の中で思った。

《婦人の年齢を考えればもう永遠にお会いする事も無いに違いない》

定年旅

村の宿は存続していたが、駅舎に迎えにきたのは以前の主人ではなかった。二十八年振りの宿はほんの一部現代風にはなっていたが、昔の様子と殆ど変わらない。流石に親切だった当時のご主人は五年前に亡くなっていたが、引き継いだ息子さんにはその柔和な面影が残っていた。

妻と二人だけの旅行は、佐伯老人の七回忌以来である。妻にとっては曾遊の地である。二十八年も経っているので村の様子も嘸(さぞ)かし変化しただろうと想像していたが、意外にも昔のままだった。都邑(とゆう)の変化は著しいが、僻陬(へきすう)は時間の波に取り残されるのかもしれない。明るい秋の陽差しが静かな村の家々を照らしていた。

宿の若主人に「この村は変わっていませんね」と言うと、

「いえいえ、廃屋が三軒増えました。その儘だと草が暴れ放題、野生動物が棲みつくので、三ヶ月に一度村人が集まって手入れをしているのです」の返答。結いの仕来(しきた)りは続いていた。

墓参り、鮭の遡上、産卵、紅葉の堪能、のんびりした時間の享受、それらを全部詰め込む為に宿には三泊する事にしていた。

津村は旅行の前、妻に、

「三泊もするの？　君は退屈しないかい」と聞くと、

「全然。久しぶりの旅行、否、旅だもの、楽しまなきゃ。今まで我武者羅に働いてきてばかりだから、自然の美味しい空気をたっぷり吸って、心身共に元気にならなきゃ」と明るく笑って、更に付け加えた。「佐伯さんに久闊を叙するんでしょ、短い時間じゃ淋しがるわよ。それに私ね今まで出来なかった事をしたいの」

「出来なかった事？　何？」

「あなた笑わないでね。静かな村の時間の中で、一日ゆっくり読書してみたいの」

「読書？」

「ええ、読書。美味しい空気を吸いながら時間に追われない読書」

津村は、そういえばと思った。妻は読書好きだった筈だが、自分と一緒になり、子を育てる時間に追われてからは、本をゆっくり広げている姿は見ていない気がした。結婚前、彼女の部屋の本棚には詩の文庫本が結構有ったが、結婚してからはダンボールにでも納まったのか、見かけなかった。四季派の本が多かったような気がする。

墓参りは翌日の午前中に行く事にして、津村夫婦は宿名物の猪鍋に舌鼓を打った。二十八年振りの味。この鍋をつつきに来る客が居るので宿は存続出来ているらしかった。

「湯は温泉では無く、沸かし湯なので、この鍋がなければここは続きません。湯水は山から引いて薪で沸かしているのですが、それではお客様は呼べませんですから。春は山菜、夏は山女、秋は茸、それを目当てに来られるお客様はいらっしゃるにはいらっしゃいますが、やはりこの鍋がないと」

山奥の村で営業出来ている事を不思議に思っていた津村は若主人の説明で合点がいった。

妻は紅葉を浮かべた湯が殊更気に入ったようで、

「毎日綺麗な葉を枝から採ってきて湯に浮かべているんですって。一度地に落ちた物は使わないって。澄んだ水に綺麗な木の葉。私なら近かったらこの湯だけでも泊まりに来るわ」

混浴の浴槽で木の葉と遊びながら妻は楽しそうだった。

津村は湯に浮かぶ葉と共に夕膳の色彩りの葉を思い起こした。どちらも逝く秋を味わってもらう為の宿の心遣いを感じ、同時に、小屋までの枝払いをしてくれていた先代のご主人の面影が脳裏に浮かんだ。

「なんか素適な時間を過ごしているから、詩人になっちゃいそう」

妻は素頓狂な声を発した。

「詩人に？」

「そう。いい詩が書けそうな気がする。書けるんじゃないわね、そう、生まれてきそうな気がする」

そう言って、また木の葉を湯と一緒に掬い上げては目の前に放った。

翌日、津村夫婦は二人で展墓に出掛けた。何かと忙しいに違いない、お供しましょうかと言う宿の若主人の申し出を鄭重にお断りして。出掛けに若女将が昼食の弁当を手提げの紙袋で持たせてくれた。

二人は寺への階を午前の陽差しを受けながらゆっくりと上った。住持の居ない寺なのに思いの外、寺も墓地も手入れされていた。三ヶ月に一度の村人の共同作業の御陰に違いなかった。

二人は一度手を合わせた後、津村は墓石に柄杓で水を掛け、妻は純白のタオルで土台まで綺麗にした後、周りの草摘みをして花を生け、線香を立て、弁当を取り出して供えると、また揃って手を合わせた。

津村は心の中で語り掛けた。

《お久し振りです。佐伯さんの御陰で結婚も出来、子供も三人育て、皆んな元気で生きています。佐伯さんには感謝しかありません。その節は本当にありがとうございました》

津村は余慶に深謝した。

「反魂香って知ってる？」

津村が妻に声を掛けた。

「はんごんこう？　知らない」

「それを焚くと煙の中に死者の姿が現れるという香らしい」

「へえ、それ欲しいわね。それを焚いたら佐伯さんが現れるんでしょ」

「そうだね」

その後二人は寺に備えている貸出用の筵を借りてきて墓前に敷き、食べる前に破子(わりご)の弁当と、蓋を開けたペットボトルの茶とカップの日本酒を供えた。

胡床の津村と横座りの妻の頭上をゆっくりと秋の太陽が移動してゆく。

妻は墓に向かって「いただきます」とはっきりとした声で手を合わせてから箸を動かし始め、妻に促されるように津村も「いただきます」と低く声を発した。

「佐伯さんには申し訳無いけれど、なんかピクニックに来たみたい」

「ピクニックか。佐伯さんお墓の中で笑ってるぞ」

「三人でのピクニック。いえ、五人かな」

そう言うと妻は大きく笑った。

妻は日本酒を三本持って来ていた。

「一本は佐伯さん達、一本は貴方、一本は私」

「お前も飲むのか?」

「勿論よ。今日は特別な日だもの」

普段、妻は酒は飲まない。食前酒としてビールをコップ一杯飲む事は有るが、それ以上は飲まない。妻はアルコールが苦手、そう思っていた津村には意外だった。

「何だか知りませんけど主人が大変お世話になりました」

妻はそう言って日本酒のカップを両手で額の前に持っていって頭を少し下げた後、墓に供えているカップと小さくカチンと合わせた。

弁当のおかずをつまみにチビチビと二人は酒を口に含んだ。

「私、酔ってきちゃった」

カップを半分ほど空けた所で妻が言った。

頬がほんのり染まっている。

「速いな。もう？」

「ええ、もう酔っちゃった。ねえ貴方、私ずっと前から知りたいと思っていたの」

「何を」

「貴方と佐伯さんとの事。佐伯さん、親戚でも何でも無いんでしょ。それなのに七回忌も忘れずに出掛けて。遠いのにお葬式も翌年のお墓の建立にも行ったと言うし」

津村にとって佐伯老人は和光同塵と言って良かった。あの時老人が通らなかったら確実に自分はあの場所で死んでいる。

「……」

「貴方のお財布の中の奥に紙が折り畳んで入っていますよね。あれもまた何だろうなあって」

津村は胸ポケットから財布を取り出し、紙片を出して「これか」と言った。

「そう、それ」

「お前が財布にお金を入れてくれているんだから、見ても良かったのに」

「そうはいかないわ。だって大切な物に違いないんだもの。なんか見せてと言えなくて」

「そうか。そうだったか」

「そう」

津村は妻の長年の疑問に答えるべく、紙片を妻に差し出した。

「これ、佐伯さんの日記のコピー」

「コピー？」

「ああ、七回忌の時にお前も会ったお姉さんからあの後送られてきたコピー。俺の事が書いてあったというので、そこを送ってくれた」

佐伯老人の姉は七回忌の後、五年後に亡くなっていた。

「そう、あの方からなの。私、恥ずかしいけど、誰かからのラブレターじゃないかなあって思ってた所もあって」

「ラブレター？　アハハ……、そんな物だったら財布になんか入れておかないよ。もっと別の所に仕舞っておく」

「仕舞ってあるの？」

「まさか。そんな事は無いよ。狭い家、隠す所なんか無いじゃないか」

「それもそうね」

二人は笑った。

「見てもいいよ」

「じゃ、読ましていただく」

妻は素直に受け取った。


今、私の所に一人、青年が転がり込んでいる。死のうと思ったが死に切れず、衰弱している所を偶(たまたま)私が通り掛かった。

カンテラを頼りに森と林の径を歩いていると、突然眼の前に顔が照らし出された。幽霊かと、私の心臓は止まるほど驚いた。土に汚れた顔は蒼白そのものだったが、手も足も付いている。今度は死体かと思ったが、微かに呼吸していて胸が上下に動いていた。

蓬髪にしょぼたれて寸裂した服装。

背負い、小屋に連れ帰って水とミルクを少しずつ口に含んだら徐々に意識を取り戻して、そのまま一晩眠らせると翌朝は手足を動かせるようになり、大分体力を取り戻した。

初めのうちは「何で助けた。死なせてくれ」と喚いて手古摺らせたが、最後は心身共に元気を取り戻して東京に帰って行った。

青年は鮭の亡骸(なきがら)を見て「美しい」と言った。私も感じた事のない、気付かなかった事だ。体がボロボロになりながらも必死に子孫を残し、後は死が待っているだけなのに、それでも尚生きようと踠き、生への執念を見せる鮭。襲い来る死と懸命に闘った果ての亡骸たち。

確かにその骸(むくろ)は一見誰の眼にも醜く映るが、そんな白く腐敗してゆく鮭を青年は美しいと言った。

ひょんな事で隠棲している私が青年を助けたが、この青年は必ずや立ち直り、立派な人生を歩んでくれるだろうと思う。私はその事を信じている。自分は死を選ぶ場所としてこの小屋に移り住んだが、ここで青年に出会い、青年を回復に導くうちに、自分も生きねばならないと思った。死のうとしたこの青年が寧ろ自分を生きさせてくれた。青年に感謝だ。


読み終えた後、妻は一言も言葉を発しなかった。寧ろ黙り込んでしまった。そしてもう一度読み返した。

黙ったまま折り畳んで津村に返すと、やっと口を開いた。

「私、貴方の事は全て知りたいの。お互いこの歳になったのだもの、そろそろ全部教えて貰うと嬉しい」

「お前、今まで死にたいと思った事はなかったかい」

しんみりとした口調だった。

津村も口を開いた。

「……一度だけ有ったわ。父が死んで母が亡くなった時。父も母も大好きだったから、私も一緒に向こうの世界に連れてって、この世にもう私の居る場所は無いんだって思ったの。でも、その一回だけ。伯父も伯母も優しくしてくれたし……貴方と一緒になってからは一度も無い。だって何時もどんな時でも貴方は優しかったもの。何時も幸せを噛み締めて生きてきた……」

妻の言葉が嬉しかった。嬉しかったが「だがまてよ」と自分自身への疑問が湧いた。

俺はそもそも優しい人間だったろうか。否、そんな事はない。俺は何時も自分中心で生きてきたような気がする。人を押し退け、我がちに行動してきたような気がする。だから一流大学に入れ、一流企業に就職出来た。

学生時代も就職してからもライバルは敵だと思ってきた。だから、ここが分からないから教えて、手が足りないから手伝ってという、敵と思える人間からの頼みは「自分で考えろよ、俺は忙しい」と言って断ってきた。そんな人間なのに妻は俺が優しいと言う。

確かに俺は妻とは殆ど喧嘩した事は無い。だがそれは妻が何時も俺に対して控え目にしてくれていたから、だから喧嘩までには達しないだけと思っていた。だが確かに妻に怒りを感じた事は殆ど無かったような気がする。

俺は何時から優しいと言われる人間になったのだろう。

考えていてひとつの答えに行き当たった。それは社長宅で妻の不幸を教えて貰った事だった。

人間は相手の哀しみを知らなければ自己中心になり、それを知ると労りの心が働く、そんな不思議な生き物。

そうか、あの時から俺は清美に対して、妻に対して優しくなれた。あれが原点だったかもしれないと。

妻に全てを話そう、津村はそう思った。

生と死の狭間で

津村信一は大学卒業後、若殿原（わかとのばら）の一人として大手の広告代理店に入社した。

一年目は見るもの聞くもの、先輩の仕事振り、上司の指導が新鮮で、どんな残業も苦にはならなかったが、二年目、大きなミスをした。クライアントとの大事な打ち合わせの資料を電車に置き忘れて紛失し、怠慢だと相手が怒ってしまった。損失が少なければ大手の会社だけにあまり問題にはならなかったのだろうが、金額が五億を超える見込みの有る契約だっただけに重大だった。

他の会社に変えるとクライアントから連絡が入った時、部署内が全部揺れた。上司共々お詫びに走ったが、既に他社との契約を交わしたと面会さえ断られた。しかもその他社がライバル会社だった。

失敗を取り戻そうと夙夜（しゅくや）、一日五時間以上のサービス残業をして挽回を図ったが、無理だった。新規契約を取ろうと奔走したが甘くはなかった。

長時間労働が祟って身心の疲れを感じ始めると、病気が追い討ちを掛けた。病院で抑鬱症を告げられて会社に病気休暇を申請すると、立ち所に周りの視線が更に冷たくなるのを感じた。「仮病か」露骨にそう言ってくる先輩や上司も居た。

何よりも辛かったのは、付き合い始めていた同じ部署内の恋人が仕事のミスを機に離れて行った事だった。それもよりによって新しく付き合い出したのが自分のライバルと思われていた同じ部署の人間。

休暇が終わり出勤しようとした朝、玄関を出ようとした所で胃が激しく痛み出し嘔吐した。足が会社に向かおうとしなかった。

そんな状況が数日間続いた日、状態を知りたいと会社が父を呼び出した。

父は、息子には必ず健康を取り戻させて出社させますと懇願したそうだが、「日々忙しい仕事、そんな時間の余裕はない」とあっさり退職願いを出すよう言われた。状態を知りたいというのは詭弁で、最初から退職願いを出させるつもりに違いなかったと父は怒って帰宅した。

津村は人間不信に陥った。何もかもがつまらないと思った。自分は廃残の身だと思った。生きる価値が見出せなかった。人が羨む大きな会社だっただけに転職は人生の敗北に思えて考えもしなかった。就職を祝ってくれた両親、友人、学校関係者、全ての人に顔向けが出来ない、落魄した姿は見せたくない、そう思った。籠居する日が続いた。

家に居るのも嫌になり、津村は財布一つ持って着の身着の儘電車に乗った。何処へ行く当ても無く。気が付いたら「上野、上野」の男性アナウンスが耳に入った。間近に出る列車は東北本線盛岡行き。躊躇う事無く盛岡までの切符を購入。盛岡までは行かず途中下車。何故途中下車したのか、その駅で降りたのか津村にも記憶が無かった。「死後には楽土だけが有る。この世から消えたい」その思いだけは覚えが有る。

駅からバスに乗り、終点で降りた時には落日は疾うに過ぎて、折り返して遠ざかって行くバスのテールランプが明瞭に田園風景の中に浮かび上がっていた。

辺りには二軒の農家が有るだけで、夕暮れの落莫たる風景の中、秋の風の冷たさに津村はブルブルと震えた。山へ続く一本の野道を「もうこの道を戻ってくる事も無い」と思いながら進んだ。

山に入ると杉叢（むら）を過ぎ、杣山（とまやま）を越え、雑木林に入り、落葉の吹き溜まりを夜着（よぎ）にして、その中に全身を突っ込んで顔だけ出して寝た。山野を彷徨（さまよ）えるだけ彷徨って歩き疲れ、失名氏として眠るように死ねたらいい、そう思った。

山野林間を彷徨いながら、膂力（りょりょく）も無くなり、跋渉（ばっしょう）して四日目ぐらいから足が蹌踉（そうろう）として、真っ直ぐの歩行が困難になって、五日目には殆ど蹣跚（まんさん）とし、二、三歩で蹌踉（よろ）けて倒れた。

林の急勾配を転げ落ちると、止める力はもう残っていなかった。不思議にも落ちながら「ああ、俺の命もこれで終わるのだな」と冷静に判断しているもう一人の自分が居た。しかし、転げるのに任せるしかなかったのが良かったのか、意識が戻り眼を開けると広い幅の平地に横たわっていた。俯せの顔から見えたので広い平地と思ったが、それは一本の細い山道だった。道は細長く曲がって伸びていたので杣道に引っ掛かったのだと思った。だが道と言っても暫く人の通った形跡の全く無い、落葉溜まり具合が微かに道と分かる一本の線だった。

　ここが俺の落命場所になるのか、そう思いながら力を振り絞って仰のくと、木立が天に向かって伸び、その先々の枝に色付いた葉が天幕のように拡がっている。更にその先には鏤(ちりば)められた青空がちらちら覗いていた。

　美しいと思った。綺麗を遥かに通り越して美しいと思った。

　時々上枝(ほつえ)を小鳥が軽やかな囀りで飛び翔(か)る。その天から時折木の葉が落下して来て津村の顔に当たる。その瞬間、不思議にも津村は本の一節を思い出していた。

《死ぬ時は星の眼差しに打たれて死にたい》

「星ではないが、俺は木の葉に打たれて死ぬのか。それも悪くはない。落葉の山が俺の墓になる」

　津村は不思議な浄福感に全身が包まれた。


　無為の夢現(ゆめうつつ)の中で津村は霊夢は見なかったが、過去の出来事が脳裏に浮かんでは消えた。

　虫歯が痛くて初めて母に連れられて町の歯医者に行ったは良いが、怖くなって玄関を入れず、そのまま母を置いて逃亡した小学生前。そのまま迷子になり、迎えに来た母を見て安堵でオイオイ泣いた自分。

　ひとり川に泳ぎの練習に行き、溺れ死にそうになり、頭の中を走馬灯のように過去の事が走って、命の危険に遭遇している刹那、本当にその事が起こる事に感心した自分。

小学校から帰宅し、何時もなら直ぐ遊びに外に出るのだが、その日はやけに体がだるくて眠く、畳にゴロ寝していると仕事から帰った父が怪訝に思ったのだろう、部屋に入って来て自分の額に手を遣り、「熱が有るじゃないか。タオル」と母に向かって大声を発し、手拭いを絞ってそっと額に乗せては静かに部屋を出入りして手拭いを乗せ替えてくれた父の姿。何度も何度も襖をそっと開けて心配そうに様子を見に来てくれた兄妹達。

全く忘れていたこもごもが次から次へと甦った。

清澄な空気が顔の上を流れてゆく。

晴れた日の山林の落日の後は夕明かりが残り、虫が鳴き、糖星が出て思いの外、賑やかで明るい。月が出たりすると、時間の微動に合わせてうっすらとした樹々の影が伸び、縮み、また伸びる。

虫声は終夜途絶えないかのようにも思うが、そんな事は無く、鳴き疲れるのだろう、丑三つを前に静かになる。深い闇は虫にとっても恐ろしいものなのか、文目も分かぬ闇になる密雲の夜は早目に鳴りを潜めがちだ。

月光と星月夜の宵から丑三つまでが虫声の最盛時間。

落葉に埋もれながら津村の脳はそんな発見にほくそ笑む事も有った。

時折遠くに天籟（てんらい）が聞こえたかと思うと、強い野風が山林に分け入り、ゴオーッと樹々を揺らし、驟雨（しゅうう）のように木の葉を降らせる。

落葉の茵に埋もれていると意外と夜気が感じられず、八寒地獄は無くて、暖かい。どのくらい仰むいていたのだろう。山気に眼が覚めた。夢寐には何も起こらなかった。命の余日はあとどの位あるのだろう。二回の夜は過ぎた気がする。その時にはもう視界は色彩を映さなくなっていた。枝の葉も空もモノクロ一色の世界になっていた。
《いよいよ眼もやられてきたか》
死を前にして六字の名号を唱える事も無く心の中は冷静だった。
《色彩も失せ、痛みも何も感じなくなる、これが死というものか》
この時、父と母の顔が脳裏に浮かんだ。自分が賊子である事を詫びた。躾が厳しかった父、何時もその父の陰で優しかった母。会社に呼ばれて出掛けて行った時の父の半白の頭が鮮明に蘇った。
《父さん、母さん、ごめん。こんな息子で。俺の行き着く所は間違い無く天上では無く泉下だな》
とその時、何かの気配を感じた。強襲するのを窺っている何かの気配。《遂に死神が来たか》そう思って見向くと、一匹の獣が五メートル先でこちらを飢えた眼光で凝視していた。底気味悪い眼だった。津村が首を動かした事で未だ生きている事にそいつは気付き、襲い掛かるのを止めた、そんな姿態だった。
野犬に違いなかった。「ウーッ」と唸りを牙の間から漏らしている。モノクロの視界の中でその眼が心胆を寒からしめる敵意の光を放っていた。獣の勘で、もうじきこいつは死ぬ。

それからゆっくり食するとするか、とでも考えているのか、津村が未だ生きている事を認知させるために首を正面に起こし、また横に向けて獣を見た事が功を奏したのか、二、三歩引き下がった後は、襲い掛かってはこなかった。暫く座り込んで津村の様子を窺っていたが、こいつは未だ死なないと判断したのか、ゆっくり立ち上がると口を大きく開け、牙とだらりとした長い舌を見せて欠伸をひとつすると何処かへ消えて行った。しかしその立ち去りは明らかに諦めたものではなく、取り敢えず今日の食物を探しに行く気配だった。また戻って来る事は確かで、津村の死命を奴が制しているのは間違いなかった。

不思議と津村の心は穏やかだった。獣に襲われ、噛み付かれて痛みを感じたまま死ぬのは嫌だが、息が絶えた後に喰われるのはそれはそれでいい、寧ろそれが自然の事であり、生き物の糧になるのであれば本望だと思った。

どれくらい半睡状態が続いたのか。雨が顔に当たって意識を取り戻した。漸増(ぜんぞう)した落葉が体の上に積もっている。息をしている分、顔だけに落葉が無い。頭上の木の葉からのそぼ降る雨の雨垂れが落ちて来て、鼻溝を伝って口の中に流れ込む。それが篠突く雨に変わり何度か噎せるほどだったが、直ぐ止んでくれた。

《ああ、俺にはまだ噎せられる体力が残っている》

そう思った時、「ウー」と唸る息遣いがした。例の野犬がこっちを見ていた。「こいつ、未だ生きてやがる」、そんな唸りだった。

津村の胸に可笑しみが込み上げてきた。

「こいつ、早く俺を喰いたいのだろうが、未だ未だ、そうは問屋がおろさない。あっかんべえ」

笑いで胸の筋肉が動き、濡れた落葉が上下した。死の覚悟が出来ているからなのか、この状況の中で従容としている自分が不思議でならなかった。

翼翼たる野犬は「だめだ、未だ元気だ、チクショウ」、そんな表情を残してまた何処かへ立ち去った。

白白明けから払暁になり、津村は小鳥の声で眼が覚めた。

睡余（すいよ）、「おや」と思った。前日より体力が戻っている、そう感じた。末期（まつご）の水と思った雨垂れが体内に幾分かの力を取り戻させたのは確かだった。

体の上の落葉は乾いている。体を横向きにしようと全身に力を入れてみるとそれが出来た。腹の上の落葉が崩れ落ちる。自分の心悸の音が確かに聞こえている。釜中の魚に変わりはなかったが、

《まだまだ死ねそうも無いな、俺は》

自分に向かって胸の中で声を掛けた。

どれほど経ったのだろう、気付くと奴が津村のズボン下を嚙んで引っ張っている。とうとう我慢出来なくなり、襲い掛かる前に相手の体力の残りを推し量る嚙み付き方だった。

《俺は遂にこいつの朝食か》

無腰の津村の体は奴の引っ張りによって俯せになった。今度は獰猛な唸りを上げてズボン

を引き破ろうとする。
《寸寸に破り裂くつもりだ》
猛襲に津村の全身に恐怖が走り胴震いが起きた。飢えた激しい動きが首を横に振ってズボンを噛み裂こうと強暴な唸りで襲い掛かってくる。
《もうだめだ。俺には邀撃する力はもう残っていない。こいつに喰われる》
左の脹ら脛に痛みが走った。牙が肉に喰い込んだのが分かった。津村は力を振り絞って抵抗して踠くと、肉から牙が外れるのが感じられ、仰のいた。
動物が狩りをする時、一番正鵠の首を狙う。いつの間にか津村は手と腕で首を保護していた。首がだめと知ってか、奴は首を避けて血の噴き出している左足に狙いを決めて噛み付いた。
《だめだ。もうだめだ、遂に俺はこいつの餌食か》
と全身に恐怖が伸し掛かったその瞬間、右足の腓腸筋が動いて寸毫の狂いも無く奴の鼻面を横殴りに蹴っていた。
獣は「ギャン」と悲鳴を発して津村の体から飛び退くと、一目散に林の下り傾斜を転げ落ちるように逃げて行った。その背は先ほどまでの猛猛しさは無く、寧ろ惨めそのもので弱々しくさえ見えた。
半死半生の中で蹴ったのは最後の力だった。全身の最後の力が集中凝縮して右足に伝わったとしか考えられなかった。

津村の体は麩のようになった。もう振り絞って出る力は全身の何処にも残っていなかった。旦夕に迫る余喘の中で津村の視界は溶暗に落ち込み、意識を失った。

ガサッガサッ、突として何かの音がした。それが少しずつ近付いて来る。もう獣に抗う力は無い。

俺は生きているのか死んでしまっているのか幽明の境に居るのか、それさえ判然としない。

ガサッガサッ、ただ音だけが近くなって来る。

その音と共に小さな光が少しずつ大きくなって自分に向かって来る。

俺はもう死んでしまっているのだなと思った。

《これが幽冥への迎えの光なのか》

死の迎えへの恐れや逃れたいと思う切迫感は全く無く、寧ろ安らぎ感が有った。そこには安堵して悠揚と迎え入れようとする自分が居た。

津村は大きな光に包まれた。安らぎの眩しさに眼を閉じた。と同時に、筒の中で反響する歪んだトロンボーンの音のように声らしきものが落ちて来た。初めそれが何なのか、音なのか言葉なのか分からなかった。音の韻のようでもあり、結んだ言葉のようでもある。それが何度か顔に落ちて来る。次第にそれが言葉だと分かった。

「おい、大丈夫か」

体を揺すられながらそれが人間の声だと分かった。

体を起こされ、持ち上げられた浮遊感が有ったが、その後、また意識を失った。

気が付くと二段ベッドの下段に寝かされていた。丸寝だった。

男が少しずつ口に水を湑(した)み、含ませてくれている。飲み込む力が有ると分かると今度は少し温めた白い液体に代えた。それをまたゆっくりゆっくり時間を掛けて口に含ませてくれる。

部屋のストーブはがんがん燃えている。

コップ一杯分のミルクが体内に入っただろうか、体の中からと部屋の暖かさで何時しか津村は心地良い眠りに落ちた。

眠りから覚めて眼を開けると、初めは無かった軽くて薄い掛け布団が掛けられていて、また男が温かい液体を含ませてくれる。夜中じゅう、そして翌日も夙夜それを何度も繰り返した。繰り返す毎に眼の力が戻ってきて、男が老人だと分かってきた。

丸丸二日、そうして老人は看病してくれた。衰残の体は三日目には布団から上体が起こせるようになり、粥も食べられるように体力が回復した。

両脚両前膊(ぜんはく)に犬の爪牙跡(そうがあと)が何ヶ所も有り、全てに消毒液を付けてくれていた。

それまで老人は殆ど喋らなかった。無言でミルクのコップを渡し、無言で粥を差し出す。津村も無言でそれを受け取った。

蹌踉めきながらも津村はやっとベッドから出て立ち上がれるまでになり、普通の食事も取れるようになった。

そうして体力が戻ってくると不思議なもので、自分でも予期しなかった言葉が津村の口から老人に向かって出た。

夜の食事の後、

「死ぬつもりで来たのにどうして死なせてくれなかったんですか」

言葉を発した津村自身も自らの言葉に内心驚いた。その言葉は、死のうと思った人間の死ねなかった恥ずかしさからのようでもあり、万死に一生を得た安堵感から来る他者に甘えたい心理からなのかもしれなかった。

「助けてくれなくても良かったのに」

強い語気で言葉を放った。

するとその言葉に老人の表情が変わった。穏やかな顔が瞬時に険しく厳しい顔になった。そして椅子に座っている津村の前に来ると「馬鹿者!!」という叫びの声と共に津村の顔に一発、大きな平手を食らわした。

津村の体は椅子から吹っ飛んだ。その平手は老人のものとは思えない力で、老人の渾身の力を感じた。

呆然と頬を押さえて倒れ込んでいる津村を前に、老人はカンテラを棚から取って灯し、テーブルに置くと、津村に向かって歩を進め、津村の襟首を取って強引に立たせ、「付いて来い」と有無を言わせぬ威圧の声を発した。

森と林の道をカンテラを灯して老人が進んで行く後を、津村は俯きながら付いて行く。六方から押し寄せて来る夜の闇を切り裂くようにカンテラの灯りが前へ前へと進み、津村はその灯りに置いていかれないよう、樹の根に躓き躓きしながら老人の後を追った。時々細い枝が鞭のように顔や手足を打つ。

暫く行くと林が切れ、五メートル幅の川の流れに出た。

老人は川を前に立ち止まるとカンテラを突き出し流れを照らした。深さは一メートルも無い。老人は見ろという合図に首を動かした。

流れに突き出た老人の居る岩の先端まで津村は行くと、カンテラに照らし出された水の面に視線を向けた。そこは流れが他より緩やかになっていて、一尾の鮭が蹌踉めきながら、横倒しになる自らの魚体を必死に立て直そうと力を振り絞っては倒れ、倒れては立て直しを繰り返していた。

それは産卵を終えた雌に違いなかった。近くに雄の軀(むくろ)が岩に挟まったまま流れ下らないでいる。

老人が川を見詰めながら言った。

「産卵を終えた鮭は、雄も雌も死ぬ。だが一尾としてそれを終えたからといってそのまま死を受け入れる諦めは見せない。死に抗い生きようと跪く、私にはそう見える」

産卵を終えれば雄も雌も死ぬ。それが鮭の自然の摂理。だが眼の前の雌は摂理への抗いを続けて必死に魚体を立て直し、諦めを見せない。それは津村にも紛れも無い生への執着に見えた。

二人は暫く川を見続けた。

老人の肩が優しくなっている。

帰り際、頭上に眼を向けると川の上には星々が満天に輝いていた。来る時は前方と下ばかり見ていたので気付かなかったが、林の中には仄かな星明かりが落ちていた。


翌日から津村は前夜の川の場所に毎日、雨の日も通って鮭を見続けた。

足元から三メートルほど先に産卵を終えたばかりの番が上流に頭を向け、魚体を互いに支え合いながら、傷付きぼろぼろになった尾鰭を辛うじて動かして流れに逆らい、産卵場の上に留まっている。それは卵を外敵から守ろうとする行為に違いなかった。

浮流する落葉の動きから水流の緩やかさが分かるが、疲れ切った魚体にはその流れに抗う事さえぎりぎりの抵抗に見える。

産卵前は尾鰭であれほど力強く石を蹴散らしていた漲る力に溢れた体が、今は見る影も無い。一見、力の甦りを待って泳いでいるようにも見えなくもないが、甦りどころか、徐々に衰弱への階を下りてゆくのが分かった。

しかしそこに悲愴感は無かった。寧ろ一尾の雌として、一尾の雄として使命を遣り遂げたものとしての安堵が全身から感じられる、津村の眼にはそう映った。

先に故郷の川を遡り、ここに辿り着いて使命を果たし終えた仲間が淵に沈み、瀬の岩の間に横たわってその軀を晒しているその姿を目の当たりにして眼の前の番は己の生命の終わりの必定を認識しているに違いなかったが、それでも尚、流れに逆らい全身を使ってその場に踏み止まっている。ちょっと力の動きを緩めると流れに持ってゆかれそうになり、慌てて力を振り絞って元の位置に戻る。

見続けているカップルが津村の胸に不思議な親近感を芽生えさせると同時に、祈りにも似た言葉を呟かせていた。

《頑張れ、頑張れ》

だが、時間は容赦無かった。二尾の全身の動きの幅が小さくなってゆき、互いに離れぎみになってゆくのがはっきり見て取れた。先に雌が泳ぎ留まれなくなった。並んでいた雄から少しずつ後退し始め、雄の尾鰭より下がった時、流れに頭を下流に向けさせられたかと思うとそこだけに未だ力が残っていたかのように鰓（えら）だけを動かして、ゆっくりゆっくり川下に雄から離されていった。

雄には雌を支える力はもう残っていない。残っている僅かな力で一秒でも長く産み落とされた卵を死守する、それが雄としての最後の使命と弁（わきま）えているふうでもあった。

遂に雄の魚体もその場に留まれなくなってきた。少し流されては何度も何度も卵の上に戻ろうと全身を動かそうとするが、もう己の体を操る力は残されていない。

流れに魚体を持ってゆかれる刹那、横向きになった雄の眼と津村の眼が合った。合ったように思った。いや、確かに合った。流れに向きを変えさせられながら、雄の眼が津村をじっと見詰めていた。それは須臾（しゅゆ）だったが、確かに津村を見詰めていた。その眼は別れを告げていた。「さよなら」を告げていた。

雨が降って水嵩が増すと、岩と岩、石と石の間に挟まっていた軀が流されてゆく。それでも引っ掛かったままのものは白く腐爛して、形で鮭だと分かる。

昨日産卵していた個体が今日には生を終え、川底に鰾により腹を上にして沈み、深みには累々と軀が集まり、それが日々増えてゆく。多くの亡骸を抱え込んだ淵瀬は鮭たちの墓場と言ってよかった。

だが、その墓場こそが種を繋ぐ、新しい生命を誕生させ、育み、大海へと旅立たせる揺籃。命を賭して産み付けられた卵は、鮞となり、孵化し、稚魚となって、軈て川を下って行く。見続けているうちに津村の心に変化が生じた。醜いと思っていた軀が醜いと思わなくなった。それどころか、懸命に生きた者の果ての姿と思うと愛おしくさえ見えてきた。

正しくその死は荘厳そのものだった。

「この世に生まれ、その責任を果たし終えた者の死にのみ美しさが有る。お前はその責任を果たしたのか、果たしたと言えるのか、その若さで」

鮭の亡骸たちはそう言っているように思えた。

津村自身、その心の変化に驚いた。「生を最後まで完うした死に醜いものが有る筈は無い」そんな思いにまでなっていた。

一週間は過ぎていた。頓に健康は回復していった。その間、老人とは殆ど喋らなかったが、小屋を出て行けとも言わなかった。愁眉も見せず淡々とした態度で、寝起きする事を無言で許してくれていた。

初めの頃、津村は老人の作ってくれる食事に賞翫(しょうがん)する事も無く、「いただきます」「ご馳走様です」も言えなかったが、今では「美味しかったです」と言えるようになっていた。

夕食の後二人はテーブルに横並びでコーヒーを飲んだ。

「毎日、鮭を見に行って、何か感じる事は有りましたか？」

老人が珍しく相形を軟らかくして聞いてきた。

「ええ、有りました」

「そうですか。それは良かった」

老人はそれだけ言うとそれ以上は聞いてこない。穏やかな表情でコーヒーを楽しむように飲む。

「コーヒーはやっぱりブラックに限ります。深い苦味と香りが何とも言えない」

老人の言葉に「そうですね」と津村も答えた。

「私もここでブラックの美味しさを知りました」

それは嘘ではなかった。それまでの津村はコーヒーには砂糖を必ず入れていた。しかし、それではコーヒー豆の独特の芳醇な苦味の味が消えてしまう。老人が豆を碾いた時の香気は最高だった。飲むのも最高だが、香りの方がもっと最高に津村には思えた。

「味も最高ですが、正直に言いますと、私は香りの方がもっと好きです」

そう言うと、

「私もそう思います。コーヒーは香りが最高です」

と同調した。

「正直序でに、朝、ここの外でのコーヒーほど最高のものは他に思い付きません」

「そうですね。それは空気と水の良さでしょう。都会では絶対に味わえない」

静かで穏やかな老人との取り留めのない会話をしているうちに、不思議な心の変化だが、鮭を見続けて起きた自分の見方の変わり様を話したくなった。

「鮭たちを見ていて思う所が有りました」

「ほう、何でしょう」

「初めは、流れに横たわり、岩に挟まれ、深みに腹を上に向けてぼろぼろになって死んでいる鮭の亡骸が眼を背けたい醜いものに見えました。鼻は潰れ眼は白く混濁している……。でも今は違います。一見醜く映るそんな姿も、何故か美しいものに見えます……。懸命に生き、懸命に子孫を残す役目を完うした後の姿と思うからでしょうか、美しく見えるから不思議です」

津村は初めて老人と会話していると思った。

「そうですか。そんな風に見えますか」

「ええ」

「そうですか、そんな風に。もうあなたは大丈夫ですね」

老人はそう言うと、軟らかな笑みを浮かべた。「今夜は乾杯しないといけませんね」と言うと、小屋の外に行き直ぐに戻って来た。手にはウイスキー壜が握られている。

「お酒、有ったのですか？」

津村はもう小屋に酒は無いものと思っていた。ウイスキーの空壜は幾つか有ったが、中身の有る物は一度も見ていない。

老人は温かく笑い掛けると、

「隠していました。あなたが酒の勢いを借りて命を絶つかもしれませんでしたからね。狭い小屋の中だと見つかると思い、外の落葉の中に隠していました」

「落葉の中？」

津村も笑みを漏らした。

「ええ、落葉の中。ちょっと大変でしたよ、この一週間。何時も寝る前はこいつをチビチビと嘗めるんですが、あなたにアルコールが有る事を知られてはいけない。上手く分からないように口に含んでも匂いでばれる。一週間禁酒しました」

「それは申し訳ありません」

津村が笑って答えると、釣られて老人も笑った。

「今日はこれで乾杯しましょう」

「いただきます」

二人は日本酒用のガラスの小さなグラスで乾杯した。

五臓六腑に染みた。ほんの少しで陶然となった。心地良い酔いだった。壜から落葉の匂いが仄かに立っていた。

終章

津村は牢記して忘れる事の出来無い全てを妻に語った。妻は黙ったまま聞いていた。

その後、妻は殆ど喋らなくなった。何かを思い詰めている沈んだ表情で宿に戻り、戻って部屋に落ち着いても殆ど無言だった。

「お風呂、独りで行ってくる」

そう独り言のように言うと、黙って部屋を出て行った。就寝の床に就いても、妻は津村に背中を向けて眠った。

朝目覚めた津村は、仰向けになって掛け布団の中に顔を隠して未だ眠っている妻の顔をそっと覗き見た。目尻と頬に涙痕が残っていた。

その日は妻ののんびり読書の日の筈だったが、その妻が呟くように懇願した。

「小屋にもう一度行ってみたい」

小屋は処分した筈なので、そこへの道も草木の生い茂るままに消えているに違いなく、津村は小屋へ行く事など頭の中に入っていなかった。

「もう道も無いだろう。それでも行きたい？」

「うん」

妻ははっきり頷いた。

「藪を掻き分け掻き分けだよ。それでも行きたい？」

「うん」

「読書したかったんじゃないの？」

「うん、いいの。小屋跡へ連れてって」

妻の意志の堅さに津村が折れた。

「分かった。後悔するなよ」

「しない」

妻は折れなかった。

津村は山刀（やまがたな）を借りに宿の主人の所へ行くと、

「それは大変だ。多分もう全くの藪ですよ。道も小屋跡も。御供しましょうか」と申し出てくれたが、

「一日暇ですし、無理と思ったら引き返します」と、同行の申し出を遠慮したが、車が入れる所までは送ってくれた。

津村は腰に山刀を帯（たい）して、妻はデニムのズボンに顎紐を掛けた帽子姿。二人とも宿の主人から渡された滑り止め付きの軍手を嵌めた。夕刻前にまたご主人が車で迎えに来てくれる。

二人はご主人から昼食の握り飯の包みとお茶のペットボトルを受け取ると、ショルダーバッグに入れ、

「行って来ます」と手を振った。

林道は稀に山賤（やまがつ）が通るのか、覚悟していた藪だらけではなく、思いのほか山刀を使う事が少なくて済んだ。

妻は相変わらずあまり喋らず、黙々と津村の後ろを付いてくる。

「大丈夫か」

「うん、大丈夫」

振り向くと、妻の帽子に木洩れ日が斑模様を描いていたが、妻はそれに気付く筈も無く、津村に遅れまいと必死に付いてくる。

辿り着くのに小一時間掛かった。二十八年振りの訪れなので小屋は無く、草茫々（ぞんち）を通り越して藪状態にでもなっていると予想していたが、驚いた事に小屋はそのまま存置していた。傷んだ箇所には修繕が施されている。

人の生活感や最近誰かが立ち寄った形跡も無かったが、稀に立ち寄る山賤や川や森林の調査の役人などが利用しているのだろう、ひっそりと林の中に蹲るように存在していた。

誰でも利用出来るよう鍵は掛かっていない。中に入るとテーブルもストーブも二段ベッドもそのままだったが、部屋中、薪（たきぎ）が積み重ねられていた。佐伯老人が住んでいた際は薪は小屋の外で、その日使用する分だけストーブの横に持ってきた。

薪と黴の臭いが殆ど微動だにしない室内の空気に澱んで重く充満している。

二人は全部の窓を開けて空気を入れ換えると、埃を払ってテーブル椅子に腰を下した。

「懐かしい」

妻が言葉を漏らした。

「ああ」と津村も答えると、「今は樵小屋のようだね」

と言葉を発した。

妻は相変わらず多くを語らず、自分の心の中に視線を向けている。

何時も明るく振舞う妻が、津村と老人の経緯を聞いてからは、思いに沈みながら何かを考えている風だった。

「昨日からお前は殆ど喋らないね」

「ごめんなさい」

「ちょっと心配したよ。何時ものお前と違うから」

「ごめんなさい。私、あなたの事を聞いて、いろいろ考えていたの。生きている事って何だろう、死ぬ事って何だろう。死んだ父の事、母の事。私が生まれてきた事。あなたが生まれてきて、私と結婚してくれた事。私ね、正直に言うと母が死んだ後、二度死のうと思ってデパートの屋上に行ったの。でも飛び降りられなかった。勇気が無いと自分を責めた。勇気が無いから飛び降りられなかったと。でも、もしあの時飛び降りていたら、あなたがもし佐伯さんに助けられていなかったらと思うとぞっとする」

「……」

「時には勇気が無くてもいい、生きてさえいれば。自分で自分の命を絶つ事は、その先に待っている幸せの芽を自分自身で摘んでしまう事だって」

「……」

「佐伯さん、奥様とお子さん亡くされた時、どれほどの深さの悲しみだったのでしょう。私は今幸せだから想像がつかない。佐伯さんごめんなさいってお詫びした。ただこれだけは言えるわ。私たち二人とも生きてこなかったら出会えなかったし三人の子供も授からなかった……何か私って変ね」

妻の言っている事が津村にもよく解った。

津村は胸の中で思った。

《生きている事、死ぬ事、ちょっとした事でどちらかに振り分けられる命。ただ確かな事は、命が無くなったらその先に待っているであろう幸せに出合う事は永遠に無い》

津村は立ち上がると窓際に寄り、立ち尽くしたまま窓外に視線を向けた。

色付く木立が秋の透明な光をいっぱいに受けて時折の風に微かに揺れる。

「眺めはあまり変わっていない。なんか不思議だな。自然はそのままなのに佐伯さんの姿が無い。ここに誰が住んでいたのか、ここで何が有ったのか、人の死と共に一切が忘れ去られてゆく、何事も無かったように。当たり前の事だけど何か淋しいね。人は皆、跡形も無く消えてゆく……」

背中越しの声に妻がそっと立ち上がると、そのまま津村の背中に抱きついた。

「どうした？」

その言葉を発するより先に妻の声が聞こえた。

「皆んな跡形も無く消えてゆく。でも私、何だか嬉しい」

「嬉しい？」

妻は泣いているようだった。

「うん、嬉しい。佐伯さんが居てくれた事が。貴方とこうしてここに居る事が。嬉しくてたまらない」

津村を抱きしめている妻の腕に一層力が加わるのが分かった。

津村は佐伯老人への万謝の思いと一緒に、妻の両手に自分の両手を重ねた。

愛おしいと思った。震い付きたくなるほど妻が愛おしいと思った。俺はこの妻と一緒になれて幸せだと思った。

優しく妻の腕をほどき、振り返ると妻の眼にまだ涙が宿っていた。見詰めると、泣いていたのが恥ずかしいのか、俯こうとするのを左手の指の先で止（とど）め、仰むかせると唇を静かに唇に持って行った。

妻は涙の雫の残る瞳で津村を見詰めた後、そっと眼を閉じた。

「ちょっと久し振り」

抱擁を解くと妻は羞じらいの表情を見せた。

「そうだな」

今度は津村が照れ笑いを返した。

「ねえ、鮭、来ているかしら」

「最盛期前だけど、来てるんじゃないか」

乗っ込み前ではあったが、確実に幾らかの個体は遡上しているに違いなかった。

「見に行きましょうよ」

二人はショルダーバッグを置いたまま川の産卵場に向かった。

「貴方、ほら、そこに居るわ」

妻が五メートルと拡くなった川幅の浅瀬を指差した。

二尾の鮭が寄り添うようにして上流に頭を向け、緩い流れに身を任せている。

野山は紅葉の盛りだが、川沿いは水のために二、三度気温が低いらしく、樹木の色付きの盛りは過ぎて、穏やかな風にもかかわらず、木の葉を落葉に変えていた。

水の面に落下した色とりどりの葉は日光を受けながら緩く回転し、二尾の上を弛み無く過ぎて下流へと流れてゆく。

妻は何時もの明るさを取り戻していた。

「貴方、犬のウンコにならなくて良かったわね」

「犬のウンコ？」

「野犬に食べられそうになったんでしょ」

犬のウンコか、津村は妻の発想に思わず笑った。

小屋に戻り昼食を取った後、ペットボトルの茶を飲みながら妻が言った。

「貴方、もう一つ秘密を教えて貰いたいの」

「もう一つ？　もう秘密なんて無いよ。全て話したし」

「いえ、まだ有るわよ」

「心当たりが無いな」

「胸に手を当てて思い出して」

津村は胸に手を当てた。やっぱり思い出さない。

「やっぱり無いよ」

妻が明るい疑いの眼を津村の顔に近付けてきた。

「ほんとう〜？」

「ほんと」

「じゃ聞くわね。押入れの上の天袋の奥に風呂敷包みに包んで隠して有る物、あれは何？」

「天袋？」

「そう天袋」

「天袋の奥の風呂敷包み……ああ、あの包み」

「思い出した？」

「あれは佐伯さんが描いた奥さんと子供さんの絵だよ」

「絵？」

「ああ、お墓建立の際、佐伯さんのお姉さんが、良かったらどうぞって言われて貰ってきた家族の絵さ。飾ったらお前達に悪いと思って仕舞って置いた」

「あら、そんな大切なもの、貰ってきたの」

「お姉さんがお持ちになったらと言ったら、私は他所の家に嫁いだ身、歳も歳ですし、私が死んだら焼却かゴミに出されると思うから、もし嫌でなかったら貰っていただけませんと言われて。他人の家族の絵じゃ嫌だろう」

「何言ってるの。天袋の中じゃ可哀相でしょう。佐伯さんの家族の絵でしょう。しかも佐伯さんが描かれた。貴方の命の恩人じゃない。私、飾るの全然嫌じゃないわ。ねえ、子供達は分からないけど、私達が居る間は大切に飾りましょうよ。ううん、子供達だって貴方と佐伯さんの事を知ればきっと喜んで飾ってくれると思うわ。だって皆んないい子達だもの」

「いいのかい？」

「いいに決まってるじゃない。佐伯さん、あの世で喜んでくれるわ。……貴方が存在しなかったら私は貴方に出会えなかったし、貴方と出会えたから子供達が生を受けて今を生きている。だから佐伯さんは私たち家族の、私たち皆んなの命の恩人なのよ。子供達は佐伯さんの大切さを直ぐ理解してくれると思うわ。本当に皆んないい子達だもの」

「俺はそこまで考えなかったよ。そんな思い、何時から？」

「鮭を見てから。さっき鮭の産卵を見せて貰ってから。もしあの一尾の雄が居なかったら、雌が居なかったら、その後に続く多くの子孫は生まれない。生き物は皆んな命の連鎖だもの。だから佐伯さんは貴方の命の恩人だけじゃないの。私達の子供の血が繋がり続け、新しい命が誕生し続ける限り、私たち津村家の命の恩人なの。貴方が命を助けられた時から子子孫孫まで、佐伯さんは皆んなの命の恩人なのよ。だからもう家族のようなもの。ううん、家族よ、大切な大切な家族よ。孫、曾孫、やしゃご、どこまで大切に飾ってくれるか分からないけど、少なくとも私達の子供達は飾ってくれると思うわ。佐伯さんは津村家の神様だもの」

そう言うと妻は更に続けた。

「ねえ、人って素適だと思わない？」

「何だよ、出し抜けに」

「一生の内で死にたい思いに晒されない人って居るのかしら。貴方も私も死にたいって思う時が有った。それって私達だけの特別な事じゃなくて、生まれて来た皆んなに起こる事だと思うの。何気無く普通に生きているような人でも必ずそんな思いの時は有る筈じゃないかしら。でもそれに押し潰されそうになりながらも懸命に生きている」

「……」

「ねえ、神様っているかしら？」

「何だよ、急に」

「人っていろんな苦しみや悲しみに遭うじゃない。でも神様だったらそんな事は無い。全て思い通りに出来るもの」

「そうだね。お前、神様になりたいかい？」

「ちょっとなりたい。でも、ちょっとだけ」

「ちょっとだけ？」

「ええ、ちょっとだけ。人の一生って一本の縄のような気がするわ。喜び、怒り、苦しみ、悲しみ、楽しみ、それが綯い交ぜてあって、それで人は泣いたり笑ったり。でも神様だと楽しい事ばかりで悲しみや苦しみが欠けている。それって何だかつまらないと思わない。楽しい事も辛い事も一緒に有るから人生って深くて意味が有るような気がする」

今の津村は妻の言う事に深く納得出来た。人は皆哀しみを背負い、苦しみに突き落とされ、それでも頑張って生きている。歯を食いしばって生きている。だから人というものは、人生というものは素適なのかもしれない。神で無い分、素晴らしいのかもしれない。

「お前、すごい事を考えるね。何時からそんな事考えるようになったんだい」

妻の頓悟に津村は咄嗟に声を発した。

妻はちょっと首を傾げて視線を空に漂わせた後、

「昨日、貴方の事を聞いてから。貴方と佐伯さんの事を聞いてから」

《皆んな皆んな懸命に生きている》

妻の言葉を聞きながら、何故か津村の脳裏に鮭の姿が甦った。自分の命と引き換えに子孫を残す鮭達の必死な姿が眼の中に映った。

銀河の渦

貴方へ――

貴方が亡くなってもう七年です。私も三十五歳になりました。

この歳月、私はどうして、何をしてここまで生きて来たのか、確たるものがありません。ただ、七年が経ってしまった。

月日とは何なのでしょうね。確かに貴方は亡くなった筈なのに、今でも私にはそんな気がしないのです。朝、目覚めると、貴方の朝食を作らねばと急いでベッドから飛び出るのですが、スリッパを履こうとして初めて貴方の不在に気が付く、そんな事がまだ屡(しばしば)なのです。そしてまたベッドに潜り込む。私って馬鹿ですね。七年も経ったというのに。

ところで貴方、私がどうして、こうして貴方に手紙を書いているのか不思議に思いません？　不思議ですよね。私も不思議ですわ。

その一番の原因はもちろん貴方、貴方の日記なのです。先月、貴方が亡くなって久しぶりに貴方の書机の引出しを開けましたら貴方の日記が入っていました。入っていたというより発見した、私の気持ち的にはそんな思いです。貴方は私の夫であり、亡くなってしまったのですからページを開いても何の問題も無いと思うのですが、でも何だか盗み見るような罪悪感が有って、そのままずっと引出しに仕舞ったままにしておいたのですが、ところが先日、何気なくテレビを観ていましたら、亡くなった人への手紙を投函する、引き受ける郵便ポストの話を紹介していました。確か、どこかのお寺さんだったと思いますが私は釘付けになってしまいました。なんて素適な事だろうと。そして思い出したのです。貴方との初遠出デートで鎌倉へ行った時の事を。よりによってそこは縁切寺で有名な東慶寺。私は心の中で『なんて所に連れてくるの』とちょっと貴方の性格を疑ったのを覚えています。貴方は二人分の入場料を払ったので渋々私も貴方と一緒に門を潜ったのですが、貴方知っていましたか、恋人同士が一緒に門を潜ると縁が切れてしまう、別れてしまうという事を。でも未だ恋人同士までいっている訳でもないし、まあ良しとしましょう、私は胸の内でそう呟いて門を潜ったのですよ。『絶対に見せたいものがある』貴方のその言葉に乗って。敷地内は広さは無いのですがこぢんまりと整っていて、観梅とも相俟って多くの方が訪れていましたが、小さな建物と小さな庭の見学はすぐに終わり、ささやかな梅林の先に細道が伸びていて、その先には何が有るのかしらと期待して少し行くと、もうそこには小さな斜面沿いにお墓が有るだけで、多くの人が『なんだ、これで終わり』と期待を裏切られた言葉を残して引き返して行く。貴方はそんな人々を尻目に『ほら、あそこ』と斜面の中段のお墓を私に指差してくれました。『何が有るの？』貴方の指の先を追った私の眼は驚きました。『素適!!』口に出したのか心の中で言ったのか覚えていませんが、私は直ぐに貴方を見、また視線を斜面に戻しました。時間を経た小さな墓々の間に近年出来たと思われる墓が有って、その墓石の横に赤い郵便受けが置いてあった。それには驚きました。驚きというより衝撃だったかもしれません。まさかそんな所にそんな物が有るなんて。お墓に郵便受け、過去に一度も見た事も想像した事もありませんでした。見せたかったものの正体に私の心がなんとも言えずあったかくなってゆきましたの。そこに私は家族愛を見たのです。この世とあの世とを隔てても愛しい者といつまでも繋がっていたいという思いがはっきりと見える形になっていた。貴方にまた視線を向けましたら、貴方はなんともやわらかい素適な優しい眼をしていました。

貴方、知らないでしょ。あの時私の心が貴方にぐぐっと強く吸い寄せられたのを。あら、吸い寄せられ告白をしてしまいましたね。

私、急に貴方に手紙を書きたくなりました。そして書くからには貴方の事をもっと知っておきたいと思いました。知れば私の本心を思いっきり正直に書ける、貴方にぶつけられる、何故かそう思ったのです。

貴方、構いませんよね。貴方の日記を見ること、貴方に手紙を書くこと。嫌だと言っても私にはその声は届きませんわね。では賛成、そう私は解釈いたします。

二〇一七年八月十五日

静香(しずか)より

二伸——

私、真似上手です。真似というよりパクリかしら。貴方のお墓に私も郵便受けを置きました。手紙を投函しましたので読んでみてくださいね。

でも、そんなにしょっちゅうお墓には参れませんので、これからは家の仏壇の横の貴方の遺影の前にもう一つ、小さい郵便受けを設けて、これから先の手紙はそこに入れますね。手抜きであしからず。

今、二伸を書こうとして、さて何を書こうか、何から書けばいいか、筆が止まっています。薄い脳味噌で考えました事は、私の今の生活をご報告して貴方に安心してもらう事でしょうか。

私は今、父母の和菓子店「しの田」を手伝っています（ごめんなさい、手伝っているのじゃなく、助けてもらっています）。貴方の居なくなった後、私は何も手につかず、三年間は預金を切り崩して生活していましたが（ですから貴方と貯えたお金は殆ど使ってしまいました。ごめんなさい）、さすがに父母が心配して手を差し伸べてくれました。長年配達を受け持っていた曽我（そが）さんがもう年だからと退職を希望されて、後の人が居ないから手伝ってくれとの事で、預金も殆ど残高が無くなっていましたし、そんな訳で父母の所に通い始めました。主に配達を担当していますが、配達の後、和菓子の作り方も教わっています。私の作った物はまだ商品にはなりませんが着々と腕は上達しています（と父母は言っています）。私、しっかり覚えて跡を継ぐつもりでいますのよ。そして私のオリジナルも出来ればと希望しています。だって私、ひとり娘ですから。

母がこっそり教えてくれました。貴方の事は残念だったが、家を手伝ってくれて、跡を継ぐ事を決めてくれて父は喜んでいると。

私が貴方との結婚を決め、貴方が挨拶に来られた時、ほんとうは拒絶したかった、跡取りとして篠田（しのだ）に入るなら許す、そう言いたかったが、娘が惚れた男、三十歩下がって俺は許したんだと母に言っていたそうです。ですから、生活の事はご安心ください。

配達を担当してくれていた曽我さん、貴方もご存知ですよね。趣味がランニングで、殆ど病気をした事が無いと豪語していた、家族のようだった存在の御爺ちゃん。若い時に奥さんを亡くし、自分一人が食べられればいいとアルバイトでいいから雇ってくださいと応募してきて、七十まで四十年、私の生まれる前から働いてくれていた人です。

その曽我さん、多分ですけど、私の事を気に掛けて、配達に二人は必要ないと考えて店の退職希望をされたんじゃないかと私は思っています。私に配達ルートや相手先へのご挨拶を済ませ、少ししましたら、地方で暮らしあちらこちら旅がしたいと退職されました。父母と曽我さんと私、そして職人さん、七人で店を切り盛りして行くつもりでしたのに、曽我さんの事は父母も非常に残念がりました。思い止（とど）まってもらおうと、私、曽我さんのアパートに行ってお願いしたのですが、曽我さんの決意は固く、やっと年金生活の自由な毎日が送れると固辞されました。アルバイトで雇ってもらった自分を、老後の生活を考え金銭の負担の大きい社員にしてくれた父母に感謝している、お陰で年金生活、しかも七十からの受給なので六十五からよりも四十二%も増えた年金が貰えてありがたいかぎりですと感謝され、病気ひとつされないのに勿体ないと思われません？　と言うと、病気しない今のうちだからこそ日本全国あちらこちらを旅行したいと思っている、私の楽しみを邪魔しないでくださいと笑顔を返されました。

曽我さんは私にとって肉親のようなものです。昔は父母二人での店の切り盛り。仕入れて売る商売とは違い、製造して店に並べるのに思いの外、多くの時間が掛かります。五時には工場(こうば)に入って昼前には並べ、夕方の七時まで営業。お休みは月曜なのですが、その日の特注が入ると休日は無し。量が多い時は曽我さんにも手伝ってもらって間に合わせる、そんな日々でしたから、授業参観、夏の海水浴の記憶といえば父母よりも曽我さんです。私が生まれた時すでに祖父母は居ませんでしたので、私にとって父より年上の曽我さんは私の御爺ちゃんでした。

　私が社会人になって仕事がうまくゆかなかった時や人間関係に悩み、父母に愚痴をこぼした時が有ったのですが、その時父母が店のこれまでの事、曽我さんの事を話してくれた事があります。

　店は開店当初、近隣に高級和菓子を売る店が無く、和菓子屋が有ったとしてもお団子と大福を売るだけの店だけだったので、手土産や進物として順調に売上が有ったとの事ですが、駅前にデパートが出来、立派な食品売場、贈答売場が出来ると売上は右肩下がり。御多分に漏れず殆どの店が大幅に客数を減らし、商店街は寂れてゆく一方。父の店の売上も徐々に下がり、苦しい状況に陥ったそうです。時には御飯の代わりに売れ残りの商品を食べて日々を繋いだ事も有ったと言っていました。毎日毎日見ている物、自分の家に有る物は食べたくなくなるものです。そう言えば『何で御飯の代わりに和菓子なの』と中学の時不満を父母にぶつけた事があります。『ごめんなさい。忙しくて御飯を炊く暇が無かったの』と淋しそうな声が返ってきたのを覚えています。父母も切なかったはずです。

そんなお店の苦しい時、店を救ってくれたのが曽我さんだったそうです。曽我さんは配達だけじゃなく営業もしてくれていたのです。

ある日、大きな予約が取れてお金も戴いてきましたと、そのお金父に納めたんですって。お弟子さんが二百人居るお茶のお師匠さんで、今までお願いしていたお店が閉店してしまい困っていたが、確かな材料を使った美味しい菓子だったので、お稽古の際に使いたくて、今後の取引の挨拶と予約に師匠自ら来られたそうです。その予約というのも、お休みは週に一日だけで毎日約三十人のお弟子さんの稽古をつけている、その日その日の納品の品はお店にお任せ、しかも毎日三十前後の納品、その日その日の必要数は曜日によって異なるが一ヶ月前には分かるので予約の人数表をくれるとのお話。父母は胸の中で本当に喜んだそうです。その時両親とも何故か私の顔が浮かび、言葉にすれば欣喜雀躍だったそうです。

ところでその際もちろんの事、父がお師匠さんに『先日はお買い上げいただき、ありがとうございました』と謝意を述べると、『あら、お取引これからですからまだ私、お支払いしておりませんのですよ。それともこちらは先払いなのですか?』と言われ、父は慌てて『いえいえ、後払いで結構です』と答えたんだそうですが、両親とも頭の中はクエスチョン。聞いてみると一週間、毎日お稽古分をお試しとして持って来るので、お弟子さんの反応を含めてご感想をお聞かせくださいとの曽我さんからの申し出が有ったとの事。更に一週間ごと違う品で一ヶ月、しかも確かな味と季節感、お弟子さん達も大いに喜んだので是非永くお願いしたいとの事だったそうです。

お金を払う方が神様のような風潮の昨今の世の中、お師匠になられる方はやはり人間が出来ている。こちらが頭を低くしてお願いする所なのに、低頭で取引のお願いをしていった師匠を見送った後、父母は工場に入って曽我さんへの感謝で泣いたそうです。曽我さんには有無を言わせず社員になってもらい、代金分は賞与の際、上乗せしたと言っていました。

曽我さんはもの凄い営業力が有るのですよ。その後、お花の教室、その他の習い事や集会の後のお寛ぎとしてどうでしょうかと営業を仕掛け、紋章を掲げている相手先に対しては一つ一つの品にその紋章を入れてはどうかと提案。お蔭さまで取引先が増えて、今では工場の広さも三倍にして職人さんも三人増やしました。ですから経済面はご安心ください。

あら、随分長くなってしまいました。

その後曽我さんは長野に引越しされ、毎年年賀状が届きます。こちらからも新作が出来ると必ず送ってご賞味いただいています。今年の賀状に毎日のランニングは欠かさないとありましたのでお元気のようです。

貴方もそちらでお元気ですか？

貴方の日記、今日から読みます。

貴方へ――

曽我さんの事でもうひとつ思い出しましたのでお話ししますね。

小学四年の時、クラスの腕白に苛めにあっていた事が有ります。苛めの理由は私にもはっきりしませんが『優等生ぶりっ子』と学校の下駄箱の中に貼り紙されたのを手始めに、毎日のように下校時『ぶりっ子、ぶりっ子』と揶揄されました。学校に行くのが厭になり、私は元気が無くなっていましたが、そんな私を見兼ねたのか曽我さんが、最近何か嫌な事でも有るのと聞いてきました。聞いてきたというより優しく詰問してきたというのが正しいかもしれません。『別に何でもない、何にもない』と答えると『それにしては毎日暗い顔をしているな。俺は静香ちゃんの味方だよ、それを忘れちゃ困るなあ』と労るように言ってきました。きつく問い詰められたのだったら白状しなかったと思いますが、穏やかな優しい言い方に心の中のダムが一挙に崩壊してしまいました。決壊です。私は泣いていたと思います。泣きながら白状したのです。曽我さん、『わかった。わかったからもう泣かないで』と本当に優しい声。ポケットから飴を取り出すと一個を私の口に入れ、数個手に握らせてくれました。二回ほど優しく私の頭に手を置くと仕事の配達に出て行きましたが、多分あの時の飴は私の為に予めポケットに入れていたのだと思います。曽我さん、普段から全く飴を嘗める人じゃありませんでしたから。

それから二、三日して不思議な事にその腕白からの苛めが一切無くなったの。無くなるどころか、近くに私の存在を認めると怖いものにでも触れるかのように怖ず怖ずと体を縮めて静かになったのです。それどころか、子分を従えての下校や屯(たむろ)することも無くなりました。急な変化でしたから気持ち悪いほどの不思議さで、後日私はその腕白の手下のようになっている一人の子に声を掛けて聞き出しました。ここでは、学校ではしゃべれないと誰かに聞かれるのが恐い顔でしたので、帰りに神社の裏で待っていると言うと、これも不思議な事に『分かった』と柔順に、神妙に答えてきました。神社で待っていると辺りを気にする様子の急ぎ足でその子はやって来て、誰にも言うなよ、バレると俺、殴られるかもしれないからと小さな声で言ってきました。声の調子、顔の様子からすると子分になっていたのが本当は厭な事が察せられました。

事情はこうです。苛めを聞いた曽我さんが下校時、腕白一味を待ち伏せして、一味だけで周りに人の居なくなったのを見計らって声を掛けてきたそうです。腕白の名前を言って、私を苛めたら、それだけじゃなく他の女の子も苛めたら『おじさん、黙ってないからね』ときっぱりとしたきつい声で言うと、テレビの遠山の金さんのように腕を捲って見せたんだそうです。そこには一匹の龍のタトゥが入っていて『背中にも三匹居る』と言ったそうです。腕白はションベンをちびるほど（あら、ごめんなさい。レディの言葉じゃないわね。でもその時少年がそう言ったのでそのまま書きますね）青くなったと言っていました。でも、本当に恐かったのは、その後の曽我さんが顔に笑みを浮かべて『また会えるといいね』の一言だったそうです。話を聞いての別れ際、教えてくれた子は『俺、あいつの子分やめたから』と、走ってその場から去って行きました。

めでたしめでたし、曽我さんのお陰で、めでたしめでたしです。でもその後『でも変ね？』と怪訝が頭をもたげました。だって、曽我さんは私を海水浴にも市の公園プールにも連れて行ってくれ、海水パンツ姿を知っていましたから。身体の何処にも入れ墨なんて無かった筈なのです。後日、曽我さんに感謝の言葉と一緒に疑問を投げ掛けました。そしたら曽我さんニコッと笑って隣の部屋から持って来て見せてくれたのです。肌に当てて上から擦(こす)ると絵柄が剝れて肌に残る遊び用のシールを。そのシールは腕白を脅した物の残りらしく、一匹の龍が今にも襲いかからんばかりの形相で大きく口を開けて牙を剝き出しにして睨んでいました。子供が大人にこんなのを見せられて威嚇されたら私だってちびりそうになる、いえ、ちびるに違いありません。曽我さんの言い草がとぼけていますのよ。『少年達とは道でちょっと立ち話をして、暑かったのでちょくっと腕捲りをしただけ』ですって。曽我さんのすっとぼけです。

東京での十八からの貴方の日記読み始めています。貴方の事が知りたい、出会う前の貴方、出会ってからの貴方、私の知らない貴方の事、その思いでページを開いたのですが、でもやっぱり禁断の書を開くような後ろめたい気持ちが有ります。夫婦とは言ってもそれぞれのプライバシーが有りますし秘密も有るでしょうしね。でもやっぱり貴方の事が知りたい、その方が打ち勝ちました。いけない私でごめんなさい。

本が好きだった貴方。それも詩とか小説とか随筆、文学部を選んだのは必然だった訳ですね。でも文学の歴史、理論、作家の体系的位置付け、解釈の方法の授業を受けながら望んでいたものとはちょっと違う。その気持ち、私にもなんとなく分かる気がします。だって貴方、私と付き合い始めてから亡くなるまでずっと、映画、音楽、美術、演劇、テレビ番組、いいものに出合うとよく口にしていましたものね、『これを創った人はすばらしいね』その時の貴方は希望に輝いた眼をしていましたもの。『なんでもいい、人の心の琴線に触れるものを一つでも残せたら自分が生まれた価値がある』『一講義より一名作』なんて若さに溢れた清新な希望の言葉。漠然と学生生活を送ってきた私は恥ずかしい限り。
そういえば付き合い初めの頃、貴方に聞いた事がありますわね。本が何時から、どうして好きになったか。貴方の返答は明解でした。中学の時好きな人が居て、告白も出来ず片想い。満たされない切ない思いが積もりに積もって悶々としていた時、勉強部屋に世界名作文庫が有って、それまでマンガ以外、全くといっていいほど読書しなかった自分が一冊に手を伸ばしてみた。それがドイツの哀しい愛の小説で自分の琴線に強く触れ、触れたというより触れが強過ぎて断線してしまった。なんて美しくて哀しい小説を書く作家だろうと、古本屋を巡って作家の作品に没入したと。『片想いのひと、自分の人生にこんな美しいひとが居たと形に残せればいい。片想いのひとに恥ずかしくない生き方をしよう。自分を産んでくれた人を第一の母とすれば片想いのひとは第二の母。自分の生き方を決め、悪の誘惑、誘いからきっぱり遠ざけてくれた。そこから読書好き、本が好きになった』
私、正直に言います。貴方からその話を聞かされて、私その片想いのひとが羨ましいと思いました。でも、それだけじゃなく嫉妬に変貌。そんな素適な方が貴方の心に棲み着いて貴方を占領している。顔には出しませんでしたが、可能であれば追い出したい、追い出して貴方の心の全部に私が棲み着きたい。まるで悪女、嫉妬めらめら。女って恐いのよ。
でも嫌いにならないでね。貴方と結婚してから私、改悛しましたのよ。貴方を真っ直ぐな優しい人間にしてくれた、私が惚れる男にしてくれた、その元を辿ればその片想いのひとに突き当たるのですもの。貴方は言いましたよね。今、自分が幸せにしたい、自分を幸せにしてくれる、妻になってくれる第三の母を探していると。

貴方、私が第三の母になった訳ですけど、力不足でがっかり、それとも満足？　私は大満足。第一の、第二の母に感謝、大感謝です。

気が向いた時にだけ記した貴方の五冊の日記、一日一冊、五日間で読み終えました。私の知らなかった貴方をいっぱいいっぱい知って嬉しいやら哀しいやら。

明日から今度はじっくり再読して、私が思った事、考えた事を手紙に書きますね。私の事に触れた箇所によっては頷けない部分も有りますから、それに対しても正直に書きますから笑って読んでくださいね。もちろん貴方への恨みつらみも。呵々。もし反論が有るならそちらから手紙をくださいい。私、首を長くして待っててよ、出来るものならね。ごめんなさい。貴方がこちらの世に居ない事、私の中にまだ恨めしい気持ちが有るようです。

第三の母・静香より

二〇一七年八月二十四日

貴方へ――

私、今、嫉妬めらめら。この前の手紙の私の改悛、嘘かも。

貴女の第二の母、日記の中の詩の「美しいひと」ですよね。私が貴方と出会う前の事ですから嫉妬するもしないもないはずなのですけれど、ああ、何だか口惜しい。やっぱり口惜しい。口惜しいったらありゃしない。貴方にそこまで想われて。

私、この詩、寸寸に切り裂いてドブ川に捨てたいくらいですわ。

でも、それも出来ませんから私、超嫉妬、メガトン級の焼き餅を込めてここに烈火のごとく写します。その眼をひん剝いてご自分が書いた物を篤と拝読あれ！

美しいひと

美しいひとよ
貴女は私の生きる道を変えた
全ての悪を遠ざけ
怠惰な私の心に
夢や希望
人生の指針を植え付けてくれた
貴女に恥ずかしくない人生を送りたい

その決心は
あれから十年経つが
それは今も変わらない
そしてこれからも……

美しいひとよ
貴女は私の人生そのもの
貴女の存在が常に胸に宿っていたから
人の道を踏み外さず
生きる目標を忘れる事なく
細々なりとも
ここまで生きて来られた

これからも
この先も
私の人生は
倹しい道を行く事になるかもしれないが
最後の最後までこの生を全うする覚悟だ

でなければ貴女に申し訳ない
貴女と出会えたことに申し訳ない
この命尽きるその瞬間
私は間違いなく断言するだろう
「貴女と出会えて、この世は素適だった。
楽しかった。幸福な人生だった」と

ああ、この「美しいひと」が私だったら、私の事だったらと思うと、口惜しくて口惜しくて今夜は眠れませんわ。ハンカチ30枚くらいきっと私の歯でズタズタですことよ。

二〇一七年八月二十六日

本性剥き出しの妻より

貴方へ——

恥ずかしさでいっぱいです。前回のお手紙、お許しを。貴方のことだからきっと許してくれると信じています。

ところで、「いじめ」に関する貴方の思い、日記を読んで、私、感動しました。

結構前に書いたようですし、貴方、忘れているでしょうからそのままこの手紙に写しますね。ご自分で書いたもの、久しぶりに読まれてどう思い、感じるのかしら。

お願い

苛めに遭い
自ら命を絶とうと悩んでいる少年少女よ
どうかあなた自身の命の光を消さないでほしい
命という宝を手放さないでほしい
何故って？
生きる価値が有るのかって？
もちろん大有りです
大有りなのです

苛めに遭っている今は辛いと思います
苦しいと思います
でも思ってみてください

あなたにはどんな罪が有るの？
どんな過ちが有るの？
そんなもの一つも無いのです
一つとしてあなたには無いのです
罪が無いのに自らの命を絶つなんて
苛めをする罪びとに負けたことになりませんか
敗北したことになりませんか
正義が悪に負けたことになりませんか

自死を考える程ですから今が辛いこと
それは他人の私には計り知れません
私はあなた自身ではありませんから
でも敢えて言わせてください
あなた
あなたの命に就いて考えてみませんか
あなたがこの世に生まれて来たことに就いて思いを巡らせてみませんか
思うのです
苛めは永くは続かないと

だって苛めっ子と一緒の時間を共有させられているのは今だけなのです
人はあっという間に散り散りばらばら
別れたら会うことも無くなるのです
今だけです
苛めっ子と顔をあわせなければならないのは
卒業までです
もし卒業まで永いと思われるのでしたら転校という手が有ります
もしそれも出来ないなら登校拒否しましょう
学校は少々嫌な思いをしても行くべきですが
死を考えるまでなら行かなくて良いです
行く必要は有りません
あなたの命より大切な授業など有りませんから
今に眼を背け未来に視線を向けましょう
一番大事なのはあなたの命を護ることです
何故命を護ることが大事かって？
考えてみてください
苛めの不合理さを受けているあなたはその辛さの経験をしているわけです
経験は宝です

何故宝かって？
人生は経験
経験は人生と言います
その宝は苛められたら辛くて苦しいことを知っているわけですから
他の人に同じ思いはさせない
自分は苛めをしないということです
もし苛められた分
他人を苛めようと思うなら
それは最低の人間です
そんな人間になってはいけません
もしそうでなければ
あなたが苛めはいけないと思うなら
あなたは人に優しい温かい人になれます
いえ　もうなっているのです

残念ながら人間はエゴの塊だからこの先も苛める人
苛められる人は出てきます
でも

あなたなら苛めに遭う人を助けられるのです
その人たちを励ませるのです
今の苦しみはずっとは続かないと助言できるのです

人に優しいひと
それは人間の宝
人類の宝だと思いませんか
そんな人が命を絶ったら人類の損失ではありませんか
私は宝ものの人にこの世に残ってもらいたいのです
生きてほしいのです
だってその人は人を幸せにする人ですから
幸運を呼ぶという四つ葉のクローバーは何故出来るのか？
生まれるのか？
それは
踏まれて傷付けられて痛みを知ったものが成るのです
あなたは
あなた自身が人を幸せにする四つ葉のクローバーに成れるのですよ

どうかあなたという宝ものをこの世から失わせないでください
消滅させないでください
生きて生きて
永く生きて
多くの人をその優しさで包んでください
苛められた経験を有するあなたにこそそれが出来るのです
あなたこそ人の世に必要な人
生きてほしい人なのです

どうか命を絶たないでください
どうぞ四つ葉のクローバーに成ってください
私のお願いです

宝もの

息子

娘が命を絶ってしまった後
親が苛まれるのは
どうして苛めを受けている事に気付いてやれなかったか
その悩みと苦しみに逸早く気付き
寄り添い
助けられなかったかという痛切な悔い

汚い　寄るな　うざい
物の隠し　殴る　蹴る　水に落とす
金の捲き上げ……
日々地獄の中に居るのに
親に打ち明けられなかった被害者たちに共通している思い
　日々自分たちの為に一生懸命働き
　頑張っている親には
　心配は掛けたくない
　迷惑は掛けられない

何という思いやりだろう

ああ
何という優しい心根なのだろう
親に打ち明けたら
先生に告げたら仕返しが怖い
それだけではなかったのだ

死ぬな
心の澄んだ子供たち
負けるな
温かい思いやりを心に住まわせている君たち
君たちこそ生きていい人
君たちこそ人間の宝もの

悲しい事ですけど「いじめ」は無くならないのでしょうね。

二〇一七年八月二十九日
静香

貴方へ――

　貴方との初デート、映画「ローマの休日」。観れば観るほど素晴らしい、男の美学の映画と貴方は記していますが、女の私とは少々、いえ結構感じ方が違うのですね。結ばれる事の無い美しく哀しく切ない恋（愛？）物語と私は胸がキュンとしたのですが、男の美学には殆ど思い至りませんでした。素適な映画でしたけどこんな切ない恋はしたくないとさえ思いながら映画館を出ました。だって結ばれない別れはつらいものですもの。女は男と違って哀しい物語は何度も観たいとは思わないのじゃないかしら。だって女って幸せを夢見ている生き物ですもの。物事の深さを追求する男女の差がそこに有るような気さえします。男はどんどん深く掘り下げる、女は心に深手を負う前に他に眼を移す。男は一人の女性をずっと思うが女にはそれがあまり無い。そういえば、貴方の人生を決めたドイツの小説、あの小説も結ばれない切ない物語でしたわね。ローマの休日のラストシーン、お金は大切だが人生にはそれ以上のものが有る、それをあのシーンは教えてくれる、そう貴方は書いていますが、女の私にも今ならそれが解る気がします。

《映画を一緒に観た事、彼女は何時まで覚えているのだろう》貴方、私、忘れる事はありませんわ。恋人同士になってからの貴方との初デートですもの。忘れようとしたって無理。それどころか映画館の場所さえはっきりと覚えていますのよ。ちょっと寂れた感じさえする舗道を一段下がった銀座の「名画座」。こんな所に映画館が有るの？　そう思いましたもの。古い食堂と居酒屋の間を歩きながら。

結婚して一年ほど経った頃、映画の後、何処で何を食べたか、私、貴方に聞いてみたの覚えていますか？　貴方は完璧に覚えていませんでしたね。それどころか、一緒に食事したっけ？　ですもの。私ははっきり覚えていましたよ。教えると、『そうだったかなあ～』の返答。本来ならその日から一週間食事のおかず一品抜きのところ、大目に見てあげましたのよ。感謝してくださいね。

そうそう、日記から離れますが、貴方の机のごちゃごちゃした引出し、整理しようとしましたら独身時代の公共料金の支払票が入ったビニール袋が出てきました。まあよくもこんな物取っておいたものねと半ば呆れながら机の上に展げましたら種々な支払票に混じって出て来るわ出て来るわ、ユニセフ緊急募金の振込票。貴方、毎月の引き落としの他に結構協力していたのですね。どうりで私を高級レストランに連れて行ってくれなかった訳ですね。デートの後の食事は町の定食屋か庶民的な居酒屋。時には正装してフランス料理店へなんて心の隅で私期待していたのですけど、これじゃ無理でしたわね。貴方、高給取りじゃなかったし（あら、ごめんなさい。気を悪くなさった）。でも勘違いしないでね。私、貴方に不満を言っているのじゃありませんのよ（これ、やっぱり不満かな？）。女は時には一ヶ月に一ぺん、いいえ、三ヶ月に一ぺんくらいは正装して食事してみたいものなんですよ。

貴方おっしゃっていましたね。『子供の頃、裕福ではなく食べたいと思ってもおやつは無く、お菓子もあまり買えなかった。副食でひもじい思いをしたのに、アフリカの子供達は副食どころか主食も食べられない。それはどんなにか辛く苦しい事か、そう思った時に涙が出そうになった。食べ物が無いと最初に死んでゆくのは赤ちゃんと子供。自分はそうではないがイスラム教徒の人は毎月の収入の中から、自分が働けて収入を得られた事に感謝し、働けない人、貧しい人、病気の人の為に二割前後を教会に寄付する。人って自分以外の誰かの為に役立ちたいんだよね』と。

振込票を見ていたら貴方の言っていた事を更に思い出しました。億万長者がポンと百万円寄付するのと、一ヶ月かすかすの生活をしている人が一万円、いや、千円寄付するのと、どちらがより素適な行ないなんだろうと考えてしまうと。寄付される方は絶対額が多い方がいいに決まっている。多ければ多いほど助かるし、使い途もひろがる。どちらも寄付するという行為自体素適な事に違いないが、大金持ちにとっての百万円とそうでない人の千円。自分は千円の方の立場だから、そちら側からの目線、思考になるかもしれないが、なけなしの中からの寄付の方がより素適な行為に思える。大金持ちは世間の目を気にして仕方なく寄付している人が多いのじゃないか。懐の中の一億円からの百万円と、財布の中に一万円しか入っていない中からの千円、どちらが人間としてより貴重な行為なのだろうと。

デートの後の食事に戻りますわね。私、何処でもの食事、美味しくいただけましたわ。時々貴方、この店は外れたねと言う事がありましたが、私にはそんな事ありませんでしたわ。だって貴方と一緒だったんですもの。それに、お店によって同じメニューでも味は違うもの、ですから私、この味がこの店の味といつも美味しくいただけましたのよ。

貴方はそちらで何を食べていらっしゃるのかしら。食べたい物はいつでも食べたいだけの食べ放題？　それとも仙人のように霞？　私は霞はいやだわ。毎日毎日、毎回毎回霞じゃつまらないもの。時には洋風、時には和風、中華もいいわね、全部少しずつなんて贅沢かしら。もし食べ放題なら、貴方そちらでぶくぶく太ってらっしゃるのじゃありません？　どうぞ節制して体型を保ってくださいね。ぶくぶくじゃ、嫌いになりますわよ。
　私のお腹、正直者です。食べ物の話題になったらお腹が鳴り出しそうになってきました。今日は日曜日、夕食にはまだ大分早いので間食にインスタントの冷し中華でも食べようかと思います。

追伸
　貴方を見習って、今後も私もユニセフに協力して自動引き落としを続けます。ではまた。

二〇一七年九月三日

今は貴方より冷し中華優先の静香より

貴方へ——
　貴方、映画は一度だけ観たのではその筋を追う事に精一杯でその良さが解らない、必ず二度以上観る事。殊にいい作品は観れば観るほど、飽きる所か、益々引き付けられる、そう仰有っていましたね。回数が増えれば増えるほど、それまで気付かなかった何気ないシーンがりするとも。

大切な意味を持っていたり、涙が出る箇所が増えたり、より感動するシーンが変わってきたりするとも。

私も確かにそう思います。何回目かしら、貴方がお奨めの「砂の器」、昨日再観しました。今までは父親の病気に因(よ)って村に居られなくなり、父と子が当ても無く地方を放浪する切ないシーンに涙していたのですが、そのシーンも悲痛に胸に詰まるのは同じですが、今回新たに他のシーンにも涙が溢れて困りました。

その一つは、子の父親がまだ生きていて、刑事が訪ね、「この人を知っていますか」と写真を見せると「そんな人、知らねえ」と言って、子を守るため父親が号泣するシーン。

そしてもう一つは、殺された警察官が妻共々、父親と離れ離れ、別れ別れにされた子供を引き取り、その子に優しく接する場面場面です。何て優しく、心の温かい御夫婦なのだろう、駐在官なのだろうと。何でこんなシーンに胸が熱くなってしまうのかと自分自身不思議に思う何気ない普通のシーンなのですが、胸にジーンと来て仕方が有りませんでした。

この映画、人の優しさ、人生の不条理、生きる事の深い悲しみを見事に表現した素晴らしい作品だとまたまた思い知らされました。貴方もまたそちらで観てください。

所で、話は変わりますが、日本人で凄い方がいらっしゃいます。戦争と内戦で荒廃したアフガニスタンを戦(いくさ)の無い国にしようとその身を捧げて努力されている中村哲という方です。

戦の一番の原因は食料が足り無い事、足り無いから他から奪う、食料を手に入れる為のお金を稼ぐ為にテロ組織に仕方無く加わり人を殺害する。

戦を無くす、テロに加わる人を無くすには武器で鎮圧したり経済制裁をするのでは無く、その国土を食料が得られる緑豊かな土地にする事。生活の貧しさが戦争へと人を駆り立てる。復興支援復興支援と大仰に机上の書類をかざすのではなく、その手にスコップを持つ事、その信念で現地に赴き、その国の人を尊重し、決して威張らず、民と同じ視線と立場に立って砂漠を緑の田園地帯に変えようと、水路を作り、水を引いて畑を作る、広大無辺な砂漠の大地に挑戦している。

ちょっと見、その辺の田舎のおじさんという風貌ですが、とんでもない、お医者さんでもあり、人の命を本当に大切にするにはどうしたら良いか、素晴らしい崇高な考えを持ち、行動で実践している方です。

砂漠地帯に遠く離れた大河から一本の水路を引く事で農業が出来、食料を得られるようになった広い緑の土地と、現地の人々が畑に勤しむ瞳輝く姿がテレビに映されて感動的でもありました。本当の人道支援とは何か、考えさせられましたわ。この遣り方を続けてゆくと世界の砂漠が食物豊富の緑の大地に変わってゆきますね。

私ね、女だからかしら、政治とか世界情勢とか平和な地球にするのにはどうしたら良いとかあまり考えてこなかったのですけど、でも中村さんのような方の思想と活動を知ると応援したくなります。否、人間として他人事として見ているのでは無く、応援しなければいけないと思うの。だって、国は違っても、同じ地球というたった一つの球形の上で一緒に今を生きているのですもの（あら、何だか壮大になりましたわね）。

今後の益々のご活躍と、まだまだ不穏でテロや殺戮の絶え無い国、ご無事にと祈るばかりです。

でも、祈るばかりではいけませんわね。それでは貴方に叱られそう、天上から御目玉が落ちて来そう。私に出来るのはほんの少しの援助金寄付くらいですけど、行動を起こして続けさせていただきますわ。貴方、それでいいかしら。

天上からの貴方の御目玉が恐い静香より

二〇一七年九月十日

貴方へ――

《「第九の怒濤」凄い絵だ。正しくロシア絵画の国宝、いや、世界絵画の宝物だ》貴方のこの日記、それだけしか記していませんが、貴方に与えた感動の大きさが犇(ひし)と解ります。

この絵の二度目の来日の際、どうしても君に見せておきたい絵が有ると貴方に連れて行ってもらった、ロシア絵画の展覧会。殆ど絵の展覧会に縁の無かった私も大きな感動を貰いましたもの。この絵を観るのは貴方は二度目、いえ、三度目かしら。初来日の大手百貨店での展覧会は感動のあまり次の会社の休日に直ぐにまた観に行ったと言っていましたものね。黒海の嵐で九番目の波が最も大きい。難破した船にしがみついている人々は正にその波に襲いかかられようとしているが、それを乗り越えれば死ではなく生を得られる、その象徴が嵐の海の彼方から射し込み始めた太陽の光、そう貴方は教えてくれたと思います。私もこの展覧会がきっかけでロシア絵画の凄さ、すばらしさに気づかされましたもの。考えてみれば、アメリカとロシアの冷戦時代が長く続き、ロシアの絵画に触れる機会は皆無だった訳ですから、その素晴らしさに近年まで気づかなかった訳ですよね。冷静に考えてみれば音楽ではチャイコフスキー、ラフマニノフ、文学ではプーシキン、トルストイ、ドストエフスキー、チェーホフ、ゴーリキー、他にいっぱいの多くの世界的文化人芸術家が居て、音楽や文学は印刷で楽譜や文字が読めればいい訳で、世界の人々に知れ渡る事が出来ましたが、絵画はそうはゆかなかったので、ロシア国外に知られる術が殆ど無かった、という事ですよね。絵画は直接その作品に触れなければなりませんものね。ですからロシア絵画は世界の認知に遅れた。『世界一の芸術の国はロシアだ』貴方のその断言、しっかりと覚えています。そういえばバレエもロシアですよね。

ところで私ね、一年前から朗読のボランティアをしていますのよ。主に眼の見えない方のお家や老人ホームですけど、小説や詩を読んでいます。本関係に携わるなんて不思議ですよね。これも貴方の影響です。影響ついでにもう一つ、貴方の詩、先日のボランティアで読ませてもらいました。恥ずかしいからダメだと言ってももう手遅れ、死人に口無し。永い間お茶の先生をしていた方のお家です。それで解釈がこれでいいのかどうかちょっと迷う所もありましたけど、先方にはこうお話ししました。

《 旅 》

いつも私の旅はあなたとの出会いの旅であった。
父を思い、母を思い、あなたを想った。

生きていることの不思議
めぐり逢うことの不思議

あなたと私は、針の先の交差点でふと出会った、出会うための奇跡の過去を持つ、
不思議そのものであった。

針の先の交差点の静香の解釈です。
「人間の寿命はたかだか百年。しかし宇宙は無限。宇宙が瞬きひとつすれば何千年何万年と違う。だから、あなたと私が出会った、あなたの線と私の線が交わる針の先ほどの小さな小さな一点は奇跡の一点なのだ。その奇跡で私達は出会っている」と。

この解釈でよろしかったかしら。他の詩も含めて二十編ほど読みました。全て貴方の詩です。相手の方から嬉しい嬉しいお言葉を貰いました。作者を伏せて読んだのですが、「心の澄んだ人が書いた作品群ね」、私、その言葉に天にも昇る嬉しさでした（貴方は既に昇っていますけど）。でも恥ずかしい事に私、貴方の作品好きですけど、貴方をそう解釈した事はありませんでした。さすが永年お茶の先生をされてこられた方、私より遥かに読みが深い。貴方は読書好きでしたけどちょっとおっちょこちょいで御人好し。貴方に対する私の見方、ちょっと変わったかも（今まで気付きませんで、すいませんねえ）。
ボランティア、人の役に立てるって嬉しい事ですね。私、今後も出来る範囲で続けてゆきますね。

今、ル・クプルの「ひだまりの詩」がラジオから流れています。

二〇一七年九月十五日
静香

貴方へ――
「光の沐浴」、佐渡への社員旅行で貴方、貴重な体験をなさったのですね。眩しくて眼を開けるのがやっとの金色の光の粒が、海に面した大浴場いっぱいに溢れ、隣の人、浴場の人すべてが金色の光を纏ってキラキラと輝くこの世のものとは思えない光景。寒さで大気中の水分が凍って太陽光を反射してキラキラ輝くサンピラー現象、それが全く足元にも及ばない程の光の粒の黄金のきらめき。

調べましたらまだそのホテル、営業していますので来年の九月に私も体験しに泊まろうと思います。季節、時間、天候、気温、全て一致して初めて体験出来る幸運。果たして見られるかしら。見られるとよいけれど。

旅行で思い出しましたが、二泊の予定で行った秋の紅葉時の会社のハイキングクラブでの尾瀬、あれは大変な行程でしたわね。紅葉の盛りの「いろは坂」、もの凄い渋滞で歩いた方が速いほどののろのろ運転。尾瀬小屋に夕方の五時には着いている筈が、バスを降りて尾瀬の入口に立ったのが九時。もちろん辺りは真っ暗闇で星ひとつ出ていない。これから尾瀬沼の細い遊歩道を歩いて沼の先の小屋に向かうというのに、懐中電灯を持参していたのは二十人程のうち七人位。ハイキングクラブとは言っても不断着で参加する人が何人も居る散歩クラブみたいなもの。きちんと装備して来ている人は七人位でしたわね。私は万全の装備でしたが、貴方は不断着にジーパン。もちろん貴方は懐中電灯など持参していない。沼道に入る直前、ベテランの引率の人から「持ってきてないの?」と不所持に対する小言ぎみの事を言われて「すいません」と恐縮していた貴方を思い出しますわ。でもリーダーの小言が小言どころではなく、的を射ていた事が直ぐに分かってきましたわね。皆んなに手を繋がせ、電灯所持者を要所要所に配置してなるべく広く足元を照らす。なにしろ闇夜ですから灯りが無いと沼まで下る細い山道も沼地の二枚の板遊歩道も歩けない。途中で雪がちらついてきて足元が滑りやすくなり、何人かは転びましたわね。雪のちらつく尾瀬の池塘に落ちる人が居なかったのが幸運でした。私あの時、遭難という言葉が脳裏をめぐっていましたのよ。手を繋ぎ合わなかったら誰かが足を滑らして居なくなっても分からない、そんな状況の中の二時間の行軍で、やっと小屋に辿り着いたら安堵したからでしょう、社長の「誰だ、こんな予定を組んだのは!!」と怒髪天を衝く怒りの一声。黙々と歩き続けていた時は何も言葉を発しなかった社長。一瞬全員凍り付きましたね。でも流石は社長、その一言だけで後は一切人を責める言葉は発しませんでした。社長の年齢は七十五は過ぎていた筈ですからほんとに大変な行軍だったと思います。

着いたら小屋は満員に近い状態。もちろん他の方達はとっくに就寝していて、小屋を管理する婦人が一人、眠っていたのを起きて来て用意してくれていたおにぎりの皿を指差して、それを食べたら就寝するよう、周りで眠っている人々を起こさないようささやく声で指示してくれた。一人一個それを食べて歯も磨かず廊下のような所で寝ましたよね。私達も他の人達も皆んな雑魚寝状態。緊張の行軍で神経が張り詰めていた状態でしたので、横になっても直ぐには眠りに落ちないだろうと思っていたのですが、気が付くといつの間にやら朝。ぐっすり直ぐに深い眠りに落ちたようです。目が覚めたら、貴方は既に外を歩き回って写真をいっぱい撮ってきたと言っていましたね。朝日の射し込み始めた尾瀬沼、上部だけが光を受けて輝く黄葉を見せている木立、池塘に浮く睡蓮のような丸い葉。後日尾瀬沼の透明な朝の光の写真を幾つも見せていただきました。

二日目、皆んなは次の予定地に向かいましたが、社長だけは供の課長と東京へ戻ったと記憶していますが、どうでしたかしら。貴方とお付き合いする前の強烈な旅行の思い出です。

二〇一七年九月二十日

静香

貴方へ――

《テニス、簡単だと思っていたら結構難しい。意外とコートが短くて返球がすぐにオーバーしてしまう》そう言えば貴方、スポーツといえば野球ばかりで、他は全くと言っていい程やった事がありませんでしたね。運動神経の良さには驚かされましたが、テニス、スキー、ボウリング、どれも形が様になっていなくてどう見ても初めての素人。でも一時間位で直ぐに吸収してなんとか出来る状態にはなる。初めてテニスラケットを握ったコート、頭を越され後ろ向きに走って相手のコートにボールを返した時には、それを見ていた皆んなから「ほんとにテニス初めて?」と驚きの声を掛けられていましたね。でももっと驚いたのは貴方の初めてのスキー。初めてスキー靴を履いて貴方驚いていた。「こんなにガチガチで足の身動きが出来ないの?」と歩くのもやっとの状態なのに、足を内股にしてのブレーキの掛け方を仲間から教わった一時間後、初級コースを普通に滑れるようになっていた。「子供の頃、裏山の道で竹スキーをしていたからね」と、皆んなは疲れて休憩しているのに休まず笑顔でゲレンデに向かって行った。二回目のスキー旅行の時には更に驚かされましたわ。なんと無謀にも最上級者用の山のような大きな瘤だらけの急傾斜に挑んでいたのですもの。転んで転んで、やっと貴方下に降りて来ましたね。「まだ二回目でしょ。挑戦するには未だ未だ早い。無謀もいいとこね」と言うと、「いや、違う。挑戦したんじゃない。何故かあのコースの上に出ちゃった。戻ろうとしたけど戻れなくて、仕方なく挑戦した恰好になった。正直、上に立って下を見たら怖くて怖くて足が竦み上がった。スキーを外して歩いて降りて来ようかと思ったけど、それも恥ずかしい気がして仕方なく挑戦する恰好になっちゃった」と笑った。貴方、転び過ぎて全身雪だらけ。骨を折らなかったのが幸いでしたわ。でも貴方はスキーに行く度に必ず瘤山に挑戦していた。転倒せずに完走出来たのは結局一回だけ。「俺、意外と勇気がないんだよ。怖くなったら直ぐに腰が引けて転んでしまう」スキー教室で教わったばかりの中年婦人達が先生の後を一回も転ばずに瘤山を攻略して行くのを見て、「やっぱりきちんとプロに教わらないとだめかあ」と溜め息を漏らしていた。

滑りを教える仲間が驚くほど貴方の上達は速かった。仲間が疲れて休憩所でお茶している時も貴方は休まず滑り続けている。「休まないの?」と聞くと、「滑れば滑るほど上達する。早く普通に滑れるようにならないと付きっきりで教えてくれる人に申し訳ないからね。教えているよりご自分も滑りたいだろうから」と私にそっと教えてくれましたよね。私、結構感心しましたわ。

そういえば貴方のボウリングの投げ方、やっぱり様になっていませんでしたわね。安定したストライクを取るにはボールを曲げないといけないのに、貴方の球筋は力を抜いた真っ直ぐだけ。曲げようとしても曲がらないから諦めた。男は真っ直ぐ生きなきゃ。俺は真っ直ぐ勝負でゆく、そう訳の分からない事を言っていた。結局貴方の点数は百六十点から二百二十点止まり。会社のボウリングクラブの集いで優勝したのはストライクとスプリットがうまくいった一回こっきり。しかもその優勝した時、貴方は前半で腰を痛めて全く力が入らない状態。そんな時に優勝するなんて不思議といえば不思議なものですね。

水泳に関してはクロールの息継ぎが出来ませんでしたよね。ですから貴方に出来るのは犬掻き。平泳ぎもだめ。運動神経はいいのに不思議でしたわ。でも貴方のスポーツの上達しない理由、結婚してから分かりましたわ。貴方、練習を積まないのですもの。練習を重ねれば重ねるほど上手くなってゆく、それがスポーツ、いえ、スポーツだけじゃなくて全てにおいて共通する事ですけど、貴方はしない。私言いましたわね「練習すれば人よりもの凄く上手くなるのに、貴方しないのね」って。するとこんな答えが返ってきた「勿論そうだろうけど、その道のプロを目差す訳じゃないし、どちらかというと皆んなと集まって何かをする、それが僕にとっては楽しい。だから抜きん出る必要はない。但し、全く素人な事が他の人に迷惑を掛けそうな場合は一回くらい練習はしてゆく。未経験の僕がゴルフに誘われた時は練習場に三回通ったけどね。ゴルフは難しい。ずっと野球をしていたから止まっているボールを打つなんて簡単だと思っていたら、初めは空振りばっかし。やっと当てられるようになってもちょっと力を入れると真っ直ぐどころか横に飛んでゆく。止まっているボール、空振りしたら恥ずかしい。そんな心理が大きくプレッシャーを掛けるのだろうね。動くボールを打つのが野球。ボールの速さ、変化に空振りしても相手の方が上手と諦めがつくが、ゴルフはそうはゆかない。野球とゴルフでは打ち方がまるっきり正反対。野球は身体近くを通過する球を肘を折って打つのに対して、ゴルフは逆に肘を伸ばしたままで打つ。だから長年野球をして来た人にはより難しい。プロ野球の選手がシーズンオフによくゴルフをするけど、あれは絶対アウトだね。打ち方が正反対なんだからシーズンオフとはいえ、野球の現役を続けるならゴルフは練習さえしてはいけないんじゃないかと思うよ」と。私「成程」と貴方のその理論に納得しましたわ。

二〇一七年十月一日

静香

貴方へ――

私の実家の東側に面して小さな公園が有るのを覚えてらっしゃる？　テレビゲームの流行（はやり）の最盛期には皆んな家に閉じ籠もっていたらしく、夕刻になっても遊びに来る子供達が殆ど居なくなりましたけど、今は違います。毎日子供達の元気にはしゃぐ声が聞こえてきます。子供は元気に外で遊ばせる、その方が成長にも健康にもいい事に親が気付いたのかしら。

子供の元気な声、走り回る気配。時には口喧嘩も聞こえてきます。その事も含めてなんかいいなあ～と思います。子供は遊び回って種々な事を覚えてゆく。喧嘩して殴られたら痛い事、殴っても気持ちが晴れるどころか益々暗く嫌な思いになってゆく事、これ以上してもいい事、いけない事、他人とのコミュニケーションを自然に覚えてゆく、いい事だらけだと思います。この子達が未来を担ってゆく、そう思うと未来が明るく感じます。未来への福音のようにも思います。時々テレビニュースで、公園や保育園の声が五月蠅いと文句を言う人が居ますが、私には信じられませんわ。多分ですけど、そう言う人は子供の頃からずっと家に閉じ籠もる、あるいは引き籠もる生活をしてきたのかしらと想像します。子供の明るい声が五月蠅いなんて私、今まで一度も思った事ありませんもの。そうそう最近はね、公園の盆踊り大会とか小さな祭りにも五月蠅いと毛嫌いする人が居るんですって。町内会の人が困った顔をしていましたわ。町内会の役員の人達は、いい町内にしよう、子供達に楽しみを経験してもらおうと一生懸命努力してくれているのに。そういう人はテレビゲームや勉強ばかりして家に閉じ籠もり、他人とのコミュニケーションのとれない人のような気がします。子供の頃、公園や広場で仲間や近所の子と遊んだ子は、自分もその中に居て育った訳ですから五月蠅いとは言いませんもの。人間として暗い人が文句を言うような気がします（間違っているかしら？　暗い人達、ごめんなさい）。

そういえばまたまた貴方の自慢話思い出しました。貴方、喧嘩もプロレスごっこも一度も負けた事が無いって。ほんとうですか？　ほんとうかもしれないわね。強い理由を貴方に聞いて、私、笑っちゃいましたわね。それが和式トイレのしゃがんでいる時間だなんて。私、貴方の説明を聞きながら信じられないわという顔をしていたでしょうね。五分もしゃがみ続けているると下半身が辛くなってくる。それが十分、十五分と長くなればなるほど状態、態勢を維持するのに苦しくなってくる。いわゆる跳ねない静なる兎跳びをしているようなものだと。貴方はマンガを持ち込み、毎日一回以上四十分はしゃがみ続ける。勿論お尻を出したまま。十五分でも大変なのに長い時は一時間。さすがに脹ら脛がパンパンになってきついので、足の裏すべてが床面に着くように腰を落ち込みさせる。それでも辛くなってくるので今度は重心を片足側に掛け、更に辛くなったら今度は反対側に掛ける。左右交互の繰り返し。貴方、夫婦になってから部屋の中でその姿勢を私の前でやって見せてくれましたわね。私、もう笑いが止まらなくて止まらなくて、真面目に説明する貴方の顔が尚更可笑しさを倍増していました。説明し終わった後、貴方もやはり恥ずかしかったのでしょう、頭を掻いてソファーに腰を下ろしましたね。そしてとんでもない説を披瀝した。近年日本の柔道が金メダルを取れなくなったのはトイレが和式から洋式になったから。漏れる事無く万人トイレに行く。大便の際はトイレに座るのではなくしゃがみ込む、これ自然の下半身強化策。しゃがみ込みが長ければ長いほどしっかりした下半身が出来る。ライバルがトイレに入ったらライバルより長く滞在する、これ相手に負けない極意、勝つ為の極意。自分がもし日本の強化コーチだったら柔道場のトイレは全部和式に換え、マンガ持ち込みオーケー、時間無制限、但し、必ずしゃがみ込んでいる事。誰からも見えない事をいい事にしゃがみ込んでいない奴は直ぐに判明する。強くならないから。金メダルラッシュ、これ間違いなし。でも、厳しい練習の合間にマンガが読めるなんて選手には地獄に天国。トイレの数が足りなくなるだけじゃなく練習もそっちのけになってしまうなあ〜。考え込む貴方の顔。真剣に考える事ですかと問うと、貴方真面目な顔で「日本柔道の未来がかかっている」。またまた私、大笑い。どんな所に未来が有るか分かりませんわね。

貴方、運動に関する種々な事を教えてくれた。卒業前の高校の体育の単位足りなくて、下級生の柔道授業に出席させられ、黒帯所持者と寝技勝負させられた。でも負けなかった事。小学生の時は給食の後、必ず体育館の裏のマット置き場に行ってプロレスごっこをし、負ける事も攻め込まれて不利になる事も一度も無かった。その中に市の相撲大会の個人戦で優勝した相手も居たが、自分はその相手にも全く負ける事は無く、皆んな弱いのでついには何時も一対二で同時にプロレスをし、それでも全く負ける事は無かった。夏休み郷里に帰ると子分を五、六人従えた腕白に喧嘩を売られ、あっという間に投げ飛ばし、その強さに驚いて全員一散に逃げて行った事、体育の授業でケンケン相撲をし、一人で相手十人を倒して先生に「この時間、大内(おおうち)君の為に有ったようなものね」と言われた事、会社の社員旅行で部屋の隅で静かに読書をしていたら、自称、昔相撲のチャンピオンだったというプロレス好きにプロレスのちょっかいを出され、しつこくて頭に来たので応じ、貴方の得意技ヘッドロックというのでしたかしら、一分で参ったを言わせ、相手の耳を見たら切れて血が出ていた事。そういえば、私も貴方の大剛ぶりを窺わせる姿を見ていますわ。貴方、引っ越しの手伝いをよく頼まれ、狭い階段、大型冷蔵庫を一人で抱き抱え、五階まで休む事無く運び上げて皆んなに驚かれていましたものね。私もびっくり。四人で運ぶ物を一人で五階まで。運び終わっても息を切らす事も無く、直ぐまた一階に降りて来て次の荷物を運んでいましたもの。引っ越しの度に手伝いに呼ばれる訳ですわ。

子供の頃の喧嘩といえば取っ組み合い。パンチではない。だから負ける事は無かったのさ。トイレ様々だよ、これも貴方の言。でも、トイレに長く籠もられてご家族の方さぞ困られたでしょうね。貴方の説、私、信じてあげますわ。日本柔道頑張れ。

静香より

二〇一七年十月十日

トイレ大王様へ

貴方へ――

日記を読んでいますと書かれている事に関してだけではなく、書かれていない種々な事も思い出されてきます。

週刊誌に対する貴方の疑問。どうして悪口ばかり書くのか。これでもかこれでもかとばかりにほじくり出して対象者を責める。批判や悪口を書けば売れる、業界にはそんな定説が有るらしいが、それは真実なのか。一人の人間、良い所も有れば悪い所も有る。悪い面だけを記事にすれば、読者はその人間は悪人、全てが悪い人間だと思ってしまう、過去の善行が隠されてしまう。片面だけを書いた記事はほんとうに公平と言えるのだろうか。しかも間違っている内容が圧倒的に多い。特に芸能とその時に起きている社会事件はその内容の九割は正確さを欠くもの。それもそのはず。週刊誌は一週間で新号を店頭に並べなければならないから、現場に赴き、調査をし、それが正しいかどうかの確認を取る時間が無い。それをしようとすれば二、三ヶ月は掛かるだろう。そんな事をしていれば記事は古びて週刊誌は出せないから、記事は当然机上の創作にならざるを得ない。男と女の芸能人が揃って何処其処で食事をしていたと耳に入れれば、仕事後、あるいは只の友人同士の一緒の食事会でも付き合っているかどうかの確認をする時間が無いので「二人は恋愛中」と記事を書く。読者はその記事で二人は恋愛をしていると思ってしまう。記事を載せる側も十件に一件は当たる事が有るから、正しいかどうかなんて確かめていられないと、不正確な記事を載せて平気、新聞とは違い、どうせ週刊誌なのだからと。発行する側も部数を売って生活してゆかなければならないから忸怩たる思いが心の何処かに有りながらも日々、作製に奮闘する。その頑張りぶりはたいしたものに違いないけれど、でもやはり、正確でない記事を人に読ませるのは間違っている。真実の記事なら仕方が無いが、間違ったものを載せられた本人はどんなに迷惑するか、その事に依って世間から冷たい視線を浴び、生活の手段を奪われる人達も実際居るのだ。やはり週刊誌といえども正しい記事を書かなければいけないと思う。

　これは日記に無い貴方のお話。そしてこうも言っていた。「人を誉める、その人のいい面、善行ばかりを取り上げた週刊誌が有ってもいいのではないか。人を批判する記事ばかりの昨今、寧ろそんな雑誌の方が心が温まるし、載せられた人は誉められた記事を書かれているのだから何冊も購入して知人親戚に配るので販売部数も圧倒的に伸びる。何より、自他共に読んだ人は心が温かくなるし、その事は世の中を明るくする事にもつながる。ちょっといい話や名作文学を読んだ後のように。自分が若し週刊誌を出版する経営者なら絶対その路線で行く」

そしてこんな事も話してくれた。

「会社、毎日清掃してくれている清掃会社の人が居るだろう。何時も殆ど無言で仕事をしている。それもむっつり。何で何時もそうなのだろうと思って観察して見ていたら或る日気付いた。会社の人が挨拶の言葉を掛けていない、会話もしない。清掃なんて底辺の仕事、綺麗にさえしてくれればいい、そんな顔で前を横切って行く。自分もそうだったかもしれない。でもまてよと思った。清掃の人が居なかったら商業ビルはどうなるだろう。汚いビルのままだったら。そう思った時、恥ずかしながら初めて清掃業、清掃する人の重要さ大切さに気付いた。企業が一つのピラミッド、ヒエラルキーだとすれば最も下は最も大事な土台部分。清掃はその部分に当たる作業、基礎作業だという事に。商業ビルとして清掃が行き届かないビルは不合格。お客様を気持ち良く迎えるには絶対欠かせない仕事。それから毎朝挨拶の声を掛けたけど相手の返事は無し。でも声を掛け続けた。相手が口の利けない人でない事は分かっていたので、返事が無いのであれば声を掛けるのを止そうかとも思ったが、挨拶を交わす事は人としてとても大切な事と思っていたので、返事が無いから止めたでは返事を期待して声を掛けている事になり、それは人間として恥ずかしい。有ろうと無かろうと人間は挨拶から始まる、挨拶は当然のマナー、それを自分がしなかったら自分にマナーが無いという事になる、それではいけないと挨拶を掛け続けた。続けて半年くらい経った頃だろうか、何と相手から『おはようございます』と声が返ってきたのだ。初めての返しの言葉に驚くと同時に、ぶっきらぼうで低く小さな声だったが、そよ風が心を吹き抜けたみたいに嬉しくなった。その日からは必ず挨拶が返ってきて、ぶっきらぼうさはどんどん無くなってゆき、声の低さもあっという間に解消されて、寧ろ溌剌とした挨拶が返ってくるようになった。挨拶から会話を交わすようになり、会話から会社のボウリングクラブに誘い、同じビルで働く仲間になり、二ヶ月に一度のボウリングの集いが楽しいと一回も欠かさずに参加してくれるようになった。すると不思議なもので、彼からどう周りの人達に伝わったのか、他の清掃員の方達も笑顔で挨拶を返してくるようになった」と。

貴方のお話を聞いていて何だか私も嬉しくなりましたわ。そうそう、それからこんな事も教えてくれた。

「会社の長が代わったりすると、よく経費節減で今まで長年契約していた会社を切って、より経費の安い会社に替える事が有るが、それは仕事を理解していない上司のする事。清掃関係で言えば、会社のビル、建設してから大分年数が経っていて古いのでよく漏水事故が発生する。漏水時間が長ければ長いほど被害も甚大になる。当然設備員と清掃員でそれに対応する訳だが、長くビルを管理していると、その漏水は何処をどうすれば速く適切に対処出来るか過去の事例、経験から知っている。ところが新しく契約した会社だといちいち図面を引っぱり出してああでもないこうでもないと図面と睨めっこ。漏水箇所にどこをどう通ればいち速く辿り着くか、現場は実際どういう構造になっているかさえ理解していない。そうしている間に漏水はどんどん続き被害は拡大する。ところが長く働いていてくれる経験値の多い清掃員は、何処に漏水したと一報するだけで逸速く必要道具を持って現場に駆け付け、対応してくれている事が多い。時には設備員よりも早く現場で応急処置までしてくれている事さえ有る。現場仕事は経験値が物を言う。どんな仕事でもそこで経験が有るか無いか、経験値が多いか少ないか、それが仕事の正確で迅速な対応に繋がる。長年共に一緒に働いてきた会社を簡単に替えてはいけない。絶対的に新しい会社より現場の事は遥かに熟知しており、何よりも一緒にそこの為に働いてきた仲間でもあるのだから」私の実家は零細企業の和菓子屋ですから清掃業者さんとの取引はあまり有りませんが、貴方のお話、納得です。

そのお話に繋がるかどうか分かりませんが、長年ご愛顧いただいているお客様がこんな事を言っていました。市が運営の七階建てビル。音楽ホールや図書館、屋上レストラン、各階には市民の集いや学習の為の各部屋、地下には貸出用音楽室も有り、一日の人の出入りが多い多目的ビル。一階に企業に任せた案内所が有って常時三人ずつ交替で対応していますが、長年一企業に任せるのは癒着が生じて経費削減に繋がらないとのオンブズマンからの指摘により、その業務を他の会社に変えたそうです。長年勤めてくれたベテランの十人の案内嬢が居なくなり、全員新顔。当然引き継ぎ期間は二週間有ったそうですが、スタートしてみたらお客様の問い合わせにいちいちパンフレットを開いて確認。実際にお客様が案内された場所に行ったら違っていたり、一つ一つの部屋が何をどうしているかの把握が出来ていなくて、こういう内容の所に行きたいとの問いに全くと言っていいほど対応が出来ない状態で、電話の問い合わせに対しても時間が掛かり全くだめ。半年経っても前の案内嬢には全く及ばない。お客様は殆どの場合常に急いでいる。より正確、より迅速な返答が出来なければならない。結局、利用者からの不満の声が多数上がり、元の会社に契約を再依頼する事になりましたが、元のメンバーは六人しか集まらず、それでも三人配置の内にベテランが二人は必ず配置出来るので、業務は何とか順調に回るように戻った。警備会社も替えたけど、教育が行き届いた確りした会社だったのに次のところは教育を受けているのかしらと疑問を抱くようなきびきびとした姿勢の無い警備員ばかりで、結局安かろう悪かろうでこの業務も元の会社に戻した。

必要な経費を経費削減という言葉で削ってはいけませんわね。削れば削るほど質が落ちる、これは家業にも通じますわ。材料の質を落とせば当然もとの良質さは失われてしまう、味は落ちてしまう。その点、私の家の商売は安泰です。絶対質を落とさない頑固な父と母ですから。でも材料って常に同じ所から同じ物を仕入れていても、その年の気候状況によって質が変化する事もありますから、これはどうしようもありませんが、それでも同じ良質の物を作る、それが職人の腕と両親が言っています。お得意様のお茶お花の教室の先生生徒さん方は口が肥えていますから、質を落とす事は絶対禁物です。どうしても良質の材料が入手出来ず職人技で補う事が出来ない場合は相手様にご説明し、お値段も下げさせていただいています。結局、人間、目先のお金に騙されてはいけませんという事ですね。

所で話は変わりますが、私、貴方に褒めていただきたい事が有ります。缶のゴミ出しの時、何時も貴方、市のゴミ収集車の来る前の朝早くにアルミ缶を集めている方が持って行けるよう出していましたね。収集車の方はお給料での生活だからアルミを集めても集めなくてもいいが、そうでない人の多くは仕事に就けないので生活の為に集めるのに必死。アルミとそうでない物を分別して「この中は全部アルミです」と表示して集める人への配慮をして出していた。私、感心しましたわ。私も今、貴方を見習ってそうしているのですが、私、貴方の一歩上の出し方をしているのですよ。一歩上？　分かります？　答え、アルミの入っていない袋にも表示しているのです。「この中にアルミは有りません」って。それからもう一つ。買物の際きちんと前の物から取っています。日本では大丈夫なのに賞味期限を気にして前ではなく奥から手に取る人が居るが、あれは僕はしない。何だかみっともない。するからより賞味期限ロスが生じるし、お店の人が困る。お店の側の事も配慮出来る人間だったらいいよねと、貴方が言っていたので私もそうしています。

二〇一七年十月二十日

静香より

貴方へ――

東京近郊は紅葉が美しい季節になりました。貴方が驚いたという戸隠、日記と同じ日、二泊三日で訪ねてみましたが宿を取るの大変でしたのよ。中社の宿坊に泊まるつもりで何軒も電話申し込みをしたのですが、女ひとりと話すと全て断られて、結局、国民宿舎のような宿がやっと取れました。何故断られたのか不思議に思って泊まった際、宿のご主人に聞きましたら、一年前、一人の女性の行方不明者が出て、警察と村の人と総出で捜索したが発見出来ず、どうも自殺しに戸隠に来たのではないかという事で、今も未だ見つかっていないとの事でした。成程です。

貴方が書かれている通り長野の奥の奥だけあって紅葉は疾うに終わり、林は葉を落とし尽くした裸木が林立し、それはそれで青い空の下、初冬の美を見せて味わいが有りますが、貴方が偶然出合って驚いた紅葉の谷地、ほんとうにそうなのかしらと辺りを見て疑う気持ちでした。だって完全に中社、奥社の紅葉は終わり、その直ぐ後ろに屏風のように連なっている戸隠連峰の頂には前日降った雪が残っていたのですもの。宿の人に聞いたらもう三回降りました、例年通りですとの事。こんな完全な初冬の景色、紅葉が盛りの場所が有るのかしら、そう疑って当然ですものね。でも、有りました。驚きました。私も本当に驚きました。びっくりです。貴方の日記の通りです。よくもこんな所見つけたものです。地元の方でも殆ど分からないのじゃないかしら。だって、宿の人に紅葉を見に来ましたと言ったら、もうとっくに終わりましたよときっぱり言われましたもの。貴方が偶然草に覆われた有るか無きかの脇道に逸れた事が発見に繋がった冬景色の中の紅葉の盛りの場所。確かに有りました。それも貴方の日記に書かれていた東京ドーム分くらいの大きな広さの紅葉の谷地。谷地というより窪地ですわね。地殻変動で周りからドスンと窪み落ちた事により冬の北風が吹き込まず、日中の太陽光線が溜まって夜でも暖かさが残る、そんな地形。ですから周りは冬景色でもそこだけは秋景色、秋の紅葉景色。うっすらと雪を戴いた戸隠山、その麓の裸木の林立する中に忽然と眼下の足下に現れた紅葉真っ盛りの大地。感動のあまり一時間以上立ち尽くしたまま眺め入りました。そしてスマホでバッチバッチ撮りまくり。腕の悪いカメラマンですが、景色がカバーしてくれてまあまあの写真が撮れました。手紙に同封しますね。

貴方、戸隠が大好きだったのですよね。二十代の前半、津村信夫の『戸隠の絵本』と彼の詩集を携えて毎年のように訪れていた。私も今度の戸隠行きの前、貴方の書棚からその本を取り出して予習して行ったのですよ。私も気に入った津村の戸隠を書いた詩、ここに書きますね。忘れているかもしれないので。貴方も思い出してね。

戸隠姫

山は鋸の歯の形
冬になれば　人は往かず
峰の風に　屋根と木が鳴る
こうこうと鳴ると云ふ

「そんなに　こうこうつて鳴りますか」
私の問ひに
娘は皓い歯を見せた
遠くの薄は夢のやう
「美しい時ばかりはございません」

初冬の山は　不開の間(あけずのま)
峰吹く風をききながら
不開の間では
坊の娘がお茶をたててゐる
二十を越すと早いものと
娘は年齢(とし)を云はなかつた

炉

——戸隠の炉端

主人（あるじ）は最後に　お社のうしろで真紅な鳥を見た
さう云つて話すと一息入れた

――もう話はみんなです　山がお気に入りましたか
――もっと話して下さい　自然のことを
――さてなんだろう　自然と云つて　私達初め　まるで立木のやうだで
――ああ　そうです　あなた方の　あなた方のなかにある自然を…

主人は答えず榾火（ほたび）を搔いた
母親の傍で　末の子は眠つてゐた　今のいま乾燥（はしゃ）いだ子が
もう虫声を枕にして

冬の夜道

冬の夜道を
一人の男が帰ってゆく
はげしい仕事をする人だ
その疲れきつた足どりが
そつくり
それを表はしてゐる
月夜であつた
小砂利を踏んで
やがて　一軒の家の前に
立ちどまつた
それから　ゆつくり格子戸を開けた
「お帰りなさい」
土間に灯が洩れて
女の人の声がした
すると　それに続いて

何処か　部屋の隅から
一つの小さな声が云つた
又一つ
また一つ別の小さな声が叫んだ
「お帰りなさい」

冬の夜道は　月が出て
随分とあかるかつた
それにもまして
ゆきずりの私の心には
明るい一本の蠟燭が燃えていた

「冬の夜道」を読んでいたら、貴方が戸隠での或る夜のお話をされたのを思い出しました。満月が美し過ぎて夜中じゅう戸隠の山の中をひとり歩き回ったお話です。熊が出るかもしれない山の中、恐くはなかったのですかと言ったら貴方、何て答えたか覚えています？「好きな人の面影が胸の中で一緒だったから、全く恐いとは思わなかった。この美しい月夜を彼女にも見せてあげたい、そう思いながらだったから。でも今は歩けないなあとっても、あんな山の奥。熊に出くわさなくてよかったよ」そしてこう仰有った、「その好きなひと、誰だか分かるかい?」って。私、胸の中で私の事かしらとピンと来たのだけれど、惚けてしまいましたわ「どなた?」って。貴方、蜻蛉を獲る時のように人差し指を私の目先でくるくる回した後、「君・だ・よ」と指を止めた。「ほんとかしら?」私、またまた素っとぼけ。「彷徨い続けたら何時の間にか朝になってしまってね。九月の戸隠の明け方はさすがに肌寒かったよ」そうも仰有ってた。私、あの時、嬉しさで胸がいっぱいでしたわ。

貴方の戸隠の詩もここに書きますね。最後の一行以外は実際に有った場面、会話だから、創作というよりは日記かもしれない、そう言っていた作品です。自分が創作した物は殆ど振り向かないから忘れてしまう、そうよく仰有っていたので。

一九××・戸隠・晩夏

八月の終わり、土蔵造りの薄暗い小さな珈琲館に夏のざわめきは無く、喧噪の後のひっそりとした時間が、珈琲茶碗の中で静かな香りを放っている。

窓から射し込む夕日が光の束となって、私の前を横切り、手をかざすと、それだけがそこに在(あ)るただ一つの生き物のように、鮮やかな朱色の色彩を帯びて仄闇の中に浮かび上がった。

客は他には居なかった。

「喜多郎ですか」

「ええ……」

生命の源にかえってゆくような沈思的なシンセサイザーの音楽に、私は尋ねた。

「……」

「……」

「……美しい夕日ですね……音楽と珈琲と夕日と……久しぶりです、こんなに静かな時間にめぐりあえたのは……」

「これでもついこの間までは、この店をご利用になるお客様が多くて……けっこうにぎやかだったんです……静かな方が私も好きですけど」

店員の娘さんは静かに答えた。

その場で豆を挽き、淹れてくれた芳醇な香りを私はゆっくり楽しんだ。

この戸隠で一番好きな季節は何時ですかと尋ねると、しばらく黙っていたが、

「初冬になると、落葉松の葉が金色に輝きながら光の中を落ちるんです。まるで黄金（おうごん）が降るみたいです」

夢見るような瞳だった。

その季節に是非またお越しくださいと瞳を輝かす娘さんに、その季節になったら必ずまた訪ねますと、私は約束をした。

「珈琲、もう一杯いかがですか……私におごらせてください」

娘さんの申し出に私は甘えた。

水のように透明な時間が流れた。

私は旅の出会いの至福を感じていた。

店を出ると、夕闇にひっそりと白萩の花が咲いていた。


この娘さんだった人、今頃どうしていらっしゃるのかしら。

二〇一七年十一月十日

とぼけ屋のいけない女より

貴方へ——

戸隠で熊に遭わなくて本当に良かったですわね。「熊」という言葉で貴方との会話を思い出しました。覚えていますか？　私が痴漢に襲われたらどうするかっていう会話。「私の悲鳴聞いたら直ぐに駆け付けて助けてくださいね」と言ったら貴方「勿論。チーターよりも速く駆け付けるよ」って。で私、

「熊だったら？」

「熊？」

「そう熊だったら」

「うーん熊か。そうね、熊だったら大きな声で『熊だ』と叫びなさい」

「どうして？」

「俺は君の所を避けて通るから」

「ひどい」

「あはは……、人間、自分の命が一番。君子危うきに近寄らずさ」

「明日からおかず一品抜き」

「ええ、そんな殺生な。嘘だよ嘘、助けに行くよ。行って格闘してやる、金太郎のように」

「金太郎？」

「ああ、金太郎、マサカリ担いだ」

「ああ、あの金太郎ね」

「そう、あの金太郎」

「じゃ、羆だったら」

「羆？　それは無理。とっとと君を置いて脱兎の勢いで逃げるよ。羆じゃ千パーセント勝ち目が無い。君を食べてる間にスタコラサッサ逃げるが勝ち」

「もう、おかず全部抜き。抜き所か、貴方を食べてやる」そう言って私、ガオーと吠えて床に胡座をかいて笑っている貴方に挑み掛かったわね。戯れているうちに眼と眼が合って「嘘、嘘、絶対に助けに行くよ」と笑顔のまま言ってくれた後、急に真剣な顔になり、私の瞳をじっと見詰めて「ライオンだってね」と言ってくれた。私、嬉しかった。とんでもなく嬉しかった。「でももしそうなったら私を置いて貴方逃げてくださいね。私、貴方を死なせたくない」そう言いました。その言葉は本当です。本当にそう思いました。そしたら貴方「男は一番大切な者の為に命を賭ける」そう言ってくれた。嬉しさが地球を飛び出してアンドロメダ銀河に衝突。あの時どうして赤ちゃんが出来なかったのかしら、そう思うほど二人愛し合いましたわね（ちょっと恥ずかしい）。

「愛し合う」でまたまた貴方の好きな小説家の事を話してくれたのを思い出しました。今、その作家結城信一の作品「冬木立の中で」を開いています。

「人間の骨が出てきた」

「そっくり、そのままの形で出てきた。ひとりじゃない、ふたりだ」

「男と、女、だろうな。骨が、絡みあっている」

《……絡み合っている？　……》

《……絡みあひながら情死したものなら、永遠に、そっと眠らせておけばいいのだ。おそらく若い二人だろうが、掘りおこして、その長い夢を破ることもあるまい》

貴方、この作家のこの部分、大いに気に入っていた。そう言えば何年か前、外国で本当に男女が絡み合った骨が出てきて話題になりましたわね。「ほら、本当に出てきた。永遠に愛し合いたいと願う男女の骨が」貴方その後「永遠の愛の祈りかもしれない」と仰有った。私、バカだからその時貴方のその言葉、何となくしか解りませんでしたが、今の私はその時より理解出来るような気がいたします。胸が切なくなってきますもの、痛くなってきますもの。私、貴方と職場の仲間だった頃、誕生日祝いに浅田次郎の『鉄道員』をプレゼントしていただきました。本を贈るなんて古風ね、その時そう思ったけど、読んでみたら素適な作品集。中に貴方の手作りの直筆の栞が入っていて、その言葉が結城信一氏の作品中の一部を抄録したものだった事、覚えています?　本をプレゼントした事さえ忘れているかもしれませんからここに記しますね。

《いづれ死んでゆくものとして、僕も何かひとつしたいのです。したいことが心の中にあるように思われます。いのちのはかなさを思えば、その一つのことにすべての命をささげたいように思われます》

今でもこの栞、尚蔵しています。

二〇一七年十二月二十日

レターメンの「ラブ」聴きます・静香より

美術好きの貴方へ——
貴方の日記と一緒に引き出しに有った画帳、開いてみました。貴方、絵もうまいのね。人物画はいまいちですけど、葡萄と栗の鉛筆デッサン、どちらも存在感、実体感が有って素晴らしいです。仕舞ったままにしておくの勿体無いので、額に入れて来年の秋には部屋に飾りますね。

ところで貴方、以前にロシアの画家の嵐の海の傑作を覧に連れて行ってくれましたが、その一年後、今度は人物画の傑作の展覧会に連れて行ってくれた事、覚えています？　あの時に覧たロシアのモナリザと言われる所以の名作、クラムスコイの『忘れえぬ女』、来年また来日しますよ。馬車から見下ろす視線が何とも忘れられない名品。そう言えば、私達の帰る時間になっても貴方、『忘れえぬ女』をじっと見詰めたまま動きませんでしたね。二十分はそうしていたでしょうか。そしてやっと踵を返して、神妙な悲しい貴方の面持ちに声を掛けられずにいた私に「待たせてごめん」と謝って、「今度、何時また貴女とお会い出来るのでしょうかと胸の中で絵に話し掛けていたよ」と表情を崩した。私、一寸ロシアの美人に嫉妬を覚えた記憶が有ります。貴方「顔は僕のタイプじゃないけど、何て素晴らしい絵だろう」と感動していましたが、感動は私も一緒でした。
《『美術展にて—ロシアのモナリザ』一枚の婦人の肖像画の前に立つと、声がした。『百三十年も同じ姿勢でわたくし疲れましたわ。貴方、この絵の中から、額縁の中からわたくしを連れ出してくださらない。ここから出してくださったら貴方のお嫁さんになってもいいわ』》

これ貴方の日記のメモ。でも貴方、再会は叶いませんでしたね。一緒にやはり同画家の名品『月明かりの夜』も来ます。絶対絶対、覧に行きます。

貴方、学校での美術の時間割に疑問を持っていましたね。制限された時間の中でスケッチや画を完成させる事に対して。美術、芸術の時間に制限を設けてはいけないのじゃないかと。人物でも静物でも風景でもスケッチしようとする場合、まずよく観察して、描こうという気持ちになるまで待つ、それが芸術表現の基本ではないか。「さあ、あと三十分しか有りませんよ。その時間で完成させなさい」そう言われると焦って仕上げがぞんざいになってしまう。自分はよく下描きを褒められたが、その事に時間が掛かり、仕方なく色を塗る、塗るというより被せる形になり、結果、タブローは褒められた事が殆ど無い。美術展への代表出品はいつも凄い勢いで人物や静物を画面いっぱいに溢れさす級友の作品。その級友は物をじっくり見て描く事は無く、美術の時間が始まったら鉛筆による下描きはせずどんどん絵の具を塗ってゆくので、二時間の制限時間は寧ろ余るくらい。自分はといえばあと十五分しか無いという段になって漸く下描きの鉛筆デッサンが完成。先生には何時も「下描きは素晴らしいのにタブローになるとダメね」と言われて悔しい思いをしたと。

貴方、それでよく美術が嫌いにならなかったわね。嫌いどころか、絵の展覧会の画集がダンボール箱にいっぱい。絵画のコレクションも八十点は有るかしら。貴方と結婚してマンションを借りる際にコレクション置場も考慮に入れなければなりませんでしたから家賃高。あら、でも勘違いなさらないでね。それが厭だった訳ではありませんから。共働きでしたし、貴方に確り美術教育受けましたもの。貴方と結婚する時、貴方の預金ゼロ。ゼロどころかマイナス。こんな所にお金を使っていたのねと、ちょっと怒りたい心境にもなりましたが、式の費用の為に大切なコレクションの一部を手放してくれた。今は貴方にゴメンナサイ、そして感謝です。時々絵を替えて私、楽しんでいますわ。貴方のコレクションの中で一番多い中堀慎治さんの作品、私も大好きですわ。金箔を背景にした魅惑的な外国人女性。洗練された表情に思念の深さが有って、手の表現にものを言わせている、ほんとに何とも素適な絵。「この画家の作品は、洋画とか日本画とかを超越した全く新しい美の構築をしている世界的な絵画だと僕は思っている」、貴方、そう仰有っていたわね。私も同感。

それから貴方が特に大切にして私に絵の見方を教えてくれた作者不詳の、貴方が「青いセーターの乙女」とタイトルを付けた外国の絵、これは一年中飾っています。絵画を手に入れた経緯からその時日本で最も高名な絵画修復家に修復を依頼した事まで教えていただいた。信州を一人旅していてある小さな画廊に入り、日本画家の一点の油絵を購入する約束をし、そこのご主人と会話を交わすうちに「私の大切にしている一点が有ります」と、ご主人が家の奥から持ち出して来て見せてくれた。貴方、傷みは酷かったが、こんな田舎の小さな画廊にこんな素晴らしい泰西名画が有ったのかと、驚きと共に絵に感動し、是非譲ってくださいとお願いしても「これは売り物ではありませんから」と断られ、三年がかりで交渉してやっと、きちんとした修復家に頼んで絵を直してもらえるならと、貴方のお給料の四倍で譲っていただいた絵画でしたわね。初め私、何だろうこの絵と思いました。だって絵の乙女の頭髪、髪が細くて薄いので明らかに禿げ上がっているように見えるのですもの。「何この絵、気持ち悪い、人は頭髪を見てそう思うかもしれない。いや、思うだろう。この乙女、頭髪がこんなでなかったら面立ちは美しいし、きっと多くの男性から求婚される大人になって幸せな結婚生活を送れるだろうにと思うと胸が痛くなる。不条理に憤りたくなる。飾り気が全く無く、装飾品も一つも身に着けていない。今はひっそりと暮らしているが、前は高貴な家柄だったに違いないと思わせる気品が備わっていて、着古した素朴なセーターが貧しい今の生活環境を想像させる。普通の画家ならこんな乙女をモデルに絵を描こうとは思わない。何故なら、そんな絵はお金にならない、購入する人が居ないに違いないから。でもこの画家はそんな彼女を描いた。お金にならない彼女を描いた。画家は何者かが彼女に与えた不条理に憤りを覚えると共に、そんな彼女の中に美を見い出したのだ。乙女も身の不幸を背負いながらも画家を信じて彼の前に対座している。そんないたいけさが乙女の控え目な美しさと共に伝わってくる。画家の人間を見つめる純粋な慈しみの心と、画家を信頼し切っている乙女の愛おしさがキャンバスに昇華しているのだ。間違いなくお金ではない、お金には代えられない、人間の魂の美しさがこの絵には有る、僕にはそう見えるのだよ」、貴方、そう仰有った。私、感動しちゃった。絵の良さよりもそう解釈する貴方の心に。見た目、色彩の美しい絵ばかりが好まれる傾向になってきていますけど、それはそれでいいのですけど、そうでないものにも視線を大切に向ける、そう貴方に教わった気がします。

それから貴方、こんな事も仰有ったわね。「絵の価値は誰が決めていると思う？　それはね、一部の金持ち、大金持ちなんだよ。ほんの一握りの金持ちが美術品の歴史的流れを決める。金持ちが従来の絵に飽きて新しい物に目を向ける。そんな者同士が世界のオークションで競って高値を付ける。すると今までその画家作品に見向きもしなかった画商や美術愛好家と呼ばれる人々が儲かると思い一斉にその画家の絵に殺到する。その画家の絵は益々高値が付き、そのニュースは全世界に拡がる。その事が値段が高い絵は価値の有る絵、世界の歴史に残る画家というレッテルを付ける。世界で最も有名な『モナリザ』、実はあの絵の良さ素晴らしさを本当に理解している人はごく少数、何千人に一人、いや何万人に一人かもしれない。人はその絵を見に殺到するが、多くは有名な作品が見られた事に感動するのであって、作品自体ではない。アジア、アフリカ、アメリカの原住民にモナリザを持って行っていい絵だろうと言っても、つまらない、村の長老の描く物の方がいいと言って見向きもしないだろう。テレビニュースで石油王が金に飽かして印象派など億円以上の絵画を何十点も買い漁り、自国の砂漠の都市に美術館を建てたが、観に来る人は一日数人だけでそれも旅行中の西欧人。買い漁った本人も世界的に有名な画家の高額作品だからとお金を出しただけで、鑑賞し味わうという事に関して西欧絵画には殆ど興味が無い。結局美術館の管理は御座(おざ)なりで行き届かず、砂漠の砂が館内に吹き込み放題で、温度や湿度の管理も等閑(なおざり)で保存が危ぶまれる状態、そんな映像が流れた。砂漠で育った人間には西欧の自然、風景には興味が湧かなくて当然だし、自然風景を描いた日本画が世界に全く通じないのも同じ理由で、日本の四季の美しさで育った私達日本人には理解出来るが、そうでない人々には異質な風景としてしか映らない。

だから美術、芸術に接する時は、価格が高いとか安いとか、有名な作者の物だとかではなく、その物に対して自分に興味が有るか無いか、自分が好きかどうか、自分の心に満足や幸福感、喜びを与えてくれるかどうか、それが一番いい本当の芸術品との接し方ではないかな」

「そうなんですの？　私にはよく分かりませんわ」私、確かそう答えましたわね。そしてまたまた貴方の言。「展覧会に行って絵画鑑賞していて疑問に思う事が有る。人それぞれ皆、視力が違う。近視あり遠視あり、乱視あり。たとえ眼鏡を掛けたとしても、それでも皆、視力見え方は違う筈。それなのに、この絵はいい、あの絵はダメだなどと言っているのは変ではないか。本来物事を判断する場合、同じ土俵、同じ基準、同じ視力、同じ距離からでなくてはならない筈。しかし芸術作品鑑賞にはそれが無い。中高年の人達が団体で鑑賞して回っている時、殆どメガネもコンタクトも着けていない。それなのに『うわ〜、素適』などと言って次から次へと鑑賞してゆく。芸術鑑賞とは素適なものであるが、ある面いい加減なものかもしれない」

「う〜む、成程。確かにそうですわね。でも信次さん、そんな観察もしながら絵画鑑賞しているのですか？」

「いやいや、ある時ふとそう思った。農協か何かの婦人団体が大勢入って来て、初老にさしかかっている年頃なのに女性だからか殆どメガネを掛けていない。絵に近づき過ぎと思えるくらい近付いて目を顰めて見てゆく。思ったというより気付いた、それが正しいかな。所で、展覧会の入館料大人一人千円から千五百円するよね。君は高いと思う、安いと思う？」「高いかも」と私答えましたよね。そしたら貴方教えてくれた。

「一点の作品を借りてくるのにその絵に掛かる保険料はね作品の価値の〇・二パーセント。しかも掛け捨て。百億の絵を一点借りてくるとするとその一点の絵だけに二千万円の保険料を支払わなければならない。展覧会は五十点は借りてくる訳だから保険料だけでもばかにならない。一つの展覧会をするのに四年くらい前から相手と交渉を始め準備するんだけど、作品の借用費、その交渉の人件費、渡航費、実施の際の運搬費、ポスター、チケットの作製費、宣伝費、受付員、警備員等の人件費、そんな諸々の経費が掛かる。だから、世界的画家の作品を海外から集めての展覧会となるととんでもなく掛かるんじゃないかな。人も掛け、お金も掛けて一生懸命準備をする展覧会、僕は絵画好きだからだろうけど、入場料三千円出しても安いと思う。準備の苦労を考えるとね。日本人は世界でもトップクラスの美術展好きだから一つの展覧会に何万人、何十万人と多くの人が見に来てくれるから、なんとか採算がとれるから一年間に結構多くの展覧会が有るけど、外国では日本ほどの展覧会はあまり出来ない。日本人は多くの展覧会を入場料を払うだけで見られる幸福を喜ばないといけないね。何でもそうだけど、陰で準備してくれている人が居るから全ての事は成り立っている、そう思うよ」

貴方、多くの種々な催しや展覧会に連れて行ってくれてありがとうです。

感謝に堪えない妻より（今日はクリスマス・イブです）
二〇一七年十二月二十四日

貴方へ――(私、一寸怒りが籠もっています)

貴方、何ですか、温泉地への男五人だけの旅行で、パチンコ屋に入るかストリップ小屋に入るか迷ったなんて。旅館から見下ろす真ん前にピンク色のネオン館。「ソソル～」、何て下品な表現。まあ、結婚前の事ですから許しますけど、そうでなかったら大変ですことよ。一年間はおこづかい無しね。しかも、迷った挙句、パチンコ屋に入って一人以外全員散財。当たり前じゃないですか、温泉街のパチンコ、獲物がネギ背負ってやって来るのを待っているのですよ。勝ち戦の一人の前にひれ伏す四人の男達の姿が眼に見えるようですわ。それに何ですの、男女仲間内の旅行で女風呂を覗きに行ったなんて。仲間の一人の「そこに扉が有る。そこから出て窓際に外を歩くと、もしかして女風呂に行ける?」そんな誘惑に乗って、二月の寒い深夜、揃いも揃って裸の男四人が濡れ手拭い一枚で大事なものを隠し、差し足ぬき足忍び足だなんて。窓からそっと覗いたら入浴している筈の女性陣は居なくて、人っ子ひとりの影も無い。男湯に戻っておかしいと思案をめぐらし、一番年下にもう一度同じ所から女湯を覗いてみろと行かせて、暫くしたら男湯の窓からその年下の頭がヌーッと出てきた。女湯はもっと先で、女湯だと思って覗いた所は実は自分達の男湯。全員が覗きに行ったので浴室には誰も居ないのは当たり前。それで皆んな大笑いした、そう日記に書いてありますけど、もしそこがほんとに女湯でしたら女湯覗きで即逮捕です。風呂の後、皆んなで遅い夕食だったそうですけど、下手をすれば旅館の美味しい食事どころか、豚箱の冷や飯でしたわね。貴方、その後風邪を引いて苦しんだ、自業自得です。

なるべく安い費用で楽しい旅行をと貴方が企画した山梨、長野への仲間内男女八人の二泊三日の夏の旅。夕方に到着した一泊目の宿。予約したのは旅館の筈がどう見ても一寸大き目の一軒家。住所を確認したが間違いはなく、確かに軒上に小さく旅館と出ている。まあ兎に角、目的の宿には間違いないと、うだる体の女性陣が先に玄関を開けて入った瞬間、「キャ～ッ」という驚きの悲鳴と共に手で眼を塞ぐように飛び出して来た。「何だ何だ」と女性陣に替わって玄関に急ぐとその先の上がり口には上半身裸、下半身すててこ姿の労務者風の中年男性が二人、逆に女性の悲鳴に驚いて佇立していて、自分も驚いて目をパチクリさせた。貴方、その宿、旅館名だったけど労務者の方が専門に泊まる所だったんですって。貴方どじねえ。よく調べなかったんですか。地方じゃそんな宿も旅館名を名乗るのは当たり前なんですよ。安さに引かれた罰ね。これも自業自得。でも不思議なものですね。男性陣は仕方無いと直ぐ割り切れたが、女性陣は「ええ？　ここに泊まるの」と不安顔。案内された部屋は男女別にはしてくれていたが、それぞれ八畳間ひと部屋ずつ。他の客と一緒くたにならなかったのは幸いだったが、廊下ひとつ隔てた向こうは玄関で出合った人達の部屋らしく、男としてもちょっと不安。況して若い女性達が泊まる。夜中に何事も起きなければいいがと、幹事としては大心配。部屋の冷房はエアコンというよりは昔の機械が一機、音を立てて唸って何とか部屋を冷やしている。向こうの労務者の方の男部屋の戸という戸、廊下に面した窓枠は全て外されていて、廊下を通ると室内が丸見え状態。寝苦しさで寝返りを打つ中、すててこの白さが闇に浮かび上がっている。女性陣は最初、とんでもない所に泊まる羽目になったと不安顔。就寝時間になって電灯を消すと、さすがに女性だけの部屋は不安で仕方なかったのか、男性陣の部屋に乱入して来て「ねえ、一緒に寝ていい？」。男女ごちゃ混ぜで就寝。さすがに女性達は朝の目覚めの素っぴん顔を見られたくなかったのだろう、男達の起床前に女部屋に帰って行ったが、朝食の際まだ一寸眠そうではあったが、女性陣の表情が楽しそうな顔に変化していて驚いた。宿を出る際になると、さすがに労務者の方達はすててこ一枚ではなかったが、我が女性陣達と何時の間に仲良くなったのか、互いに笑顔で別れの言葉を交わし、玄関にまで見送りに出てくれてさえいたと書いていますね。貴方、若い女性達と一緒に寝られて良かったですわね。でもまだまだ女というものを知りませんですわね。女はね、日常と違う普段では経験出来無い事を経験したいものなんですよ。そんな経験が出来るとその時は恐がったり不気味がっていても後になると直ぐいい思い出になる、それが女性なんですよ。労務者の方達は皆んな優しいいい笑顔で自分達の出発を見送ってくれた。正に災い転じて福となすですわね。私もその旅行に一緒に参加したかったですわ。でも、朝食待ちの際のなかなか来ない女性陣を待つ間の男性陣の会話には一寸不満ですわ。

「女性達、遅いなあ、何やってんだろう？」

「顔面工事だろう」

「そうか顔面工事中かあ」

何ですか貴方、女性のお化粧を顔面工事だなんて。外れてはいませんけど。

あと一日で今年も終ります。貴方、そちらで良い年をお迎えください。

貴方の為に顔面工事に余念の無かった妻より
二〇一七年十二月三十日

貴方へ――

新年明けましておめでとうございます。

こちらは穏やかな初日の出を迎えられましたが、そちらはどうですか？　良い正月になりましたか。お客様の初釜、初稽古で大量の発注が有り、今年も忙しい正月でしたが、嬉しい限りです。お客様に感謝です。

貴方、仕事の事を種々書き留めていますね。参考になる事が多々有りますわ。

まずその一。一ヶ月百五十万赤字の雑貨店を一年半でトントン近くまでに持って行った事。百五十店舗の指導をする営業に居たからと言われて、突然新社長命令で雑貨店の店長兼務にされて、さぞ困惑されたでしょうに。売上の悪い店はどうしてそうなのか、場所に合った業種ではないのか、品揃えが悪いのか、店の清掃が行き届いていないのか、店員の対応が悪いのか、その悪い所をお客様の眼、立場から見つけてそれを一つ一つ直してゆけば売上は必ず上昇気流に乗る。その際の要点は店長だからと言って長時間店には立たない事。立つと店内の仕事に追われ、店側の物を見る視点になってお客様の眼を失ってしまい、店の改革の気概が薄れてゆき、惰性の毎日になってしまう。店舗面積もそう大きくない決まった面積。回転の悪い商品は排除してより回転のいい物だけを揃えてゆく。同じ雑貨を並べている店ならより店舗清掃の行き届いている店の方が良いに決まっているので、三ヶ月に一度は皆んなで大掃除。特に普段店に立たない店長が率先して行なう姿を見せる。一ヶ月毎の売上で幾らプラスマイナスなのか、数字をはっきり従業員に教えて、数字がいかに大切か、数字如何で店舗従業員の評価に繋がるかを教える。

成程、これなら売上が上がってきますわね。上がり序でに今度は一ヶ月百万赤字のたった二坪のチケット売場の店長も兼任させられた。でも貴方、そのチケット売場も一年半でトントン近くまで持っていった。日記を読んでいて、貴方がその頃の仕事に関して、結婚後話してくれた事を思い出しましたわ。雑貨の店、確か世間の景気が悪くてどこのお店も売上が落ちているのに、何処で情報を仕入れたのか、多分仕入先の会社からだろうと言っていましたが、急激な右肩上がりで売上を伸ばしている事を不思議がって、売り込みも含めて一日三社位の訪問が毎日のように有って、業界の状況、動向、新商品の発見に繋がる。店長として種々な事を知る勉強になると思って、その都度来訪者を喫茶店に連れてゆき、相手が出そうとする勘定を必ず自分が支払った。しかも自腹で、そう仰有っていたわね。凄い時は一日七社、お腹の中がコーヒーでカポカポだったよと笑った。でもその事で自分の店の仕入れが他の店より高かった事も知り、売上がどんどん上がり、下がる事は無かったので、現在より御社よりの仕入額を下げる事は絶対しない、寧ろ必ず上げる、そう宣言し、もしお聞き入れてくださらなかったら仕入先を他の会社に変えなさいと上司から言われていると嘘をついて、その事を交渉武器に仕入れ率を他店と同じに下げさせた。しかも本来自分が客側の立場なので相手の会社の責任有る担当者を呼んでも良かったのを、こちらがお願い事をするのでこちらから参りますと約束した日、たまたま台風の大荒れの日で、びしょ濡れになって訪問したのを相手の上司が大変感激し恐縮した、その事もこちらのお願いを聞き入れて貰った一助になったと思うと言っていましたね。確かにそんな日にお客様が訪ねてくださったら、もうそのお願い、聞き入れざるを得ないですわね。

そしてその二。チケット売場も、それまでの会社がお手上げ状態で退店。それを急遽引き継ぐ事になり、それまでのアルバイト店員も全員辞める予定だったが、絶対経験が大事な仕事、新しいアルバイトでスタートしても発券に手間取りお客様から苦情が出ること必定と判断。一人一人と面接し、アルバイト時給を知ってその安さにびっくり。その安い中で、その仕事が好きだから今まで辞めずに働き続けてきた、好きこそものの上手なれで、絶対その仕事の能力の高い貴重なアルバイト達と判断。全員時給を百円上げると共に、今まで中心としてやってきた子には副店長になって貰い、引き継ぎにより苦労するので三ヶ月間更に時給二百円プラスと約束。それで殆ど残ってくれた。

チケット販売による会社の利益は二パーセント。一万円の売上で二百円、十万円で二千円。これでは人件費だけで一日一万八千円は掛かるので全くの大赤字。殆どのチケット売場はそのビルのサービスとして他の受付業務と一緒に行なっている理由が納得。二坪の売場の内、一坪はチケット売場、残る一坪で大きく利益を上げられる商品を売らなければならない。一坪でも商品揃えが出来て、しかも単価が高額で利益率が高い物。そこで貴方が結論を出したのが本物の香水売場。世界の本物の香水を買った時に携帯用にプレゼントとして付いてくるミニチュア香水を雑貨の店で販売していたのがヒントになったとか。しかも店員は本物の香水に全く知識の無い、言うなれば素人。香水販売の説明に関して寧ろその素人である事を武器にしなさい、知ったか振りは絶対ダメ。何故なら、一本一万、二万、三万を出して買うお客様に香水の素人は殆ど居ない。だから寧ろお客様に教わりながら販売しなさい。逆に、この店の店員には私が教えているのよという自負と自己満足感をお客様に覚えてもらえればそのお客様は顧客になってくださる。二百万掛けて店舗も高級感の有る店に改装。貴方、なかなか策士ね。それからこんな事も言っていたわね。仕入れに行く時は必ず問屋さんの店長かな責任者の居る時に。普通の従業員さんの時はダメと。私、どうしてか意味が分かりませんでしたわ。衣類から傘、小物、種々な物の問屋さん。香水の仕入れだから何十万何百万と買う。その時に一緒に立ち会ってくれるのが普通の店員なら「ありがとうございます」ただそれだけ。でも責任者なら仕入れに来るお客様へのプレゼント品をあげられる裁量を持っていて、仕入額が大きいので仕入れが香水なら香水の試供品として何本かくれる。それは本物だから店に並べて販売してもよいのだけれど、それを勉強だからと自分の店の店員にあげる。すると店員は喜ぶだけではなく仕事へのやる気も益々増える。只の物が、喜ぶ、香水の勉強になる、仕事への意欲をより起こす、一挙三得。毎日頑張って仕事をしてくれているんだ、そんな旨味、ご褒美も有っていいだろう。やっぱり貴方は策士。でも皆んなが、全員が喜ぶ策士ね。

そういえばそのチケット売場でアルバイトが取り返しのつかない大変なミス発券をしてしまった時の事も感心しました。貴方、店からの連絡で急いで店に行くとアルバイトが目に涙を浮かべて落ち込んでいた。早い者順のJリーグサッカーのチケットで一店舗五枚前後しか確保出来ない時で、前夜から四百人は並ぶ開幕の年の事。中人用チケットを渡さなければならない四家族に小人用を売ってしまった。勿論取り替え等は出来ない。替えられるチケットなど全く無い。「よし分かった。こういう事が有った時の為に店長の俺は居る」貴方それだけ言うと、チケット返金代金とお詫びの粗品を持って初冬の夜にひとり飛び出した。早く安心させたくて、四軒の家を回り、チケットはそのままお客様に差し上げ、終わったら二十二時を回っていたが、皆んな良いお客様ばかりで、却ってこんな寒い夜にお詫びに来られた事に恐縮されたくらいだ。無事に終わったから安心しなさいと副店長を介してミスしたアルバイトに伝えさせたんでしたわね。「貴方、大変なミスしたアルバイトにきつく説諭しなかったのですか?」との私の問いに「何時も一生懸命現場で頑張っているアルバイト。そんな必要はない。寧ろ、今までミスの無い事を褒めてあげたい位だ」と仰有った。

ああ、それからもう一つ思い出した。店長として貴方、会社にお金を出させて三ヶ月に一度外の飲み屋にミーティングと称して皆んなを連れて行ったんでしたわね。それもミーティングは最初の三分間だけ。飲み屋に部下を連れて行ったらそれで十分。それ以上だと不粋になるとか何とか言って、ほんとは貴方が早く飲みたかったんでしょ。

そうだ、お酒で更にもう一つ思い出した。貴方、酒場は大人の夜の診療所とか言っていました わね。日々生きてゆくというのは辛いもの。その辛さを忘れさせてくれる場所、その一つが酒場。患者はそこでその日の辛かった事、悲しかった事、上司に怒られて傷付いた心を癒やして、また明日からの頑張りの糧とする。だからそこで働く人は医者であり看護師、なんて言っちゃって、飲みに行く口実？　この頃は、天下って来た社長は「菊作り、菊見る時は陰の人」なんて立派な事を言いながら、他人の意見は一切聞かず、人前で平気で部下に暴力的な言葉を発する品格の無い人で、三年後貴方、分別の無い判断で飛ばされる事になったが、部下にも直属の上司にも恵まれた。部下は売上を滝上りでどんどん伸ばしてくれたし、直属の上司は自分の提案や希望を全部許可してくれた。部長はカーネギーの『人を動かす』の本を贈ってくれ、課長は、一年間毎日来る訪問客のコーヒー代が一寸大変ですと明かしたら「バカ者！　どうしてその事を今まで言わなかったんだ。そんな物は会社で出す」と労りのお叱りを受けて嬉しかった事、本当に素晴らしい人達に恵まれたと。

私、仕入れに行く時の策略に感心しましたけど、もっと感心した事が有りますわ。それは雑貨屋の店長としてのアルバイト募集の後のケア。募集広告はお店だけに貼り出し、二人採用の所を七人の方が応募されて来られた。面接をして二人決定したら他の五人には不採用の通知を電話か郵便でするだけなのが世の中の常、殆どの採用担当者、それで御仕舞。でも貴方はそれだけではない対応をされた。貼り出しの広告を見て応募して来られたのなら店に足を運んでくれているお客様。そのお客様が応募されて断られたとなればお客様自身恥ずかしいもの。当然店から足が遠のく事が予想され、大切なお客様を減らす事になってしまう。そこで貴方、お断りしたお一人お一人に残念ながら条件が合わなかった旨とお詫びの手紙を書き、四千円の店の商品をお詫びとして贈ったのでしたわね。私、そこまでされたら応募を断られたとしても益々お店のファンになりますわ。だってそんな嬉しい対応、今まで聞いた事が有りませんもの。実際にお二人の方から益々ファンになりましたとご返事が来て、その内の女子高校生からは便箋二枚の長文の礼状。貴方、飛び上がるほどに嬉しかったと言っていましたね。そしてご返事の無かった方ともお店で再会出来たと。

貴方、なかなかですわね。褒めると調子に乗る貴方ですので、この辺の表現にしておきます。でも、調子に乗せてもいいかな。人が気付かない配慮をしたのですもの。

貴方の部下になりたかった女より（でも妻になれたからいいですわ）

二〇一八年一月十七日

貴方へ――

前回のお手紙、長過ぎましたか。でも許してくださいね。和菓子作りに配達、朝方から夜遅くまで机に向かう時間が有りませんでしたので。でもやっと一段落で書けました。ですから二回分のお手紙とお思いください。

《飛び込み営業は美人に行かせるのが一番》貴方のこの一行、女の私にも何となく解りますわ。《男中心の会社に男性が行ったら会う事さえ九十パーセント叶わない。ところが女性が伺うと五十パーセントオーケー。美人ともなるとまず九十八パーセントが会ってくれる（その二パーセントは女性嫌い）。序でにお茶も、時には茶菓子まで。そういう会社だと男性達は女性に餓えているから、女性と話したい、願わくばそれ以上との下心。お嫁を探している独身男なら百パーセント話を聞いてくれるし、最後にはまた来てくださいという事になる》人間の行動はリビドーで成り立っているといいますから、男も女も素適な異性には弱い。ですから逆も然りで、イケメンが訪問して来たら私もコーヒーと茶菓子出しますわ。あら、正直でごめんなさい。貴方そちらでやきもきしていらっしゃいます？　それなら嬉しいわ。

「犬と猫、どっちが強いか？」成程、貴方の説に私も頷きますわ。最初私も断然犬と思ったんですけど、闘う場合犬は口で猫は超高速猫パンチ。犬は相手を噛む為に顔を近付けなければいけない。しかし猫は手。顔を寄せた瞬間に猫パンチ炸裂。猫の爪は刃物以上に鋭いですから、目にも止まらぬ速さで弱点の眼と鼻を切られる。犬は退散ですわね。テレビで猫が羆や白熊を追い返す映像を見ましたけど、猫の動きの速さにあんなに図体の大きい獣もタジタジですものね。中には地上にあがって来た鰐に猫パンチ一発というのも有って、鰐は川の中に一目散。猫はほんとに強いですわ。普段は優しくておとなしいのにいざとなったら凄い。貴方、女性もそうかも。お気をつけあそばせ。女の爪は痛いわよ。

それからカラスの事も仰有っていましたね。カラスは可哀相だなって。人は鳩や小鳥、時には鳶にも餌をやる。でもカラスにはあげない、それってておかしくないか？　カラスは本来動物の死骸などを清掃してくれる益鳥、言わば清掃屋さん。ゴミ箱を漁り、辺りにそのゴミを散らかす、でもそれってそもそも人間の方のゴミの出し方が悪いからで、彼らカラスは生きる為にその日その日の食べ物を懸命に探しているだけ。時にニュース等に人を襲った記事が出るが、襲ったといっても飛びながら一瞬頭の髪に触れる程度。確かにあの大きな嘴の黒い鳥が近付いて来たら恐怖ではあるが、必ずそこには近くに巣が有って雛が巣から落ちている。親鳥は雛を守るのに必死なのだ。カラスが太刀打ち出来ない相手の人間なのにそれでも必死に守ろうとする行為なのだ。巣の近くに人間が寄っただけでは人間に立ち向かう行為はまずしない。現に独身時代に入居していた都会のアパートの目の前は小さな公園で樹が一本生えていて、そこで巣作りをして雛を三羽育てていたカラスを二階の窓から観察していた事が有る。樹はそんなに高くは無くせいぜい十メートル。その真下では午前中は近くの保育園が入れ替わり立ち替わり利用し、午後には学校から帰った子供達が遊び回っている。だが一度として襲われたと聞いた事が無い。餌を放る人の周りで鳩が何の苦も無く啄んでいるその外側で、鳩の周りでその様子を切なそうに見ているカラスをよく見掛けるが、どのカラスも、俺達も同じ鳥なのにどうして貰えないのだろう、どうして嫌われているのだろうと恨めしそうに横目で見ている姿を見ると哀しくなる。「七つの子」という童謡も有って昔は人間と仲良く共存していたのに。俺だったらカラスにもあげたいと思うが、そんな事をしたらとんでもない行為と投書されてしまうから餌やりはしないが、本当にカラスは可哀相だなあ～って。

私、一度もカラスの事そんな風に考えたこと無かったですから驚き。驚きもいいところで、カラスが益鳥だって事もそれまで気づきませんでしたもの。恥ずかしい限りですわ。

話は変わりますが、強い雨が急に降ってきた日のこと覚えています？ 覚えていませんよね。日常の何気無いひとコマの事ですから。貴方、降り出した雨を窓から暫く見詰めていらした。そして一言。

「虫は命がけだね」

「え、何の事？」私、何の事かさっぱり解りませんでした。

「小さい虫だよ。飛んでいる小さい虫。雨の一粒は僕達人間にとっては何でもないけど、小さな虫にとっては大砲の弾のようなもの。それが空から凄い勢いで落ちて来る。当たったら即死だなと思ってさ」

「……そうね。私、今まで一度もそんな事考えてみた事ありませんでしたわ」

「降り出す前、一斉に虫の姿が居なくなる。あれは大気中の湿気をいち早く感じて何処かに退避するんだろうね。その退避が一寸でも遅れると命取り。虫達が生きてゆくって大変な事だね。他の動物に襲われる事だけじゃなくて、何時も死が隣り合わせ。生きる事の隣に死が簡単に座っている。……生きるって何だろう……命って何だろう……」

貴方、そう言って暫くまた窓の外を見詰めていた。貴方の背中、何だか淋しそうでしたわ。

貴方「今夜、月下美人が花を開きそうだ」と、急きょ社宅の中山(なかやま)さんに呼ばれて行った事ありましたよね。そしたら見事にほんとに開き始めた。開き始めて萎むまでたったの二時間。

それはそれは見事な大輪で部屋中が高貴な香りにつつまれた。正しく花の中の花の女王でしたわね。見ている貴方、「凄い、凄い」只そう発するだけで他に言葉が出てこない。私も、中山さんご夫婦もまた一緒。あの高貴な白、高貴な品格、高貴な馥郁（ふくいく）たる香り、全てが厳粛な美しさに包まれ、神々しいとは正しくあの花の為に有る言葉でしたわね。中山さん、確か若い時に肺を患って片方が無かった。未だ六十代でしたのにあの後、数年後に亡くなられましたね。でも、月下美人と聞くといの一番に必ず中山さんの和やかな顔が浮かびます。そういえば同じ会社の中に、どこからどう見てもヤクザの親分という方が居ましたね。どでかい指輪を嵌めていて、もし殴り合いにでもなったらその指輪の角で一撃、そんな大きな指輪。背は小柄でしたが、姿、服装、仕草、話し方、白髪の具合、どこからどう見ても、どこをどう取っても純度百パーセントのあちらの方。あちらの世界の方として生半可ではない高貴とさえ言える親分中の更にその上の親分。映画界に入れば間違いなく成功という方。でもご本人は普通のきちんとした会社社長の運転手さん。仕事休みの日、首都高道路を走っていたらパンクして停車。困っていたら黒塗りの車が二台緊急停車して中から黒ずくめのあちらの方々がもの凄い勢いで走り寄って来て、目をパチクリさせている間タイヤ取り替えをしてくれ、あちらの方々の礼儀の頭の下げ方をして去って行った。「怖いの何のって、その間、組を聞かれはしないかとビビリッ放しだったよ」そういう逸話の有る面白い方。とっくに停年退職された。あの方今頃どうされているのでしょうね。お元気でしょうか。

　日本の有名テニスプレーヤーの奥さんだった面倒見のいい案内係の課長さん、入社したての貴方に、君の将来の事は俺に任せろと言ってくれたという専務、お二人とも在職中に癌で亡くなられた。「人は優しい」貴方の口癖。

貴方に騙された妻（一生幸せにすると嘘をついた）より
二〇一八年一月二十三日

貴方へ――
《保安室は不安室だった》
なんですかこの貴方の店員時代の日記。隣の店のアルバイトの女の子が四人組のがっしりした中年の柄の悪い男達に絡まれて、貴方、正義感を出して女の子の代わりに男達に対応した。本当に正義感でだけですか？　下心、有りませんでした？　埒が明かず保安室へ連れて行けば保安の人が何とかしてくれるだろう、そう思って連れて行ったら、逆にどうしてこんな男達を連れてきたのという顔をされて、終いには保安係も自分を責める。社長を出せと意気がる男達に、社長に電話してきますと嘘をついてその場を離れ、自ら交番に出向いて事情を話し、来てもらったらその警察官も若くてまるっきりだめで、その警察官、姿が見えなくなったと思って暫くしたらパトカーのサイレンが幾つも鳴ってなだれ込むように機動隊が走り込んで来て、有無を言わさず四人をパトカーに押し込み署に連行。屈強な機動隊に頼もしさを感じた貴方も当事者としてパトカーに乗車。四人は警察の本署に連れて行かれても全くひるむ様子は無く、威勢のいいままだったが、署長の所に連れて行かれて、「何だ、またお前達か」の冷静な一言に急に態度を変えて温和しくなったのにはびっくりしたとか。貴方、四人に殴り掛かられたら応戦するつもりだったそうですが、やはり恐かったんじゃないですか。「初めてパトカーに乗ったよ」と初体験を明るく話してくれましたけどね。

そう言えば警察関係の事で直接貴方が出くわしたという他に二つの出来事が有りましたね。一つは、仕事中に会社ビルの裏階段を下っていたら前を三人と一人の同じような服装の若者が歩いていて、前の三人の塊の中の一人が壁面を利用したディスプレイの厚いガラスを足で蹴って壊した。目撃した貴方「何やってんだ」と大声で走り寄り、捕まえようとしたら三人が逃げて、後ろの一人は逃げなかったのでその彼を捕まえて警察を呼んだ。人が殆ど通らない裏階段を歩いていた四人、服装も年齢もどう見ても仲間。一人さえ捕まえればその一人から後は芋づる式に逮捕、そう一瞬に考えたのだそうですね。でも、何かが変。捕まえた若者、全く逃げようとはしないし、抗おうともしない。「あの三人とは自分は関係ありません」、そう言うばかり。初めは間違いなく犯人の仲間の一人を捕まえたと思って警察官に若者を引き渡したが、状況確認する警察官に答える若者の言葉は「確かに前の三人の内の一人が足でガラスを割るのを見ました。でも、自分はあの三人とは全く無関係です」と繰り返し繰り返し答えるのに、自分の中にももしかしたら彼の言うように彼は犯人達の仲間ではないかもしれないと疑問が湧いてきた。確かに状況を思い返すと若者は三人とは三メートルほど離れて歩いていたし、全く逃げる気配は無かった。逃げた三人もこの若者が仲間なら、仲間が捕まった事に逃げるのを諦めて戻って来る筈なのに全くその素振りも無く一目散。随分時間が経っても三人は戻って来ない。貴方、胸の中に『誤認逮捕』の言葉が浮かんできた。それで三人とは違う彼の動きと落ち着き具合を話し、「若しかしたら彼の言う通り、彼は三人の仲間ではないかもしれない」とそっと私服の警部補に敢えて告げたと。一週間過ぎても一ヶ月過ぎても半年過ぎても警察からは何の連絡も来ないので、彼は犯人の仲間の一人にはならなかった、「敢えて」が功を奏して無実の罪を若者に着せなくてほっとしたが、自分に置き換えて、無実でも何時自分が犯人にされてしまうかもしれないと考えると怖くなると言っていましたね。

それからもう一つ。貴方、独身の時仲間と深夜まで飲んで、二時過ぎの小雨の降る中タクシーで帰った。降りて部屋に入りタオルで濡れた頭を拭いていたら玄関からピンポン。「こんな時間に誰だろう?」と開けたらそこに一人の警察官が立っていて、「今お帰りですか?」との問い掛け。「ええ」と答えると、「今そこで一人の女性が痴漢に襲われましてね」との返答と同時に自分と部屋の中を窺う視線。自分の社宅の敷地内の砂場の所に不自然に赤い傘が転がっていたのを思い出し、「そう言えばタクシーを降りる寸前、赤い傘が有りましたね」と答えると、「タクシーでお帰りになった? 何処のタクシー会社ですか?」との質問。気にせず乗降したので覚えてませんと答えると「今、乗って来たんですよね」と疑問の声。時間が時間の雨の住宅地。タクシーに乗車中も人の姿は皆無。ヤバイ、間違いなく疑われている、そう確信した貴方、でも酔っていたので警察官が帰った後には直ぐぐっすり睡眠。

私でしたらそんな状況ではいくら酔っていても眠れそうもありませんわと言うと、「自分が犯人でない事は自分が百パーセント分かっていたからね。でも一寸気持ち悪かった。濡れ衣を着せられかねない状況には違いなかったからね。でもぐっすり眠っちゃったよ」と苦笑い。翌日仕事から帰ると社宅の人が「あれは狂言。前から狂言癖が有る女なんだって」と教えてくれた。「貴方、良かったわね、無実の罪を着せられなくて」と言うと、貴方真剣な表情でこんな言い方をされた。「どんな事が有って狂言までするようになったんだろう。過去には、いや今もかな、辛い事がいっぱい有るのかもしれないね」

貴方はニュースや世界情勢についても種々話してくれましたわね。情勢に就いては女性だから疎いかも。貴方、駄洒落、分かりました？

日本のプロ野球選手「このチーム、球団を愛しています」との発言をよくしますけど、でもＦＡでより高額のお金を出す所に移籍する。新しい所で自分の力を試してみたい、自分をより欲する所で自分を鍛え直してみたいとか何とか言って。私、そんな選手、あまり好きにはなれませんわ、そう言うと貴方、「確かに愛しているなら本来愛し通すべきだろうね。球団に残ってもらいたいと懇願されている、あるいは戦力外通告されている訳ではないならね。でもまてよ、と思う。だからと言ってその選手を嫌いになる、その事には自分は賛成しないね。スポーツ選手は一流で活躍出来る期間は短い、しかも人間。人間はお金に弱い生き物じゃないかな。より良い条件を提示されたら心に迷いが生じる、しかも何時まで活躍出来るかは大体の見当はつく。人には年齢が有るからね。稼げる時により稼ぎたい、そう思うのが普通で、その選手が今までの球団に残る残らないを批判するのは間違っているような気がする。選手も新天地へ行っても活躍出来なければケチョンケチョン、バッシングの嵐に遭う。それを覚悟の上での移籍。選手がどういう判断をしても『頑張れ』、そう言って背中を押してあげる、僕はそうしたいね。選手は何処に行こうとも、若くて無名の自分を育てて一流にしてくれた所に対しての感謝の気持ちを忘れる訳はないからね。たまに、球団側が選手の心を傷付ける発言をして選手を怒らせる、そんな場合は別だけどね。俺なら金額の高い方にすぐ飛びつく」、貴方おどけた顔を作ってその後大笑いした。そこで私透かさず「お金を美人に置き換えたら？　貴方、より美人の方に飛び付くんだ。最低え〜」

「え、そんなの有り？　う〜む、成程ねえ〜。そうかも」

私、貴方のお腹にパンチ一発。

今度は世界情勢。自国第一主義を堂々と掲げる大統領出現に「でも皆んな、どこの指導者も自国第一主義は昔から変わらないのじゃないかな。国による海外向け政策は自分の国の利益になるからしてきたのであって、ただそれを大っぴらに公言するかしないかの違いじゃないかと思う。勿論、人道主義、世界平和を掲げて国民、全世界の人々を牽引出来れば素晴らしいことだけど、人間は思想も違えば育った環境、受けてきた教育も違う。国というのはそんな違う人々からの税収で成り立っている一つの形体。国連もまた然り。種々な考え、主張の国々の集まり。人間は性善説か性悪説かと議論されるけど、僕はどちらでも無いと思う。生まれ育った環境がその事を決定してゆくのであって、しかも、一人の人間、そのどちらかになるのではなくて、どちらも育つ段階で持ち合わせ、どちらがより多いかの違いではないか。その表れが、人は変化を求める生き物であるという事。平和を求める穏健派の時代が続くと、今度は自己の利益を強調する強硬派が擡頭してくる。結局人間は他国を思いやる平和だけの地球を作れないのじゃないか」。私、問題が壮大過ぎて、解ったような解らないような。ごめんなさい。

もっともっと勉強を要する妻より
(珍しく外は小雪がちらついています)
二〇一八年二月一日

貴方へ――
貴方、古い真面目な顔して案外ユーモアが有りますのね。「何て事を言うんだ、亭主に向かって」そう苦り切る貴方の声が聞こえてきそうです。ついでに苦笑いの顔も見えそう。貴方、ご自分で創作したユーモア忘れているでしょうからここに記すと同時に採点してあげますね。

友の土産
友が花の鉢植えを土産に持って来た。

でもその鉢植え、何処かで見た事が有る気がした。

翌日、外出しようと玄関を出たら、隣の家の窓に二つ有った鉢の片われが無くなっている。

「ゲッ、昨日奴が持って来たやつだ」

僕は周章(あわ)てて部屋に引き返し、音がしないように玄関を出、差し足ぬき足忍び足、元の位置にそっと戻すと、口笛を吹きながら素知らぬ顔で隣家を横切った。

(七十点)

鏡

自惚れ屋で自己陶酔型の姉が、

「あら、今日も私はなんて綺麗かしら」とひとり言。

すると横から弟が一言。

「姉貴、それ鏡じゃないだろうが」

姉の前には伊東深水の美人画が掛かっていた。

(三十五点)

美人連れ

「ごめん、今日は一人ではないんだ」と男はバーカウンターの隣の恋人に語り掛けた。「ここに向かってたら『一緒に同伴させてください』と声を掛けてきたもんでね、君と二人だけのデートだったけど美人だったので連れて来てしまった」
そう言うと男は二人の間のカウンターに一輪の薔薇を置いた。
（九十点）

健康チェック
会社の健康管理チェック表。昨夜の睡眠時間、体調の異変を記し、上司が部下の健康状態を把握する。その中に「食欲は有るか」の項目が有るが、僕はその次の欄に個人的にこんなチェックが有ったらと思う。
「性欲は有るか◯で答えよ」
《一、ビンビンよ～　二、普通　三、意気消沈》
（何ですか、貴方これ。バカねえ～。でも笑っちゃいますわ。面白いから八十点）

外国人との会話
外国人「最近飲みに来ていませんね」
僕「忙しい、女で。嘘、今のは願望」
外国人「ガンボウ？」
僕「そう願望。乳房の親戚」
外国人「シンセキ？」

僕「そう、願望も乳房も胸に関係が有る」
（う〜む。九十点）

違い
人間と他の動物とのはっきりした違い。
それは、ウンチをして紙でケツを拭くか否かである。
（最低ぇ〜。でも納得。八十点）

スケッチ旅行
男「スケッチ旅行に行こうか」
女「それはいいけど、お隣さんには声を掛けない方がいいわよ」
男「どうして？」
女「スケッチはスケッチでも、スケとエッチに行くっていう解釈をするから」
男「スケッチを日本語にすると、シャセイ、ますますいけねえや」
（最低の最低。品が有りません。マイナス五百点）

真面目
人間の真面目さにおいて私の右に出る者はいない。上に出る者はいっぱいいるが。

（百点。やっと百点です）

短詩一笑
星空が美しいので、
天を仰いで歩いていたら、
野糞を踏ん付けてしまった。
（貴方!!　何ですかこれ。ロマンチック台無しです。マイナス一万点）

朝の満員電車
ぎゅうぎゅう詰めの車内。新婚らしき男女がぎゅうっとくっ付いたまま身動き出来ない状態。そんな状況下、女性が一言。
「朝から抱き合えるなんて、幸せ」
（これも百点です）

私、今、或る旅行を思い出してくすっと笑っちゃいましたのよ。金精峠に立ち寄った時の事です。自然石なのでしょうか、男の方の象徴を見て貴方大きな声で、
「おお立派!!」
私、隣に居て恥ずかしかったですわ。見ているだけでもそうなのに、周りに人がいっぱい

居て。私、この人の連れではありませんと空嘯いていたら更に、

「静ちゃん、よく拝んでおきなさい」ですもの。もう顔はまっ赤。

お土産屋さんに行くと、男性の象徴が大中小と三種類売っていて、

「お守りにどう?」と貴方。

思わず私「お守りねえ～。それじゃ阿部定じゃありませんか」

「お、阿部定知ってるんだ。静ちゃんも見かけに寄らないね。もしかして詳しかったりして?」

私、一応レディですのよ。言葉を発せられませんでしたわ。更に更に貴方の一言、

「購うなら一番小さいのでいいよ」

「……どうして?」

「こすっていると五倍は大きくなる」

「ばか!!」、私もう赤面を通り越して爆笑。いい思い出です。


今、ラジオから映画「ディア・ハンター」のギター音楽が流れています。

二〇一八年二月十日

静香より

貴方へ――

先日の便りはユーモアの創作を抄録しましたが、貴方、ご自分で書かれたもの覚えてい

らっしゃいました？　多分殆ど忘れてらっしゃったんでは。でもこんなものばかり抜き書きしたのではそちらに住んでいらっしゃる方々に貴方は不真面目と思われてもいけませんので、今度はシリアスな、私の心に触れたものを抄録いたしますわ。貴方、書かれた頃を思い出してみてください。結構、ご自分の真面目さに驚かれるかも。

「『生きている、命が有るっていう事だけで美しいんだな、人は』部屋に射し込む夕日を見詰めていたら、そんな言葉が胸からこぼれ落ちて波紋のように拡がった。」

「今にも銀河鉄道が下りて来そうな星空を見上げていたら、急に涙が溢れて落ちた。星の光がこんなにも淋しいものと、僕は今の今まで知らなかった。人は亡くなると愛しい者の面影を抱いて銀河鉄道に乗り、宇宙の向こう側へ永遠の旅に出るのかもしれない。」

「生きる者の哀しみ
生きている事の苦しみ
そんなものを両手でそっと掬い取って
小さくてもいい

人の心の水の面に優しさの波紋を描ければ
生きて存在（あ）る事の喜びへと昇華させられればと思います」
「　金子みすず風に

道が二つに岐（わか）れている

そっちの道は危ないよ
石ころだらけ
山あり　谷あり　崖ありで
でも何だか面白い

こっちの道は舗装されて
平坦で
石に躓くことも無い
でも何でだろう
それが何だかつまらない

変化が無くてつまらない　」

「　感動

感動、
それは感謝なのです。感動する心を戴いた何ものかへの感謝なのです。父であり、母であり、兄妹親戚ご先祖様。友であり、恋人であり、諸兄諸姉先輩方。
今ここに生きていること、生かされていることへの深い深い感謝なのです。
」

「人には
引き際（ぎわ）の美学
散り際の美学がある
なんて潔いのだろう
春の命
桜の花びらよ
」

「　沈丁花
籬に沈丁花が咲いている。

花らしからぬ花であるが、香りは砂糖菓子を溶かしたように甘く、一寸きつめの香水のようでもあり、艶めいた大人の女性の甘美な気配がある。少女が好奇心のおもむくまま、母の化粧台の引き出しをこっそり開けた時の目眩いにどこか通じているかもしれない。宵闇と共に香りは密度を増し、通りかかる男を惑わす赤襦袢を覗かせた淫らで謎めいた女のようで、それでいて清純さも何処かに持ち合わせている。春の情事はまことにここから始まる、ふとそんな事を思ってみたりする。

花も動物と同じに眠るらしい。男を惑わすのに疲れたのか、夜更けの沈丁花は匂いがうすい。」

貴方、沈丁花の香りを化粧台の引き出しの中の匂いとはうまい表現ね。ほんと、砂糖菓子のように甘い、早春の匂い袋のようですわ。

「　道

地に人の通う道が有るように、空にも鳥の細道が有る。

終日、庭を訪れる鳥達を見ていると、ある一定の秩序が有って、訪ね来る時間もそれぞれによって決まっているのに気付く。

引き明けの喧噪に始まり夕辺の静寂で終わる鳥達の一日も、人間の一日の営みとなんら変わる事なく過ぎて行くようであるが、よく観察していると日毎にその鳥達の顔ぶれが変わっているのに気付く。明らかにその一日の内に生と死を内包し、老いたるもの、傷付いたものの姿が確認出来なくなる。

朝から夕辺へと流れる時間もまた一定の法則に従った道であるとするなら、その何処かに迷い道が隠されていて、ふっとその道に入り込んだ時、その者の持つ時間が失われ、人はそれを死と名付けるのかもしれない。」


貴方の本棚に結城信一著『空の細道』という本が有りますけど、この一文、その本の影響でしょうか？


「夕日が川面に反射して光の漣を立て、岸づたいに密生する薄の穂を白く輝かせている。

夕日の俯瞰図を見に一冊の詩集を手に多摩川台公園に来る。ここには十人位が座れる椅子の有る東屋が有って、西の眺めを楽しみながらゆっくり語り合いの時間を過ごせるように拵えてあり、夕日の眺望を意識した配置だ。

川向こうの空の彼方の層を成した雲海に太陽が出たり隠れたり、その度に雲の縁が燃え上がったり沈んだり。

東屋の端では一組の熟年のカップルが静かに語り合っている。

陽が陰っている間、川面や草木が今まで吸収していた光を逆に発散して夕映えを支え、奥深い絵画を観ている味わい。

秋日和の美しい一日を物語るように最後の夕日が再び川面をきらめかせた後、暫く夕映えに見惚れ、さて、帰路に就こうとして後ろを振り向いて私は驚いた。何時の間に集まって来たのだろう、直ぐ後ろに四十代の一人の女性と五十代の男性五人が増えている。しかも誰一人言葉を発する事もなく、うすづく光景に見惚れていた満足の表情を表している。赤の他人同士が夕映えを個々の眼に宿し、黄昏の時間を味わっている。皆、逝く今日という時間を静かに見詰める詩人のような瞳だった。」


貴方、何て言っていいかしら。一幅の画のようです。

「静かに星の降る夜、山間の湯に浸っていると、『時』という得体の知れないものが皮膚を掠めて行くのを感じる事がある。それは無色透明で川のように常に流れているのだが、日常生活の喧噪の中ではそれを感じ取るアンテナが鈍っていて、それが旅にあって深夜ひとり湯に浸っている時、清澄な空気と湯が心の手足を伸ばし、アンテナにこびり付いた気垢を取り除いてくれるからか、電波を感受する原始の能力が研ぎ澄まされて、普段見えなかったものが見え、感じなかったものが皮膚越しに触れてくるのが分かる、そんな瞬間が有る。

そんな時、何時も私は疑問にぶち当たる。

《私の生とは、人間の生とはいったい何？》」

「　赤とんぼと少年

霜枯れた草の陰に蹲るように蜻蛉が体を休めていた。透明なガラス細工の羽を朝露に濡らして。

一夜の冷気に耐えるには首ひとつ振るエネルギーも無駄には出来ない。仮死したように身を硬直させて、身動きひとつしない。

死んでいるのか、眠っているのか。確かめようと手を伸ばす幼い少年の指に、蜻蛉よお前はいともたやすく置物細工のように捕まった。

〈死んでる〉少年は円らな声を発して僕を見る。

すると、〈私はまだ生きていますよ〉とばかり、蜻蛉は首を二、三回ひねって痛々しく欠落した羽を弱々しく震わせた。

辺りをよく見ると蹲っていたのは一匹だけではなかった。数多の同抱（はらから）が草の枝に成り切ったように寒さにじっと耐えていた。皆んな傷付き痛んだ羽で。

〈蜻蛉はね、お日様のあったかい光が射して来るのを待ってるんだ。光で身体をあったためてやっとまた空を飛べるようになる。でもね、ほらこんなに羽が傷付いてるから、君が捕まえようとして捕まえられなかった時のようにはもう元気には飛べない。もう直ぐ寒さに耐え切れなくなって、皆んな死んじゃうんだよ〉

〈もう直ぐって？〉

〈今日か、明日か〉

少年は捕まえた蜻蛉を見詰めていたが、蜻蛉のような澄み切ったその瞳をクリッと動かすと、蜻蛉をそっと草陰に戻した。」

「季節の狭間で落葉が道に迷っていた。
来るべきものに付くべきか、去り逝くものに付くべきか。朝な夕な風の通り過ぎる度に彼らはガサゴソ音を立て思案にくれて、アスファルトの道の上を行きつ戻りつ。
秋は言った、
〈あなたはもともと私の物だったのよ〉

冬が言った、
〈お前は秋に捨てられたのさ。だからこっちへおいで〉
落葉は益々思案にくれてしまった。」

「　招待客

人はこの世に招かれた客なのかもしれない
でも
招かれたからには手土産が必要だが
赤児の結ばれた可愛い拳（こぶし）を開いてみても
何も入ってはいない
手ぶらの招待客だ
この世は
光の溢れた華やかな舞踏会広場
太陽の娘である花々が
笑顔を振り撒いて招じ入れ
美しい音楽と楽しい楽曲が

束の間の命を生きる客人の
胸の奥の淋しさを癒す

人はこの世に招かれた一瞬のまろうど
手土産を持ち合わせないのなら
置土産を残すしかない
それが儀礼というもの

私は豪奢な物は何も残せないが
質素で素朴ではあるが
命を授かった喜びと感謝を込めて
私は私なりの
ささやかなりの
文字のひとつひとつ
言葉のひとつひとつを丁寧に刻み
置手紙として紡いで
この世を立ち去りたいと願うのだ」

貴方、童話作家になりたかったの？　なれたかも。

子供が大好きだった貴方。子供に向けられる視線はいつも優しくて、公園で遊び回る子達を『未来の宝物』と言っていましたね。

貴方に教えられながら二人で河川敷でキャッチボールをしていたら、近くに独りの少年が居て私達を時々ちらちら見ていた。その様子にはひとりぼっち感が出ていて淋しそうで、ほんとは友達が居たら一緒に遊びたいのだけれど、友達は一人も居ない。家庭も裕福ではなく、寧ろ生活は苦しくて学校ではいつも苛めに遭っている、そんな事を想起させる小学六年ぐらいの男の子。貴方、私とのキャッチボールを、『ちょっと中断』と言って、『キャッチボールしよう』と少年に声を掛けた。少年は初めもじもじと躊躇っていたが、『このお姉ちゃんじゃ物足りないからさ』と私を悪者にして私の使っていたグローブを少年に渡した。初め恥ずかしそうでぎこちなかった少年の動作も、貴方の『いいねえ。いい球を投げる。球筋がいい』と褒められるとぎこちなさも消えていって、キャッチボールを楽しんでいる表情になった。

楽しそうな貴方と少年を見ていて私も楽しくなった。楽しさを越して何だか嬉しかったわ。『物足りないなんて言って、ごめん』、少年と別れた後、貴方そう言って謝ってくれた。謝ってくれなくていいのに。

そんな子供好きだった貴方なのに、私達『子供はもう少し後にしよう』と言って子供を作らなかった。直ぐにでも子供を作れば良かったと、貴方が亡くなった後、私後悔のしっ放し。貴方の子供、どうしても欲しかったです。ごめんなさい、泣き言ですわね。

カーペンターズを聴いています。
静香より
二〇一八年二月二十日

貴方へ――

貴方、私が貴方のお嫁さんになりたいと思った決定打は何時か、お分かりになります？

貴方が生きている時にお教えしませんでしたので、今、この手紙で告白しますね。

会社のハイキングクラブの日帰りで金時山に登りましたよね。あの時頂上に向かうのに健脚組と自信の無い組と二班に分かれて、若い私達は勿論、健脚の班。

でも、私達の班が一時間以上頂上で待てどももう一つの班は到着しなくて、私達の中から一人、様子を見に行く事になり、皆んな疲れていた中、貴方が手を挙げて山を下りて行った。けれど、登りに二時間掛かった道をどんどん下りて行っても一行には会えなくて、遂には麓まで行って引き返して来た。しかも仲間内ではない一人のおばあちゃんを背負って。

会えなかった班は貴方が探しに下りて行ってから三十分後に頂上に姿を見せた。道が急峻できついので緩やかな回り道に変更して登って来たとの事。

貴方はまた頂上を目差して引き返しの道を登り始めたが、途中、登りがきつくて休憩している高齢の方達のグループを追い越そうとした。すると「あら、先ほど下って行った方ですよね」と老婦人から声が掛かり対話する形に。

一度麓まで下りて引き返して来た事情を話すと、「麓まで行って来たのですか。凄い健脚」と驚かれ、頂上まではまだ結構ありますかと問われて、「ええ、もうちょっと先です」と答えると、この先登るかどうか困った表情をされた。そして「山登りが好きで、皆んなに助けられてここまで登って来ましたけど、九十歳にはさすがに登りはきつい」と吐露されて、そこで断念しようとされたので貴方、では私が背負いましょうと申し出た。貴方、確かそうでしたよね。

貴方が引き返して来る道におばあちゃんの頭が見え、顔が見え、貴方の顔が見えてきて驚きましたわ。

貴方がおばあちゃんを下ろしている所まで私が行くと、おばあちゃん、「この方のお仲間ですね。おんぶしていただいてほんと、助かりました。お陰様で頂上まで来れましたわ。本当にありがとうございます」と私に話し掛けてこられた。

貴方が仲間内に向かって歩いて行った後、おばあちゃん、私にだけ聞こえるようにこんな事をおっしゃった。

「あの方、凄い方。二度も往復する健脚。しかも私(わたくし)をも背負ってくださって。あの方絶対長生きしますよ。それに何より親切。私は九十年も生きて人を見てきましたからそれが直ぐ分かるの。絶対長生き。今の若い人の見掛けのハンサムとは違うけど、心はハンサムね。お顔は現代風とは違うけど心は間違いなく二枚目よ。ああいう男がいい男と言うのよ。ハズレは無いわ。貴女、これから結婚相手を見つけるの？　そうなら、ああいう男を見つけて結婚なさい」って。

「俺はアタリハズレの対象かよ」何だか貴方の声が聞こえそう。

私、嬉しかった。嬉しくて飛び上がりそうでしたわ。貴方に傾きつつあった私のハート、おばあちゃんの言葉で満塁ホームラン。あの時に私、絶対貴方のお嫁さんになるって決めましたのよ。

でも、貴方その通りになりませんでしたね。長生き出来ませんでしたね。

貴方、ずるいわ、私にだけ齢をとらせて。仏壇の写真は何時もあの頃のあの時のまま。

貴方はハンサムではなかったから気付いてはいなかったと思いますけど、真面目さ誠実さが滲み出ていて、結構他の女性にももてていましたのよ。ライバルが私の周りに数人居ましたもの。

あの品の良いおばあちゃんの面差し、今でも忘れられませんわ。お元気に生きてらっしゃればいいいけど。

ところで貴方、最近ね、縛りの法律が解かれて夫婦別姓のカップルが現れてきましたのよ。主に女性の方の希望ですけど。夫の姓よりも自分の姓に愛着が強くて、どうして夫に合わせなければならないのという事の他に、種々理由は有るらしいけど、夫婦別姓、貴方はどう思います？

それぞれの考え方で構わない事ですけど、私自身は嫌だわ。私は貴方の姓になる事、嬉しかったですもの。「符節を合わせたように」という言葉が有りますけど、貴方と同じ姓になる事で貴方と一体になれた、そう思いましたもの。

ですから父母に、元の姓の篠田に戻ったらと言われましたけど、「私は一生大内で通します」と返答いたしました。その思いは貴方を超える人が現れて再婚でもしない限り変わらないと思います。ううん、変わりたくありませんわ。

貴方、「おお可愛い妻だ。勿論お前は俺の永遠の妻だ」そう言って褒めてくれたら飛び上がるほど、泣きたくなるほど嬉しいのですけど。

伊東ゆかりの「深夜放送」「あなたの隣りに」「あなたしか見えない」素適です。

二〇一八年二月二十四日

静香

貴方へ——

また貴方の日記から抄録しますね。

「NHK教育ETV特集『シンドラーとユダヤ人、発見されたトランク』を観た。

ナチスドイツが敗れてドイツが降伏した後、収容所送りにされていたが殺される寸前に降伏により命を助けられた者、シンドラーのリストにより助けられた者、それらのユダヤ人が自分の故郷の自分の家に戻った後、多くの人々が、既にそこに占拠して暮らしていたドイツ人に〈財産、家、土地を返却しなければならなくなる〉という怖れを抱かれて殺された事を初めて知った。

ナチスドイツが降伏してもドイツはナチスの感化を受けていたドイツ人が住んでいる国。ユダヤ人達の戻る故郷、戻る家などドイツにはもう存在しなかったのだ。だから彼らユダヤの人々はドイツを脱出して、イスラエルやアメリカ等、他国に食べて生きてゆく場所を求めなければならなかった歴史の事実。年を重ねれば重ねるほど当時の事がより大きな傷となって甦ってくる、シンドラーのリストにより助けられた人の感慨が痛ましい。

平和になった戦後のドイツでのシンドラーは、ドイツ人からユダヤ人を助けた裏切り者として冷たい処遇を受け、自分の経営する会社の労働者に〈収容所送りで殺されていればよかった人間がここに居る〉と鉄の棒で殴られた事実など、勿論この番組を見るまで知る由も無かった。イスラエルでは英雄、ドイツでは逆の立場。シンドラーの墓がイスラエルに有るのも初めて理解出来た。

当時ナチスドイツ軍に密告して多くのユダヤ人を殺したユダヤ人を、ドイツ降伏後、今度はそのユダヤ人をユダヤ人である自分達が殺した、番組の終わりにリストによって命を救われ、今は癌に侵された体をベッドに横たえてインタビューに答える老人の涙ながらの告白が心に痛い。

〈母、父、兄弟を殺された。もしかしてこの世に神は存在するかもしれないが、その神は

我々ユダヤの人々を助けてはくれなかった。（神さえしなかった事を）唯一シンドラーだけがしてくれた〉

リストに救われた一人の老人の言葉が、シンドラーへのはかり知れない感謝の気持ちを深く深く表わしている。」

心に痛いです。

日本にも『杉原千畝』さんという方が居らっしゃいましたね。日本の誇りです。

「　一本の樹

書物に親しむようになったのは中学二年の時。そこからは花の匂いが立ち昇り、樹々の緑がしたたり流れ、虹が輪を描き、風が季節の産声をあげた。

その頃、思慕する少女（ひと）がいて、純情で初で、その思いを伝えられなかった私は、胸の渇きを癒すように書物のページをめくった。白い肌が雪のようなひとだった。

爾来、私は書物の中から、ひとを愛することの美しさや世の中の不合理、生きるものの哀しみの音色を聞き、人の心の優しさ、生きる希望を教えられた。それは私にとって、ひとつの生命の輝きを知る道しるべであり、何かへと私を導く天の星だった。

今、ここにこうして生きて在（あ）ることの喜び、そんなものを伝えたい。砂漠に立つ一本の樹のように、生命の優しさへと向かう旅人の為の木陰をつくり出す、そんな存在になれればありがたい、不遜ながらそう思っている。

この世で最も大切なもの、それは『愛』、そう言ったら他人（ひと）は笑うだろうか。

初々しい日記ですわね。この少女、第二の母と貴方が言ってらっしゃった方ですか？

」

「八月半ば。
既にこの村は秋の匂いがする。
葡萄の実もふくらみきって、
あとはただ熟れるばかりの時間の傾斜。
疲弊した夏がひっそりと掌の中で眠りにつく。」

「秋は夜から始まる。

八月の熱帯夜が続いた果ての九月の或る日の深夜、風が立ち、街灯の傍の樹木で夜通し続いていた蟬しぐれがはたと途絶える。そんな夜が二、三日続いた後（あと）、ふと気付けば夜気は涼しみを帯び、肌は汗を搔く事を忘れている。

赤子が大人へと成長してゆくように、真夜中に産まれた水のように心地良い秋の小さな大気が、深夜から朝へ、朝から昼へと一ヶ月かけて夏の領域を侵食してゆき、そうして九月半ば過ぎの或る日、領域を奪い続けられた夏は昼下がりの一隅まで追い詰められて、遂には完全に秋にその居場所を明け渡す。

さよなら、夏。

こんにちは、秋。」


成程です。季節のバトンタッチはこうして進行するのですね。という事は、秋と冬の赤子は夜に産まれ、春と夏は昼に産まれるという事でしょうか？

貴方、そちらにも四季は有るのですか？　赤道付近のように常夏ではないですよね。常夏でしたら女性は皆ビキニ姿？　男の天国ですわね。


「晩夏の信州の高原を走るローカル線。三両編成の午後の電車。多くの学生が乗車して仲間内の話に夢中になっている中、一人の女学生が文庫本を開いている。授業の疲れが出たのか、本を閉じて眼をつむった時、『風立ちぬ・美しい村』、黄緑色の鮮やかなブックカバーが見えた。

あれは何時だったか？　ひとり旅だったか？

岩手の三陸鉄道の途上、やはり一人の女学生が文庫本を開いていて、その時も『堀辰雄』の作品集だったような……。〈彼女の前途が幸福で満たされておりますように〉そう願った記憶がある。

恙無ければ女学生は結婚して美しい夫人になり、周りの人達を幸せにしている素適な婦人になっていることだろう。

　女学生はほんの一、二分眼を閉じ続けた後、また本を開いた。静かで淑やかな気配を既に彼女は身に付けていて、車窓からの夕日影が白い制服の肩先を明るくしたり陰らしたり……。」


ルノアールの一枚の絵画のよう。お二人共の幸せを私も祈りますわ。


「だいぶ昔の事になる。新潟から東京へ帰る上越線の窓からの山間の黄昏の村の姿が忘れられない。

会社の社員旅行の帰りで、仲間の人達はマージャンやトランプ、おしゃべりに夢中になっていたが、日の光と緑の山襞が綾なす美しい窓外の景色に私は眼を奪われていた。

山間を縫う列車は三時過ぎともなると陽は山の陰に隠れたり出たり。四時前には陽の光は愁いを帯びて黄昏の色が濃くなった。

周囲の人は遊戯やおしゃべりに相も変わらずで、煙草の煙が疲れを含んで車内に充満していた。

こちら側はすでに陽が陰って、絶えず列車に並行する河を隔てた向こうの景色だけが陽に照らされ、その明るみは徐々に徐々に山々の上の方へと這い上がってゆく。

そんな窓外を流れ続ける山間の黄昏の大パノラマに魅入っていた時だった。山の斜面の小さな村の姿が視界に飛び込んできた。村は丁度夕日に美しく照らされて、安息のうすずきの中で一日の終わりをひっそりと待っているような、アンジェラスの鐘の音が静かに鳴り渡った後の余韻の中にじっとたたずんでいるような、そんな印象の光景に釘付けになった。

村が陽に照らし出されていたのは僅かの時間。その間、夕日の明るみは微かに震えながら山の頂へと移ってゆく。

何という名の村なのか、勝手に私は『夕日の村』と名付けているが、本当の名を私は未だに知らない。だが、記憶に焼き付いて消えない実在の私の夕日の村である。」

夕日の村、私も見てみたい、いえ、行ってそこに滞在してみたいと思いますけれど、貴方の日記だけでは何処なのか全く分かりませんわね。同じ光景に出合うには、季節、時間、天候、全てが一致しないといけません。ですから普段私達が旅先で出合う風景は一生に一度のもののような気がします。大切ですね。

「津村信夫の作品を読んでみると、この作家の胸の中には浪漫に通じる美しい言葉がいっぱい詰まっていたんだなあと確信させられる。自然に富んだ公園の夏の散歩道の静かな木漏れ日のような、あるいは微かな風にその香りを乗せる梔子（くちなし）のような……。彼の作品を読んで床に就くと、ぐっすり眠れそうな気がする。夢の中で美しい物語を結べそうな心地良い気持ちになるからありがたい。僕にとっては浪漫の睡眠薬とでも呼びたい、甘くて美しい効き目だ。」

貴方の大好きな津村信夫の作品『戸隠の絵本』、私も好きです。今度また読み返しますね。

「　蜘　蛛

張り巡らせた蜘蛛の糸は虫を捕まえるだけではない。夜には宇宙へと向けられたアンテナにもなる。縦横に組み合わされた一本一本の糸は、落下して来る星空からのメッセージを受け止め、風を孕んで撓むと地球の現状を宇宙に知らせるパラボラアンテナにもなる。

〈人間は地球上で一番の知性を持っていると自惚れながら、いつの時代になっても殺し合いを続け、金のために他者を騙し、平気で公害という毒物を撒き散らす。自身生きている地球は大切で貴重で掛け替えが無いと言いながら、環境を破壊する二酸化炭素を垂れ流し続ける。何が知性を具えた生き物だ。地球上で一番最低、一番下等な生き物だよ、人間は〉

ある日のパラボラはこんなメッセージを宇宙に向けて発信しているのかもしれない。

蜘蛛は夜ごと夜ごと、星々との交信を続ける。おそらく、彼らはこの地球上で一番の宇宙の知識を持った、人間よりも遥かに高等な生き物。」

蜘蛛は何も悪さをしない、貴方はそう言って蜘蛛は殺しませんでしたね。大半の女性は部屋の中に居るだけで鳥肌が立つほど蜘蛛は大嫌い。私もだめ。出現に貴方を呼ぶと、『蜘蛛は何もしないよ』と定番の言葉を発して、傷付けないように脹らませた両掌の中に捕まえるとその両手を振って逃げられないように眼を回させ、窓から外に放って逃がしていた。『貴方、石ケンで手をよく洗ってね』と私が言うと『ハイハイ』と慣れっこの生返事。貴方の御陰で私も大分恐がらなくなりましたけど、でもやっぱりまだダメ。でも御陰で無駄な殺生はしなくなりましたわ。周りの主婦達は直ぐ殺虫剤で駆除しますけど、私はしません。大きな紙の上に乗せて『もう来ちゃダメよ』と言葉を掛けて外に放しています。貴方、褒めてくださいね。ほんとによく考えたら蜘蛛は私たち人間には何の悪さもしてはいませんわね。食べ物を捕る為に糸は張りますけどそんなの人間にとっては何でもない。手で払えばいいだけの事。

そう言えばね、テレビで見たのですけど、蜘蛛の糸を束ねて鉄の鎖よりも強力な紐を作ろうとしている研究者がいらっしゃいますわよ。蜘蛛の糸を使えば材料は無尽蔵。理論的実験的には強力な糸が出来るそうですが、何せ一本の糸を作るのに何千本何万本も必要とかで、採算的には合いそうもありませんわ。バイオリンの弦を作って弾いてみせてくれてはいましたが、これも実用にはちょっと疑問符です。でもその研究者の方、自分の研究が楽しそうで素適でしたわ。

　そう言えばね貴方、お父様が大学の名誉教授で蠅の研究をされているお友達が居ますわ。一度そのお父様とお会いしたことが有りますが、素適な紳士でしたわ。何かを一途に研究されている方って眼が澄んでいますのね。経済的に研究者のご家族は大変でしょうけど、そのご家族に支えられて研究を続けさせてもらっている、そんな感謝の気持ちも表われている。研究は男のロマンとよく言われますけど、陰には必ずそれを支えている家族の存在が有るのですね。でも、ロマンを求めるのは男だけじゃなくてよ。女も一緒です。女性の研究者もたくさん居ます。互いに支え合う、それが大事なのでしょうね。

　そうそう、昔に読んだ串田孫一さんだったかしら、雲を書いた随筆を思い出しました。男のような大きな雲と女のような小さな雲、それが一緒になるとより大きな雲になる。あら、話が逸れちゃったかしら。逸れちゃっていたらごめんなさい。

　逸れついでに、もう一つ逸れますわ。研究者の方って殆どお金には恵まれない。恵まれないで終わる。でも何かが違うの。何かを持ってるの。心が澄んでいるっていうか、心の中に宝物を持っているっていう感じ。その宝物が研究に向かわせる。私、人間の大きさって絶対お金の有る無しじゃなく、人にどれだけ優しくなれるかのような気がする。人の役に立ちたい、立つ事をしたい、それって優しさじゃないかしら。生意気だったらごめんなさい。


静香（今から由紀さおりの「生きがい」聴きます）

二〇一八年二月二十八日

貴方へ――

またまた貴方の日記から抄録。

「　黄昏の光

眼覚めるとみかん色の夕日が、
壁に掛かる額縁の中の秋景色に残っていた
午睡に落ち入る前には、
畳のへりを這っていた光たちだ
黄昏た部屋の中で、
未だにそこだけ夢見る明るさに包まれているが、
よく見ると、
それは何処か物悲しく、
光たちがさめざめと泣いているふうでもある

消え入るために移ろう光……

詩人　菱山修三よ
画家　松本竣介よ
その光の中に貴方たちの、
底知れぬ魂の苦悩と嗚咽が、
引き裂かれる命の亀裂音が、
確かな実在として響き合っているのを、
今の僕は、
僕のこの眼は聞くのだ

微かに揺らめき、
横顔を見せて立ち去り掛ける貴方たちに、
僕の魂が叫びをあげていた
行かないでくれ！
もう少しここに居てくれ！」

ごめんなさい。菱山修三も松本竣介も貴方の日記で初めて知りました。貴方の書棚のお二人の作品、初めて読み、初めて見ました。菱山さんの詩は短文のようで、これ詩？　と正直思いました。貴方の日記にも初めは詩のような気がしなかった、でも何度も読み返すうちに味わいが出てきて何とも不思議とありますので、私も時々繙いてみます。
そういえば貴方に『日本の短い詩の中で一番好きなのは？』と聞いた事がありますね。貴方暫く考えた後、八木重吉の『素朴な琴』と答えた。
《この明るさの中へひとつの素朴な琴を置けば
秋の美しさに耐えかねて琴は静かに鳴りいだすだろう》
それ、詩ですの？　私、そう疑問の声を掛けてしまいましたね。詩が解らなくてごめんなさい。
『この詩を理解出来る人はどんどん居なくなる。何故って？　この詩はね、昔の家、昔の農家とか茅葺の家に住んだ事がないと多分理解出来ないからだよ。そういう昔の家はだだっ広くて障子の引き戸が窓の代わり。家の中は昼なお暗しで殆ど真っ暗。その家の奥から開けた引き戸越しに外を見ようとするとそこは絵の額縁のように見える。でもね、だから解るんだな秋の光の輝きと美しさが。うす暗い美術館に一点の絵が有って、その絵をライトが照らしてそこだけ美しく浮かび上がらせている、それと似ている。開けている引き戸の向こうに庭が見えて、そこに秋の陽が明るく照っている。照っているというより額縁の中で光が溢れている、氾濫しているっていう感じかな。何気ない光景だけど、それに気付いて見詰めているそ秋の光の美しさが本当に解る。本当に美しいんだ秋の光は。澄み切っていてより明るい。その額縁の手前に素朴な琴を置くと、誰も居ないのに秋の光の美しさに耐えかねて琴が静かに鳴り出す、そういう詩だね。僕は本当に美しい詩だと思う』、貴方、そう話してくれた。

松本さんの絵ですが、NHKの『日曜美術館』の解説などを見てその絵の深さに頷きました。でもその良さは理解出来たのですが、私は女だからでしょうか、作品が好きかというと貴方の足元にも及びません。女はルノアール、シャガールのような明るい色彩の絵が好きかも。男は深さを求め、女は表面を求める、そんな違いが有るのかもしれませんね。

「夕日が静かに部屋の中に射し込む黄昏時の時間が、私は好きだ。

読書に没頭していた視線を、ふと、部屋の様子に向けると、窓から進入した夕日影が部屋の中に氾濫していたりする。

今、光の束は私の部屋で、主人に似ず唯一威厳と風格を備えた黒みがかった箪笥に当たって深味のある赤色を帯びさせ、その表面を微かに移動してゆく。

光の破片が部屋全体を落ち着きのある仄かな明るさに包み、その粒子が壁に掛かっている水色の色彩の乙女の肖像画を浮かび上がらせ、春先には梅の清雅な香りが流れ込んで来て、静かな時間をより一層引き立てる。

うすずく夕陽を眺めながらゆっくり味わうコーヒーブレイクもまた格別だ。立ち昇る濃密な豆の香りと味わい、それに思い出を添えるようにそっと流れる音楽。『ディア・ハンター』『禁じられた遊び』『アルハンブラ宮殿の思い出』『カーペンターズ』、ギターの奏でる哀しい調べ、熱中したオールディーズの数々が時間を遡らせ、同時にまたその頃の恋の苦味を甦らせたりもする。

たそがれの時間

シュトルム

隣の部屋に　ぼくときみとは腰かけていた
夕日がブラインドからもれてきた
せっせと動いていた両手は　ひと休みをした
きみの額は赤い夕日に照らされていた

ふたりとも語らなかった　このすばらしい時間に
ふさわしい言葉が　なにひとつ思いあたらないのだ
ただ隣で老人たちが　おしゃべりをつづけているばかり――
きみは夢みるような瞳でぼくを見つめた

詩人・小説家シュトルムの甘く美しい世界に、初めて夢中になったのは何年前の事だったか。

黄昏時のひとときは何時も私を静かな世界に導き、美しい思い出を胸に甦らせる珠玉の時間でもある。」

貴方の大好きなシュトルムの作品、小説も詩も私も大好きです。貴方の本棚、シュトルムの文庫本、同じ物が何冊も並べてありますね。石丸静雄訳の『みずうみ』にいたっては五冊も。忘れているでしょうから貴方の為に、貴方の好きマークが付いている中で特に私も好きな詩をここに列記しますね。

十月の歌

霧が立ちのぼり　木の葉が落ちる
つぎたまえよ　おいしいぶどう酒を！
ぼくらみんなで　この灰いろの日を
金いろに　まぶしい金いろに光らせようではないか！

異教徒だ　キリスト教徒だと
世間では　ばかにさわいでいるけれど
この世界は　すてきなこの世界は
すこしもそこなわれはしないのだ！

ときには心で泣くことがあっても――
グラスを打ちあわせて鳴り響かそう！
こころの正しい人ならば
断じてほろびるようなことはない

霧が立ちのぼり　木の葉が落ちる
つぎたまえよ　おいしいぶどう酒を！
ぼくらみんなで　この灰いろの日を
金いろに　まぶしい金いろに光らせようではないか！

たしかに秋だね　だが　まあ待ちたまえ
ほんのしばらく　待ちたまえよ！
春がやってくる　空はわらい
世界はすみれの花盛りだ

青い空に明けて青い空に暮れる
元気な友よ　その日々が

すぎ去ってしまわぬうちに
たのしもう　心ゆくまで楽しもうではないか！

遠ざかって

あたりはひっそりとしている　荒野には
まひるの日の光が照りつけ
野なかの古びた墓石のまわりには
赤いバラ色のほのかな光がちらついている
野草が咲き乱れ　野の香りが
青い夏の空へ立ちのぼっている
こがね色の小さいよろいをつけた
オサムシが　せかせかと茂みのなかを歩き
蜜蜂たちは　枝また枝と
エーデルハイデの小鈴にとまり
小鳥たちは雑草のなかから鳴いて飛びたち――

空は　ひばりの声にみちている

くずれかかった屋根の低い家が
ぽつんと一軒　日ざしをうけている
農夫が戸口にもたれて　のんきそうに
目を細めながら蜜蜂たちをながめ
農夫の息子は　戸口のまえの石に腰かけて
葦の葉で笛をつくっている

遠くの村の鐘が一つ鳴ったが
まひるのしずけさは　びくりともしない
老いた農夫のまつ毛はとじる
老人は　蜂蜜のとりいれを夢みているのだ
——時代の激動のひびきも
この静寂のなかへは　まだ押しよせてはこなかった

エリーザベト

母のねがいは
ほかの男のひとに私がとつぎ
かたく心に誓ったひとを
きっぱり忘れてしまうことだった
私の胸はせつなかった

私は母に訴えた
あんまりひどい仕打ちですと
これで私の面目もつぶれ
いまは罪となってしまいました
もうどうにもならない私！

私の誇りも喜びもどこへやら
この身につづくのは悩みばかり
ああ　こんな思いをするよりは
乞食の姿でさまよい歩きましょう

赤茶けた荒野のはてまで！

竪琴ひきの少女の歌

あたしが美しいのは
きょうの　この日だけよ
明日は　ああ明日は
なにもかも消えてしまうのよ！

あなたがあたしのものであるのは
いまの　この時間だけよ
死ぬときは　ああ死ぬときは
あたしひとりなのよ！

人間は大きくはなれない

人間は大きくはなれない
けれども　人間のなかで
思想の世界が
しだいに大きく伸びてゆく
日々にきびしい要求が
生きている人たちをうながす
心得のある人には　すべて
それがわかるのだ
十字架にたいする幸福な信仰から
にわかに別の信仰がうまれ
夢中で大きくなる
その厳命は　こうであろう――
けだかく　美しく生きよ
未来の存在をあてにすることなく
報いにこだわることなく
ただひたすら人生のうるわしさのために

貴方、ごめんなさい。切りがありませんからこの辺でシュトルムは終わりにします。でも思い出していただけました？　どの作品も貴方が五重丸を付けていた作品ですよ。

「風の匂いが変わった。
星の輪郭がさやかになった。
窓の下の隣家の庭から種々な虫の声に混じって
『チンチンチン』。仏壇の鉦を叩くような音。
《ははあ、あれを鐘叩きと言うのだな》
秋の音楽会は夜更けまで続く。」

「人は、自分が持っていながら日々喪失してゆく美しい時間に気づかない。失くして取り戻す術のない地点にまで来て初めてその事に気付く。

例えば、人と何気なく食事の約束をし、何気なく世間話をして別れる、只それだけの或る日の一日。

だが、光に包まれている時間とでも言おうか、その人と約束をし、会って会話を交す、その事だけで美しいのだ。

この世に生まれ、同じ時代を生き、宇宙の一点で出会っている。時間という縦軸と、宇宙の中のたった一つの小さな星、星の中のアジア、アジアの中の日本、日本の中の或る街という横軸が交差した永遠の中のたった一瞬の一点で二人は出会い、食事をし、会話を交しているのだ。それがたわいのない会話であっても、すべては奇跡が産み出す瞬間なのだ。

話の種は何でもいい、人との共の時間をつくる。何時の日かそれは、何と素適で、朝露のきらめきに満ちた瞬間だった事かと気づかせてくれる。その人の生まれて生きた人生の宝石のような大切な一瞬の時間だった事に気づき、御陰で人生もなかなかいいものだったと沁沁(しみじみ)思わせてくれるに違いない。

人よ、恋人同士よ、大いに共の時間をつくり、大いに語り、大いに愛し合いなさい。時間は過ぎ去るばかりでもう二度と戻ってはこない、取り戻せない儚い宝物なのだから。

そっと受けとめる掌の雪の風花のように。」

「さて夕食は何にしようかと露地の肉屋魚屋八百屋に寄り、今日のお勧めはと言葉を交し合う。それは、今この時、この地上に、この場所に生きて、同じ時間と空間を共有している者との寄り添うような包み込むような人の情を感じさせてくれる瞬間。

日々はそれだけで素適なんだと気づく。コロッケの温かみにも似た確かな人と人との時間の接点がそこには有るのだ。

何気ない日常に素適な時間が隠されている、その事に気づいた時、心の中に有る他者への感謝の思いが伸び伸びと両手を拡げ、他人に優しくなれる自分に気づいて嬉しくなる。未来でも過去でもなく、今、眼の前に在る時間、その現実が在る事こそが幸せの一瞬一瞬なのかもしれない。」

貴方、気付かせてくれてありがとうございます。確かにそうですわね。日々の何気ない時間、何気ない事、何気ない友との会話、全ては宝物なのですね。まずは親を大切にし、一緒の時間を作ります。

手紙を書いていると、貴方の笑顔、貴方の真剣な表情、怒った顔、小さな癖まで甦ってくる。なんだか悲しいけど幸せ。貴方と今、実際に会っている気がするもの。

今、アンドレ・ギャニオンの音楽を聴いています。「愛は優しさの中に存在する」ふとそんな言葉が胸に生まれました。美しくて静かな音色。優しさに溢れています。特に「めぐり逢い」が好きです。優しかった貴方の面影が甦ってきます。

二〇一八年三月三日

静香より

貴方へ――

貴方が亡くなって一年後、東北大震災が起きました。三月十一日午後二時四十六分、マグニチュード九・〇、最大震度七の大地震です。死者、行方不明者、震災関連死を合わせると二万人以上が亡くなりました。福島では原子力発電所が水素爆発して住民が避難を余儀無くされて、今も戻れないままの地域が有ります。津波、放射能、家屋倒壊で七年経った今も避難所生活、仮設住宅住まいの方々が多くおられる状況が続いています。

貴方、大震災の日の夜は空が晴れて星が殊のほか美しかったそうですよ。大停電で明かりが全く失われたからでしょうね。今まで一度も見た事が無い星空だったそうです。地上では大勢の命が奪われている凄惨な惨劇状況だというのにです。電気が発明される以前の状況に戻ったのでしょうね。死の瀬戸際に直面した多くの方が一瞬現実の惨劇を忘れてしまう程(ほど)の凄い星空で、張り詰め続けて切れそうな精神がふっと緩み、その事が生への望みと勇気を胸に派生させた。こんな状況で星空どころではないという方も当然おられたのでしょうが、多くの方々が緊張から解かれて、その美しさに生きようと思った。亡くなられる人の魂が天に昇って星になる、被災されてかろうじて生を繋いだ方々がそう思ったそうです。この事は少年少女の夢物語ではありません。被災された大人の方々が真実そう思われたそうです。だから、美しい星空に出合うと亡くなられた大切な人の姿が甦り、大切な人を想いたくなったら星空を見上げる。あの日から七年も経ちましたが、この歳月ずっとそうして生きてきた。悲しいけどそうして生きる力を亡くなられた方々からいただいてきたそうです。そしてその事はこれからもずっと自分の命の尽きる日まで続く。

貴方、悲しみが生きる源、力を呼び起こさせる事って有るんですね。最近私も少しずつその事が解(わか)ってきました。貴方を想うと哀しいのですが、だからこそ生きなければ、そういう気持ちが解り掛けてきました。人は亡くなられた大切な人の分、一生懸命生きなければ、でないと亡くなられた方々に申し訳ない。その思いが胸に芽生えてきました。自分の命を最後まで完うしなければ愛する者と再び巡り会う事は出来無い、懸命に生き完うすれば何時か必ずこの星空の何処かでまた巡り会える、そんな気がします。私、最後まで自分の命を完うします。そうしたら星空の何処かできっと貴方に再会出来る、それが今の私の支えになっています。

追伸

松田聖子の「あなたに逢いたくて」聴いています。涙が止まりません。

二〇一八年三月六日

静香

貴方へ――

貴方、そちらで風邪等引いていませんか。もっともそちらの世界には病気など無いのかもしれませんが。

そうそう、風邪で思い出しました。私が風邪で寝込んだ時、「移ったら大変、近付かないで」と言うと、貴方「俺に移せ。移したら早く治ると言うだろ」と言ってくれた。人に移したら本当に早く治るかどうかは知りませんが、私、嬉しかった。嬉しくて幸せでしたわ。

ところで私、岩手県釜石市の鵜住居に行ってきました。春先の北国はやはり未だ寒く、寒いというより冷たいと言った方が適切かもしれません。

東北大震災の津波で大被害を受けた旅館の女将さんが、大災害にも負けず莫大な借金を抱えながらも再建し、地元の復興の励みになればと一年後のラグビーワールドカップ日本開催に向けて笑顔でお客様に大漁旗を振る姿がテレビに映り、なんて素適で凄い人が居るのだろうと思ったのがきっかけです。

鵜住居地区でも多くの方々が津波で亡くなられましたが、今、そこに、その上にラグビー場を造り、世界の人々を招き、沈み切り、未来への希望を失った地元の人々を元気づけようと頑張る人々の、大災害に負けたくない心意気が番組を通して胸に響いてきて、私に、行ってみようと思い立たせました。心の復興に向けて頑張る地元の姿をこの眼で確かめたい、そう思ったのです。

でも不思議。何故そう思ったのか。

よくよく考えてみましたら、貴方にぶつかったのです。貴方が突然この世から居なくなってしまったあの時に。貴方を失って私の心は真っ暗、いえ、真っ白。生きる希望も、何もかもが無くなってただただ虚しい呼吸をしているだけの日々。

人が亡くなられ、希望を失った、そして立ち直ろうとしている、その事が釜石と私を通じ合わせている気がしたからかもしれません。

宿の女将さんとお話をしていて震災の日の種々な事を教えていただきました。津波襲来時の状況、日々忘れられず甦ってくる助けられなかった人々の絶叫、夜の寒さと異様な星空の美しさ。

女将さんはご自分のかかえられた負債の事は一切話されませんでしたが、私、心の中で正直大変だなあと思っていました。災害復興補助金を利用して旅館は復活させたようですが、あくまでもその大枚は借金。ラグビー場の工事の方々の宿泊でその期間は潤うかもしれませんが、それも完成するまで。風光明媚な長汀曲浦な観光資源を根こそぎ津波に因(よ)って破壊されて宿泊客は極端に少なくなった状態で、一年後にはその二億円の返済が始まる。

震災を忘れてほしくないと女将さん、バスで立ち寄る観光客に、忙しい中、時間を割いてボランティアで震災の怖ろしさを説明していますが、その観光客の方々は説明が終わるとそのままバスで立ち去り、宿泊する事も無いのでお金にならない上に、日々、宿泊客は少なくまばらで、旅館の経営としてボランティアは成り立たないので止めてほしいと従業員の方々から言われて苦慮されている。

女将さんのボランティアは間違いなく素適な行ないですが、経営が成り立たないと話にならない訳ですから、従業員さん達の意見も正しい。なんとも辛い状況のようです。女将さん、従業員の方々の健康と一日も早い借財の完済を祈るばかりですわ。

静香

二〇一八年三月十一日

貴方へ――

ところで先日の手紙で二万人が亡くなった東北大震災の事を書きましたが、今、南海トラフ大地震、富士山の噴火が何時起きても不思議ではない、寧ろ発生の確率が高いと過去の地層、歴史から言われています。南海トラフに至っては五分前後で大津波が海岸線沿いを襲い逃げる間も無く数十万人が亡くなると予想されています。悲しい事ですけど東北大震災より遥かに多くの方々が命を落とすと言われています。東北の場合は大津波は地震発生から四十分後に襲って来ましたが、南海の場合は発生から三～五分後と言われていますから、海岸沿いの漁村、街は全く逃げる間も有りません。海沿いに居る人は裏山に逃げ込む時間さえ無いのです。津波のスピードは旅客機と同じくらい速いとされています。沖に津波が見えたら数秒後には海岸線に届きます。逃げる間などありません。恐ろしい事です。

富士山の噴火は火山灰が関東一円に大影響を及ぼし、漏電による大火災が発生し、噴火が収まり復旧させるまでの長期間、電気は使えず、車道は車火災で身動きとれない状態が予想されています。長期に亙(わた)り電気が使えなくなったらどれほどの人々が影響を受ける事でしょう。

非常に残念な言い方ですが、東北大震災も南海トラフも富士の噴火も、日本有史以来何十回何百回と起きてきた事なのですよね。東北では高層鉄筋ビルに逃げた人々がある程度助かりましたが、昔はそんな建築物は無かった訳ですから津波に襲われたらほぼ百%の方が命をい宿命ですよね。

落とした。地震大国日本、過去も現在も、これからもずっと日本人が背負わなければならない宿命ですよね。

　貴方、物凄く恐ろしい事をおっしゃっていたわね。日本を滅ぼすのは簡単だ。日本列島の北、真ん中、南の三ヶ所の原子力発電所を爆破させれば日本列島に人は住めなくなる。テロリストが原子力発電所に入り込むのは簡単だし、何処かの国から三発のミサイルが飛んで来て施設に命中させればそれで日本は終わり。日本列島に住めなくなる、それは日本国の消滅を意味する。原子力というのはそれほど危険で国を滅ぼし兼ねない人間の手に負えないもの。そんなものをお金の計算で利用推進していいのか。寧ろ、国を滅ぼし兼ねない物を絶対存在させてはならないのではないか。事が起きたら後の祭り。火力や水力発電所なら万が一の事が有ってもその場所だけの問題で何でもないが、しかし原子力は放射能を拡散させ続け、土壌を汚染し、とんでもない被害を長年に亙って齎す。日本、否、人類を滅亡させるのはたった数キロの隕石か原子力発電所の存在ではないかとさえ思っている、貴方、そうおっしゃった。確かにたった一ヶ所の福島第一原発からの放射能は静岡の茶畑にも飛来したのですものね。原子力を推進する人は人類の滅亡よりもお金の事だけ考えているのかしら。人類を滅ぼすのは自然災害ではなく人間が創り出したもの、つまり人間自身かもしれない、そうおっしゃった貴方の言葉の意味、今なら、福島を考えれば解ります。人類は生きのびられるのでしょうか？

静香
二〇一八年三月十七日

貴方へ――

またまた抄録。

「命の炎がふっと消える。只それだけの事なのだ。それだけの事だから恐ろしいのだ。死とは、何気なくやって来て何気なく命を攫ってゆく、その何でもなさが恐ろしいのだ。命の重みが全く無のように思えるから恐ろしいのだ。」

「芸術家は永遠のものを残そうとして人生を賭けるが、人類は遠からず滅びる。諸行無常。無い未来のために残そうとして何になる、そう自分は思い続けてきた。だが、そうではなかったのだ。芸術の創造は未来人の為に有るのではなく、今、同時代を生きている者、仲間達への命の讃歌としての表現だという事に。今という一瞬に生を受け永遠の闇に消え失せていかねばならない同時代人達へのレクイエム、溢れ出て止まない人類愛の結晶なのだと。

そうか、そうだったのか。今、天が裂けて光が体内を駆け巡っている心境だ。」

「独り、片丘に立って夜空を仰ぎ見ていると、何事か囁き、呟き交す星々の声が聞こえてくる。

それは、人間には計り知る事の出来無い悠久の宇宙の神秘の謎のようでもあり、たわいない日常の只のおしゃべりのようでもある。

僕は耳を大きくし、心を澄ましてその言葉のひとつひとつの意味を捉えようと試みるが、未熟過ぎる僕にはやはり無理のようだ。

人間はいったい、人間自身のアンテナを磨く努力をどれほど続ければ、彼ら星々の言葉を理解出来るようになるのだろうか。」


貴方、話の腰を折ってすいません。星が呟いているようにキラキラ光っているように見えるのは地球に大気が有ってそれが動いている、流れているからですよ。地球の大気を抜け出して宇宙を見ると、星々は電球のように瞬きもせず灯ったまま。小さい時から星を見てきた私達には信じられない気もしますけど、星の瞬きは大気の揺らめきなのですね。

「　宇宙を彷徨う永遠の孤児・パイオニア
見事な尾をひいて今世紀最大と言われるヘールボップ彗星が、天文学にあまり興味の無い人々をも感動に包み込んで夜の空を飾った。軌道から計算すると4200年目の出合いになるという。ハレー彗星が七十数年周期だから、それは我々人間にとって途轍も無いものだ。

七十年後、この私は間違いなく、あなた方の殆どもこの世にはおそらく存在しては居ないだろう。目まぐるしい時代の流れの中で、私達が今こうして生きて存在している事さえ未来の人には忘れ去られているに違いない。それなのに4200年なのである。4200年、そう呟いて、ウッと唸り、言葉を失ってしまう。

再び来るとして、次に来るのは西暦六一九七年。果たしてその時、人類は存在しているのだろうか。自らの原子力に依って地球は生物の存在しない月のように変わり果てているかもしれない。否、地球自体無くなっている事だって有り得る。地球以上の巨大彗星がやって来て地球に衝突しないとも限らないのだ。

ところで、数十年前にアメリカNASAから打ち上げられた惑星探査機パイオニア10号が、地球から99億キロ以上離れた私達の太陽系の遥か彼方を飛行し続けている。無事に飛行できれば次に恒星に近付くのは三万年後だと言う。これもまた何と気の遠くなる数字であることか。あまりに壮大過ぎて、三万年後の地球の事、人類の事など思考の範疇を遥かに通り越していて、全く想像も出来ない。宇宙を相手にした時の人類の、一人の人間の命の時間の微弱さに声を発する事も出来なくなってしまう。

今、或る感慨が私の胸に湧き上がり、感動を溢れさせている。それは、ハレー彗星よりも、ヘールボップ彗星よりも、パイオニア10号へのいとおしさで胸がいっぱいだという事だ。パイオニアには宇宙人へのメッセージが積み込まれているという。それは星を異にする民への我々人類の親愛と存在を証す大切な手紙だ。

次にヘールボップが訪れる時、人類は滅んでいるかもしれない。しかし滅んだ後にも、人類から手紙を託された一機の探査機が人類の存在と意志を伝えるべくただひとり宇宙を孤独に旅し続けてくれるのだ。

再び母なる地球に戻る事の無い、父なる人類と再会する事の無い地球人類の申し子パイオニア10号。おお、この狂おしいほど愛おしいもの、自分の命よりも大切に思えるものよ。その愛おしさ大切さは、人の出会い、人の命の愛おしさにも何処か似ている。ハレーもヘールボップも何時かはまた巡って来るが、人の命は尽きれば二度と再び生き返っては来ない。二度とその人とめぐり逢う事は無いのだ。

パイオニアから送られて来る電波がもうじき跡絶えるという。大切な手紙を託された探査機は永遠の宇宙の孤児となりながらも、人類の意志を担って二度と還らぬ旅を続けて行くのだ。」


貴方、パイオニアではないですけど、貴方の魂、今頃どの辺を旅しているのでしょうね。この宇宙誕生百四十億年、地球誕生四十六億年。貴方と出会えた事に感謝感謝です。

今からカラベリの「マイ・ウェイ」を聴こうと思います。スキャットが心に沁みて、人生を懸命に生きてきた者への慈しみと慰めとに溢れている、そんな気がする曲です。

二〇一八年三月二十三日

静香

貴方へ――

貴方若いのにこんな事も考えたのですか。私は一度も人類の存在意義など頭に浮かべた事さえありません。女だからでしょうか。いえ、この思索は男女の違いには関係ありませんわね。

「人類の存在意義

人類の存在意義、それは何なのだろうと哲学者、天文学者、物理学者、果ては数学者から教育学者まで答えを追い求めてきた。
この世に人類が生まれ、知恵を持ち、科学を発展させ、繁栄を築き上げている人類とは。
人は何処から来て何処へ、何の為に生まれてきたのか。それは太古からの大命題になっているが、果してその問いに対する答えは見つかるのだろうか、否、答え自身有るのだろうか。何れ(いず)にしても人類の永遠のテーマである事に間違いはないのだろうが。

そんな大きくて深遠な疑問に私は一つの私なりの答えを持っている。

それは一つの絵、壮大な動画ではないかという事。宇宙を創造した神が存在するとする。神はビッグバンを起こしこの宇宙を造り、数多の銀河を造り出し、恒星を産み、その周りを回る星を造った。地球もその無量の中の一つの星。小天体の衝突の繰り返しの果てに形を成した小さな小さな星の地球。しかしその地球は岩石と海だけの殺伐した風景で、最初は面白く眺めていた創造主にもつまらなく見えてきた。では、という事で今度は植物を生えさせて緑の風景画にした。それにも物足りなさを覚えて今度は動く生き物を添えた。それはもう植物だけの時より画期的に変化に富んだ動画になり、しかも動物は予想だにしない動きと活動で創造主を楽しませた。でも遂にはそれだけではやはり物足りなくなり、知恵を具えた生き物を置いてみたらどんな事をし、何を為出来すだろうかと今度は人間を誕生させた。知恵と欲を持った人間は勝手に自然を我が物とし、切り開き、都市を作り、国を作り、戦争を起こし、遂には地球の外にまで手を伸ばすようにまでなった。創造主神にとって人類は先の予測不能な動画を描いてみせる、退屈を紛らわすには絶好の存在。人類が生き延びるのか滅びるのか、その事さえ神にとっては興味津津。でも手は一切出さない。成り行きまかせ。

人類の存在意義はただそれだけの気がする。これなら全ての疑問にスパッと当て嵌まる。人類は何か大きな使命を持って生まれてきたに違いない、そう人間は勝手に考えがちだが、そう考えているうちは答えは永遠に導き出せないのではないか。何故なら、答えは先に述べたように単純な事だと思うから。人間は物事を難しく難解に、深い意味の有るもののように考えたがる。

人類に限らず生物は必ず滅びる。その因子の一番は隕石の衝突。二番目は原子力等、知的生命体の科学の進歩が齎す負の遺産による自滅。三番目は太陽系の引力の変動による星自体の消滅。四番目は銀河系同士の衝突による消滅。数十億年後、私達の銀河はアンドロメダ銀河とぶつかる。知的生命体は宇宙のあちらこちらの場所で発生しているが、どれかの理由で皆滅亡してしまう。生命体同士の交信もその距離があまりに遠過ぎて交信前に滅びてしまう、近年それが科学者の間での定説になりつつあると聞いた。私もその通りだと思う。宇宙は広過ぎる。私達の存在するこの棒状渦巻銀河の中の私達の太陽系の隣の太陽（恒星）アルファケンタウリまででさえ光の速度で四年も掛かるのだ。そんな百%滅びる生命体に何か大切な恒久の存在意義が有るとは思えない。有る筈が無いのではないか。有るなら滅びさせはしない。

人類は一枚の絵画、一つの動画の添え物に過ぎないような気がする。それは人類だけではなく、この宇宙そのもの全てが創造主が楽しむ一つの動画に過ぎないのではないか。であるならば、大袈裟な事を考える必要はない。人間の存在意義など考えるよりも一瞬の命であるひとりひとりの生を楽しむ、この事が最も大切な事のような気がする。」

貴方のこの人類の存在意義、壮大かつ深遠すぎて私には解りませんわ。

ゴーギャンでしたかしら、一枚の絵のタイトルに「ノア・ノア（われらいずこより来り、いずこへ行くか）」と名付けたのは。

二〇一八年三月二十五日

静香

貴方へ——

貴方の抄録ばかりでごめんなさい。

「恋をしていると、何もかもが美しく感じる。月の光や星影さえ水晶のように輝いて見える。愛するひとが胸に宿っていると、花の美しさに驚き、花びらに残る露の雫にも眼を止める。生命の優しさ、愛しさ、生きて在る事の、生きて君と在る事を何ものかに感謝したい気持ちで胸はいっぱいになる。

私を誕生させ育ててくれた父よ母よ、そして君をこの世に送り、花のように優しいひと、美しいひとに育てあげてくれた君のお父さんお母さんに感謝。」

「今、二人が出会っているのは永遠の中の一瞬。でも僕達にとってはその一瞬が永遠とも言える。二人にはこの一瞬一瞬が全てだから。

地球の寿命は約百億年。それに比べ人間ひとりの命は百年にも満たない。だからこそ素適なんだなあ、ひとりの人間の命は。何故って？　考えてごらん、地球も誕生から死へと向かう一つの生き物。地球の命を百億年とすると、君の生まれた一日は地球の約二十五万年に相当するのだよ。二十五万年分の一日に凝縮されたもの、或いは二十五万年の価値が有るとでも言おうか。君の一日はそれだけ貴重で大切な時間なんだね。だから日々憎しみ合ってなんかいられない、愛し合う素適な時間にしなければ勿体ない。君の誕生は美しい星ひとつの誕生にも勝る、そう僕は信じている。見上げれば銀河の流れ、無限に広がる星座の海。その渦の中からひと筋の流れ星がこの地球に落ちて来た。そうして君は生まれた。」

「　芸術とは

僕には一つの癖が有る。それは美しいひとを見ると心が哀しくなってしまう事だ。《こんなに美しいひとも齢(よわい)を重ね、あっという間に年老いて、この世から跡形も無く消え去ってしまわねばならぬ運命……》
生きるとは、運命の非情に耐える事。
芸術とは、哀しみに裏打ちされた命の儚さの表現。」

「昔『愛すれど哀しく』というタイトルの映画が有った。

愛する事が何で哀しいのだろうと不思議だったが、今の僕にはその事がよく解かる。

愛することの哀しみがよく解かる。

詩を書いているとね、種々と哀しい事を考える。

何時かきっと愛する者との別れの日が来る、そんな事を考えるとね、今が、今一緒に生きている事が愛おしいと思う。深く深く無量に愛おしいと思う。

人が生きるって何だろう、その生きる最後に愛する者との哀しい別れが用意されている。

それって何だろうと思念の深みの底に落とされる。

詩を書いているとね、何だか明るい気になれない。愛おしさが増せば増すほど哀しみがより深さを増す。人って不思議だね。不思議な生き物だね。」


「女性は恋をすると輝き出す。ほんとに花のように美しく輝き出すのだ。」


「こんなに素適な女性が俺の恋人になってくれた。

俺は幸せだ。

日々、幸せを噛み締めている毎日だ。

静香、ありがとう。」

貴方、私こそ幸せ。貴方との日々、本当に至上の幸せでした。ごめんなさい。涙が溢れてきました。

「君の少女時代、それを僕は知るべくもない。少女の君に僕は出会っている筈も無いし、声を聞くことも無かった。なのに君とはずっと昔から知り合っていたような気がする。今、二人は愛し合っている。不思議な事だ。幼児から少女へ、少女から大人へ。君の経て来た全ての歳月、僕はそれをも両手にそっと包み込むように大切にしたい。そしてこれからも。」

「　あなたに

愛しいひとよ
あなたの生命(いのち)もまた
終わりゆくこの秋の日のように
時間という渦の中に消えてゆかねばならぬ定めにある

宇宙がまばたきひとつすると
すでにそこに
地球というこの星にもう僕達の姿も形も無く
あなたが優しさで包み込んだ全てのもの
あなたが愛した全ての人々
それらの影と共に
何も存在しなかったかのように消え失せているのだ

気の遠くなるような何千億何万億年という宇宙時間軸の一点で
今　こうして君と出会っている不思議
その奇跡を大切にしたい
光を宿した朝露を掌でそっと慈しむように君を大切にしたい
それが僕の永遠の祈りなのだ

「　ラブレター　」

貴女の水色の封書は頭上の空から落ちて来た天からの手紙。天上で秋の陽と空の紺碧を吸い込み、その重みによって僕の所に落下して来た愛の便り。
それは僕の胸の奥の聖なる湖に落ち、喜びと優しさの波紋を拡げる。
「命、それは愛おしくて愛おしくて、抱きしめても抱きしめても抱きしめきれないもの。僕の胸を満たしているのは、君を幸せにしたいという祈りです。」

「　突　然　」

深夜
ふと見つめた君の寝顔
それは何処か遠くの
宇宙の果てから遙々旅して辿り着いた
淋しい光に包まれているような
青白い不思議さだった

《僕はこの美しいひととあとどれくらい一緒に居られるのだろう》

突然
僕の胸に底知れぬ愛おしい哀しみが襲って来た」

「夜中に眼が覚めた。

月光の差す部屋の中、隣の恋人の寝顔が、微かに揺れて移動する蒼白い光に覆われている。

それは、何時も笑顔を絶やさない、起きている時には決して見せた事の無い、彼女とは思えない言い知れぬ淋し気な顔だった。

《生きて存在る事の哀しみ……人は何時でも独りぼっち、生まれる時も、死ぬ時も》

泣き顔のようなその表情はそう語っていた。

突然、胸の奥底から涙のように温かい感情が溢れ出て来た。

『この女性を幸せにしたい。どれだけ出来るか分からないが、少しでも淋しさを取り除けてあげたい。その為になら僕は何でも出来る』」

「人生は短い。僕はあとどれくらい生きられるのだろうか。しかし、その短さは僕だけの事ではない。君も、生き物全ての天命なのだと知れば残る人生もいよいよ愛しく切なく大切に思われる。充実させたい、残る人生を兎に角充実させたい。生きている喜び、その極みを体感出来る日々の時間を送りたい。

確信するに、その道は一つ。君と共に生きる事。

お金も名誉も名声も何ひとつ身に付けていない僕だけれど、裸の体には熱い血潮がどくどくと脈打っている。鼓動は停まらず打ち続けてくれている。この心臓がそう遠くない日に停止する前に僕に天国以上の楽園を与えてくれ。人を愛する事の生きがいを教えてくれ。それを出来るのは君のみ。君ひとりの決意なのだ。」


「僕はつまらない人間です。でも、向上の努力は続けてゆきます。何故なら、こんな僕の許にも天から星が落ちて来てくれたから。

天よりの星、それが静香、君です。僕の命は全て君に捧げます。」

「美しきひとよ
貴方の視線は秋の澄んだ光のように

僕の胸に染み通って愛の日溜まりをつくる。」

「旅には美しいロマンがいっぱい落ちている。

僕の人生という旅の中で、静香、君は最も美しい僕のロマンかもしれない。」

「愛するということ、それは一つの聖なる願い。幸せになってほしいという一人のちっぽけな人間の魂が放つ天空への切ない祈りなのです。」

私、貴方に出会えて本当に良かった。貴方と一緒になれて本当に良かった。

ゴンチチの〈放課後の音楽室〉を聴いています。涙が溢れて止まりません。

二〇一八年三月二十七日

静香

貴方へ――

「　天使の分け前

書棚の裏に隠しておいたワインが目減りしていた。

貯蔵庫の樽の中の目減りは〈天使の分け前〉と言うそうな。

妻の顔がほんのり朱に染まっている。

『ははあ～、やっぱり天使が飲んだのだなあ』と、僕は妻の瞳を覗き込んだ。」


この詩のモデル、私？


「旅の帰り、駅の待ち時間などでよく迷う事がある。それは美味しいコーヒーを出しそうな喫茶店が有ると寄ろうかと思う事だ。

しかし、余程電車までの時間が有るのでなければ、僕はその迷いを断ち切り電車を待つ。

ゆったり寛げる自分の家に一刻も早く戻って、妻の淹れてくれるコーヒーをゆっくり味わう方がどれほど美味しいかと思うからだ。

それは何とも言えず格別だ。只コーヒーが美味しいというだけではない。妻の味が有る。

そこに妻の優しい微笑が有る。これ以上の至福の時は、そうは無い。」


あらあら、嬉しいわ。生きてらっしゃればもっともっと心を込めて美味しいコーヒーを出してあげられましたのに。

「この齢になって僕は初めて知ったよ、天使の眠りがある事をね。妻の寝顔を見ていてそう思った。

この世は光輝に満ちている。なるべく永く、永く留まりたいものだ。留まってお前を守り続けてあげたい。

妻よ、お前は何時も花の笑顔で僕の人生を支えてくれている。ありがとう。」

「妻の寝顔を見ていると、可憐な花を両手で労りたい愛おしさが胸に溢れてくる。美しい寝顔だと思った。

眠りを妨げないよう妻の唇に僕はそっと人差し指で触れてみた。自分が側に居る事で安らかな夢の眠りの呼吸をあげている事に僕はこの上ない喜びを感じた。

この命を守る為なら僕は自分の命を投げ出してもいい、そんな強い思いが沸々と胸いっぱいに湧き出して止め処が無い。」


私の短文です。

あなたにもう一度会いたい
樹の下を通る人々が、
木漏れ日を受けて、

美しく輝く季節になりました。
いかがお過ごしですか。
貴方と会えなくなってもう八年です。
八年分の齢（よわい）を重ねてしまいました。
毎日が淋しくて淋しくてしかたがありません。
貴方にもう一度会いたいです。

ごめんなさい。今日はもう何も書けません。貴方の優しさばかりが甦ってきます。
『涙そうそう』聴いています。
静香
二〇一八年三月三十一日

貴方へ——
人って幸せでも悲しい夢を見るものなのですね。

「昨夜、君の夢を見た。野辺に居て花を摘んでいる。花はクローバーの白い花なのに、僕に気付いて立ち上がった時に君が胸に持っていたのはコスモスに変わっていた。
君は僕を見詰めたままじっと立って僕の言葉を待っているようであったが、僕は声を掛けなかった。待っていると察しながら、声を掛けなかった。

君は幾度か唇を動かしたが、唇は音を結べず、涙が君の瞳に溢れた。僕はそれでも声を発しなかった。

諦めたのか、君は小さな背中を見せて淋しそうに野辺を去って行く。

君の唇が伝えたかった言葉、それはきっと、

『あ・い・し・て・る』

それを知りながら、君と一緒に生きられない事を悟っていたからか、僕はやはり君の後を追おうとはしなかった。」


なんて悲しい夢。

貴方の夢のせいでしょうか。私も夢を見ました。やっぱり悲しい夢です。

紅葉の盛りの別荘地の径を語り合う事も無く、貴方と私は歩いていました。二人に言葉は要らなかった。愛が二人の胸に溢れていたんですもの。色付く自然と日光が誘い出した二人だけの午後の散歩。

貴方は私の手を離すと、少し先の十字路の径の真ん中に笑顔で小走りに走り寄り、どの径を選ぶか迷う仕草と表情で私を振り返った。思案の笑顔が無邪気に見えました。

『貴方におまかせ』、私は笑顔を返そうとしてふいに立ち止まった。立ち止まらされたのです。

落葉が驟雨のように光の中の貴方に斜交いに突然降り注いだかと思うと、貴方の笑顔が急に翳って悲しい表情に変わった。命の奥底からのような深い悲哀の眼差しで貴方は私をじっと見詰め返したのです。

瞬間、私は貴方に向かって走り出していた。『行かないで!!』、泣きながら私はそう叫んでいたのです。

驟雨が止むとそこに貴方の姿は無く、秋の光がただ静かに貴方の居た場所を照らしているだけ。私は駆け寄って貴方の居た場所に立って三方向に伸びている径に貴方の姿を探しましたが、一瞬前まで居た貴方の姿はどの径にも、何処にもその痕跡すら無くて、落葉の驟雨が貴方を攫ったとしか思えなかった。

貴方の名を叫ぼうとして私は喉を振り絞りましたが、言葉は音にならない。貴方の名をもう一度叫ぼうとして喉を絞った瞬間、私の眼が覚めたのです。

どうしてこんな悲しい夢を見たのでしょうと、私は私を訝りました。眦(まなじり)に涙がいっぱい溜まっていました。

暫くじっとしたまま夢の事を考えていたら、すっかり忘れていた前に見た同じような夢の事を思い出しました。やはり林の径。林の中の十字路で貴方は左の径に行った筈なのに、その径の何処にも姿が無くて、私は貴方を見失って、ひとり残された私は幼い少女のようにおんおん泣き続けた。

人って同じような夢を何度も見るものなんですね。不思議。

ところで貴方、昨日ある女性の方から私宛に突然のお便りが有りました。貴方と係わりの深い若い女性の方です。分かります？　分からないでしょうね。私も手紙を開けるまで分かりませんでした。お名前は寺田由紀（てらだゆき）さんという二十歳になられる方。ヒント、貴方が八年前に係わった方です。これでお分かりになりました？　そう、貴方が貴方の命と引きかえに濁流の川から助け出した少女です。二十歳になったのを機にお便りをしたためたのだそうです。お手紙、コピーして同封しますね。

「前略
初めてお便りいたします。差し出し人であります私の名前をご覧になって、見覚えも聞き覚えもない事に怪訝の思いを抱かれる事と察しますが、私は八年前に貴女様のご主人様に命をお救いいただいた者です。

あれから八年も経ち、私も二十歳になります。成人を迎えるに当たり、これは偏（ひとえ）に貴女様のご主人様の御陰と感謝いたしますと共に、救われた命のご報告とお願い事がございましてペンを執らせていただきました。

まずご報告ですが、御陰様で大病する事も無く八年間母と共に日々を送り成人を迎えられるまでになりました。ほんとに、ほんとにご主人様に感謝の気持ちでいっぱいです。

感謝しても感謝しても感謝し尽くされません。

でも、本当は感謝よりもお詫びをしなければならないのだと思います。お詫びをしてもお詫び尽くされません。何故なら、私の為に命を落されたのですから。お許し願えるかどうか私には分かりませんが、お詫びだけはきちんとしないといけないのだと思います。

私の命が助かり、本当に申し訳ございません。と同時に、その時の状況や様子など疑問の点に正確にお答えする責務が私には有ると思うのです。

正直、助かったのが本当に私で良かったのでしょうかと今でも思い悩みます。八年間ずっとそうです。だって貴女様のご主人様はまだ三十一歳の若さですし、あの日、私がご主人様の前を流されていかなかったならば、流されても私を救おうと濁流の中に飛び込まれなかったら、ご主人様は命を落とされる事はなかったのですから。

私の中では助かった感謝よりも申し訳ない気持ちの方がいっぱいです。ほんとにほんとに申し訳ございません。

お願いの方ですが、是非直接お墓参りをさせていただき、ご主人様にお詫び申し上げたいのです。直接お詫びする事がいいのか悪いのか、貴女様の心を再び掻き乱す事になりはしないか危惧いたしますが、もし叶うようでしたら実現させていただきたく、お願い申し上げます。恥ずかしながら、私はひとつの区切りとして私の安寧ばかりを求めているのかもしれません。

貴女様のご住所は母が大切に取って置いた新聞記事のお名前をもとに調べさせていただきました。申し訳ございません。尚、お墓参りが実現出来るのでしたら母も是非お線香をあげさせていただきたいと申しております。母はずっと貴女様のご主人様の名を記した札を仏壇にあげさせていただいています。

敬具

二〇一八年四月三日

寺田由紀」

大内静香様

静香

二〇一八年四月五日

貴方へ――

寺田由紀さんのお手紙、読んでいただけました？

貴方、直接お線香をあげていただいてもいいですか？

正直に言いますと、私の中では「はい、どうぞ」と簡単にお答え出来無いものが、何だか心の中にくすぶっているような気もいたしますが、貴方を神棚にあげていただいていた事、それから「自分の安寧ばかりを求めているのかも」と言う由紀さんの正直な吐露が私、気に入りました。何だかいい娘さんのような気がします。

由紀さんと由紀さんのお母さん、それに私、三人分の線香をいっぺんに上げて貴方を煙たくしてあげますね。覚悟はいいですか。煙いのが厭ならこの世に出て来て文句を言ってください。聞きませんけど。

由紀さんが会って話すだけでは抜け落ちが多く有るだろうとの事で、八年前の状況を予め手紙で書いてきてくれました。コピーして送ります。

「前略

直接のお墓参りの件、お許しをいただきありがとうございます。母も感謝いたしております。

さて、お会いしての直接のお話は種々と抜け落ちるものです。後になってあれも話せば良かったこれも話せば良かったと後悔しないよう、あの日の状況を予めこの手紙にてご報告させていただきます。

あの日私はご主人様の居らした川の上流のキャンプ場に居ました。朝から晴れていて楽しく時間を仲間達と過ごしていて、夏空によく有るように遠くの空に俄かな黒い雲が沸き上がったのですが、私達の所にはその雲は来ず、雨一滴落ちてきませんでした。全くの快晴です。その雲が沸いたのは川の上流の地域だけでした。でも、川遊びをしていて直ぐに音の異変に気付き始めたのです。ゴオーッという音が大きくなってきました。そして遠くの方だと思っていた音が急に近くなったと思ったら川の流れが一気に強くなり、同時に高くて激しい水嵩になりました。私はあっという間に流されていました。抗う術など全くありません。激流です。何度も濁った茶色の水を呑まされるだけです。流されながらそのうち誰かが私の顎下に手を入れてきました。そして口が水面から上に出るように支えてくれていました。川が右側に蛇行している所に来るとやや流れが弛んでいて川柳だと思うのですが密生しているのが見えました。男の人は踠（もが）くのを止めたように思いました。踠くどころか却って流れに乗るようにしたように感じました。その勢いを利用してだと思います、私達は流れの端に寄ることが出来、川柳にしがみつきました。そして更に男の人は私をより太い柳の木へと懸命に押し上げてくれました。精一杯の力を振り絞って。二人でその木にしがみついていたのですが、太いと言いましてもそもそも柳は細い木、しかも私達二人分の重み。やがて岸から根ごと抜けて私達はまた流されそうになりました。男の人は私を別の柳に掴まらせました。男の人も最初は同じその木に掴まっていたのですが、二人では無理な事を一瞬にして悟ったのだと思います。『絶対に手離すなよ』と叫ぶように言うと、じっと私を見ました。そして私に頬笑んだように見えました。後になって思うに、男の人は確かに私に頬笑んだのです。そしてその方はその後一緒に掴まっていた木から手を放されました。その先にはもう柳の木も掴まれそうな物は何も無いのにです。

追記
あの時ご主人様は頬笑んで、何を私に伝えようとされたのか。あんな状況で、どうして最後に頰笑まれたのか、ずっとずっと分かりませんでした。考えても考えても、思い出しても思い出しても。

でもそれが何なのか、夢に出てくる度、悪夢のあの一瞬を思い出す度、それが年月と共に少しずつ見えてきたのです。そして最近やっとその疑問がはっきりとほどけたのです。

あの笑みは、

『生きろ、絶対俺の分まで生きろよ』と言われたのだと。

きっとそうに違いありません。絶対絶対そうです。これは私の確信です。」

私、読んでいて涙が止まりませんでした。顔はもうぐしゃぐしゃです。

一人の男性が飛び込み少女を懸命に柳の木に摑まらせ、暫く二人で摑まっていたが、男の人だけが手を放して流されて行った、目撃者の方の話と一致します。

貴方、高校生の時に河で溺れて、走馬灯のように過去の事が頭の中をめぐった経験が有るとおっしゃっていたわね。死に直面するとよくそんな事が起こると言われますけど、貴方、一度ならず二度体験されたのですか？　その中に私は居て？

静香

二〇一八年四月十日

貴方へ――

貴方、由紀さんとお母様が来てくれました。

桜が満開です。

お墓に手を合わせている間、私「この若いひとが貴方が助けた女の子です。美しく育ちましたね」そう貴方に話し掛けました。聞こえてました。素適な女性になって良かったですわね。

お墓参りの後、家に寄って仏壇にも手を合わせていただきました。由紀さん帰られる時、私の手を握って泣かれました。「ごめんなさい、ごめんなさい」って。ほんとに純真で素適な娘さん。

でも私、素直に喜べません。だってこの娘さんが川に流されなかったら貴方は生きてらっしゃるんですもの。そして子供をいっぱい作って幸せになっているんですもの。由紀さんには申し訳ないけど、私、お会いした事、素直に喜べませんでした。貴方が少女を助けて死んだ、当初から私は恨みつらみでいっぱいでしたのよ、少女にも、貴方にも。何故私が居るのに私を残して貴方は死んだのって。貴方スポーツ神経バツグンなのに野球をやっていたから水泳は禁じられて犬掻きしか出来なかった。いくら水泳が達者でも濁流には敵いませんけど、犬掻きしか出来ない貴方が何で濁流の川に飛び込んだのですか。私、恨みます。やっぱり貴方に生きていてほしかった。恨み百倍です。だって貴方、結婚を申し込む時、私を幸せにするって言いましたよね。約束しましたよね。でも私を最終的に幸せに出来なかった。

貴方、ごめんなさい。興奮しちゃった。女の恨みで興奮しちゃった。ほんとにごめんなさい。気を静めます。冷静に、冷静になります。貴方に嫌われないように。

きっと貴方ならこう言うわね。

「俺はあの時少女を助けに飛び込んだ事を後悔はしていない。近くに他に人は居なくて、少女を助けられるのは俺一人しか居なかったのだから。もしその事を後悔するとすれば少女も自分も、二人共助からなかった場合だ。助けられないのに無謀に飛び込んだ、それなら後悔する。でも少女は助かった。助ける事が出来た。だからもう俺の事でメソメソしないでほしい。俺は一人の男として、大人として当たり前の事をしたまでなのだから。

もし少女ではなくお前が流されて来たとしたら、俺は濁流を恐れて黙って見ているだろうか。そんな事は有り得ない。自分は間違いなく死ぬと分かっていても俺は濁流の中に飛び込む。だから決して少女を恨まないでほしい。少女には何の罪も無い。罪が有るとすれば、お前を幸せにすると約束していながら飛び込むあの一瞬、その事に思いさえ至らなかった俺の方だ。恨むなら俺を恨め。決して少女を恨むな」

貴方、私もう決して少女を恨みません。恨む事は間違っている事ですし、貴方を悲しませる事にもなってしまいますものね。それに私、貴方に嫌われたくありませんもの。恨みが心に有れば醜い女になってしまいますものね。そしたら本当に貴方に嫌われてしまう。私、それは絶対厭。貴方にだけは絶対嫌われたくない。

もう今日から、いいえ、今のこの一瞬から恨みの気持ちを私、私の心から排除いたしますわ。

信じてくださいね。

でもほんとにいい娘さん。いいお母様。母子家庭で育ったとは思えない、ううん、いいえ、母子家庭だからいい娘に育った、うん、きっとそうですわ。お母様も由紀さんも苦労した。苦労して育った、だから素適な娘さんに育った、育てあげられたんですわ。お二人とも私大好き。毎年お線香を上げに来させてくださいって、貴方、いいですわね。ダメと言ってもダメ。私、お二人とも好きになったのですもの。

貴方はなんて素直な、素適な子をこの世に残してくれたのでしょう。私、今、貴方を誉めたいくらいです。誉めて誉めて抱き締めたいくらいです。貴方を抱き締められない分、今度あの子に会ったら貴方の代わりに私があの子をぎゅっと抱き締めたいくらいです。

貴方は私の命。その貴方が命を賭けて助けた、残した、それってもしかして貴方の命の分身って事。という事は貴方の子供。貴方の子供って事は私の子供でもあるっていう事？　どうしましょう、私、今まで心の何処かであの子をずっと恨んでいたのに。私の子供だなんて。

嬉しい。私に子供が出来ちゃった。貴方の子供が出来ちゃった。貴方、そちらで背中に羽の生えたひとと愛し合ってはいけませんよ。私がそちらに行ったら百人でも千人でも今度は私が貴方の子を産んであげますから。いいですね。女を裏切ったら恐いですよ。

まあ、貴方も男ですから、私がそちらに行くまでは許してあげます。でも私が行ったら貴方は私だけのもの。私は貴方だけのもの。よろしいですわね。私って欲張り。貴方の愛に欲張り。でも許してね。だって私、貴方が好きで好きで大好きなんですもの。

貴方の夢を見て寝ます。
（貴方だけには絶対嫌われたくない女・妻より）
静香
二〇一八年四月十二日

貴方へ――

先日のお手紙で私、貴方の夢を見て眠りますと書きましたけど、哀しいかな、貴方はやはり夢に現われてくれませんでした。何時でもいいですから現われてくださいね。出演してくださいね。きっとですよ。出演料はお払い出来ませんけど。

貴方、人類は必ず滅びる、そう仰有っていたわね。たった十キロの隕石が恐竜を滅ぼしたように。必ずそう遠くない日、またその悲劇はやって来る。千年先か百年先か、或いは数十年先か。

私、宇宙の事、隕石の事調べましたのよ。隕石のスピードって物凄いのね。たった十キロの隕石の衝突は広島長崎原爆の数万個分、海に落ちると千メートル級の津波が発生して世界中の殆どの都市をあっという間に呑み込む。私達の銀河とアンドロメダ銀河はマッハ四百七十の超スピードで近づきつつあり、二十五億年後には大衝突。地球は大衝突前の銀河間引力によって太陽に吸い込まれて一瞬にして消滅。何て事でしょう、地球が存在し得ないなんて、銀河同士の衝突に巻き込まれて銀河の形が変わってしまうなんて。調べていて怖ろしくなりましたわ。銀河の衝突は仕方が無いとして、隕石の落下に対しては人類が結束すれば何とかなるんじゃないかしら。地球防衛軍を発足させて巨大レーザーか何かで迎撃して地球への進路を変えさせる。国同士が啀み合ってなんかいられませんわ。何だかSFのようですけど、でも現実の事。毎日毎日微小な隕石は地球に降り注いでいるのですもの。微小だから大気で燃え尽きていますけど、そのうち大きいのが来る。現実に二十数年前直径二キロの天体が地球すれすれを通過して行った。二キロでも地球に落ちたら大変。人類、地球上の生物の危機だったのですわ。

でも、ごめんなさい。私の中でそうなったら仕方が無い、人類の救命は科学者、物理学者、政治家にお任せするしかない、そう思っている好い加減な自分が居ますわ。人類には前途遼遠、生き残ってほしい。存在し続けてほしいと切に思いますけど、もし滅びるのが宿命なら滅びるしかない、恥ずかしいですけど私の真実です。だって、人間の命も毎日毎日たくさん死という名で必ず滅びているのですもの。

私、大きな事言いますね。人類には勿論滅びてほしくないですけど、宿命なら仕方が無いと思うのですけど、どうせ滅亡するなら存在しなくてもよかった、存在の意味が無いと言う人が居るのでしたら、私、真っ向からその考えには反対しますわ。だって、存在したから私、貴方に出会え、貴方の事を知り、貴方の妻になれたのですもの。そして六年間も貴方と暮らせた。人類が滅んでもそれは無かったのではなく、実際に存在したんですものね。もし魂というものが有るのでしたら（いえ、私、有ると信じていますわ）実在した記憶、愛した記憶、愛し合った記憶は永遠にその魂に宿ってこの宇宙の何処かに存在しているのじゃないかしら。私の貴方への思いは永遠ですわ。

あら、私、何を書いているのかしら。

貴方の影響って凄いわね。貴方と出会う前より私、ずっとずっと本好きになりましたのよ。前の手紙に書きましたようにその延長でボランティアも。随筆、紀行文、小説、最近は四季の風景、星空、月光の世界の写真集も。以前には殆ど読まなかった詩集も購入します。これは貴方の日記の所々に記された貴方の詩作品、そして貴方が衝撃を受けた「秋の夜」という同人詩誌仲間の作品に間違いなく私も影響されているからです。ごめんなさい、勿論私、貴方の詩好きですけど、貴方が自分の作品より好きだと書いている「秋の夜」が私も一番好きです。貴方、そちらの世界に居て天使に囲まれてデレェ〜として好きな詩の事など忘れているると困るので、ここに記しますね。

秋の夜

松丸俊明

秋の夜は地球も恋をしたがる　しおれた草の匂いのする風が　ひとつの季節に別れを告

げるので地球の胸のあたりも急にさみしくなるのだ　星の夜　丘に登れば　それがよくわかる　夜空に向って美しい声で歌いかけるこの星の切ない気持がよくわかる　しかしそれは地球ばかりではない　どの星もどの星もみな麗しい音色で呼び交しているのだ　だから秋の夜の星々はあんなにも近く明るいのだ　時々　夜空を掃くようにして星が恋星のもとへ急いだりすると　人々は星が流れたと言って願い事をしたりするが　あれは歌声の通じ合った星々の逢い引きの姿であるからだ

　秋の夜は地球も恋をしたがる　何もかもが夢のようなある夜　願いのかなった地球も熱い炎となって　まっさかさまに恋に落ちるだろう　それを遠く見て誰か　美しい願い事をまたひとつ呟いたりすることだろう

なんて素適な詩でしょう。荘厳で美しくて規模が大きくて。私も星になって貴方の星に真っしぐらになりたいです。

「何という壮大な愛の詩であろう。探していたもの、書きたかった全てのものがここに表現されている。他の人に書かれてしまった衝撃は大き過ぎる。詩は諦めてもいいとさえ思っている」

貴方のショックは尋常じゃなかったようですわね。暫く詩が書けなかったようですから。

静香

二〇一八年四月十五日

貴方へ――

「生きていることが哀しい。

こんなにも美しいひとが老いて死んで逝く、それが私には耐えられないのです。時の無情に憤りさえ覚えるのです。花が咲いて散る、それを幾らでも、何度でも繰り返せる時よ、お前には何でもない事に違いないが、でも私には、唯一、ただひとつの花なのです。時永く咲いてくれと祈らずにはいられない、この命に代えてでも守りたい花なのです。

私は妻をどのくらい幸せに出来るのだろうか。

人は死ぬ時は独り。あとどのくらい私はこの美しいひとと一緒に居られるのだろうか。」

生きていることが哀しい、日記を読んで驚きました。結婚して一年後に星空を観に行った長野のあの高原で、あの満天の星の下で貴方はそんな事を考えていたのですね。私はただ貴方と一緒に居られる事に、貴方と凄い星空を観られている事に、只ただ嬉しくて嬉しくて、嬉しくて泣きたいほどでしたのに、貴方の心が哀しみに溢れていたなんて。

「星々の輝き、それは宇宙の霊妙のようでもあり、たわいない言葉の遣り取り、戯れのようでもあるが、侵す事の出来ぬ冷厳な何か。見上げていると、得体の知れぬ何か恐ろしいものがふと胸の中をよぎった。と同時に、心の隅に消化されずに残っていた詩人・串田孫一の詩の一節が鉄槌の衝撃で甦った。

《星を仰いで、君は恐ろしくはないか》私は愕然とした。無窮に近い命を輝く星々。その永遠を目の当たりにする事の何という恐ろしさ。星の前では我々の命の時間は無に等しい。しかも全く無関心に、今我々がこの地球で生きているという記憶さえとどめる事無く輝き続ける事実。それは我々瞬時の命しか無い生き物にとって、見てはならぬもの、感じてはならぬもの。星は恐ろしい化物であった。

影

私たちは地球から宇宙を観ていた。
宇宙もまた地球の二人を観ていた。
宇宙が瞬きひとつしてみると、
もうそこに私たちの影さえ無かった。」

これは貴方の詩ですよね。命の儚さが身に染みます。淋し過ぎます。涙が溢れてきて止まりません。

ごめんなさい。今日はこれでペンを置きます。

二〇一八年四月十七日

静香

貴方へ――

貴方が「生きていることが哀しい」と日記に書いていた、あの高原の満天の星の下での貴方との会話を思い出しました。

二人手を繋ぎ高原に仰向けになって、日本で最も美しい星空に魅入っていると、貴方はそっと私の手を離し、両手でご自分の耳を包み込むように塞いだ。

「凄い音がする」

「音？」

「うん、音」

貴方を真似て私も耳を塞いでみた。

「あら、ほんと。何の音かしら？　濁流のようね」

「うん、濁流だね。空気の流れとは違う何か。何だか僕には凄い勢いで流れる時の音に聞こえる」

「時の音？　もしそうならあっという間に人生が終わるような凄い速さですわね」

「ああ、凄い速さの時の音。そうじゃなかったら、私たちが住んでいる、生きているこの銀河の渦の音かな」

「渦の音？」

「俺たち一人一人の命の流れの音かもしれない」

「命ですか？」

「ああ、命。限りある命の」

闇の中でまた繋ぎ合っていた手、貴方の手、強く私の手を握り締めてきた。その後（あと）、貴方はひと言も喋らず、星空に視線を向け続けていらした。

あの時だったのですよね、生きていることが哀しい、そう思われていたのは。きっとそうに違いありませんわ。「ほんとに綺麗な星空」そう話し掛けても貴方何も答えませんでしたもの。答えない所か、何か雰囲気が違いましたわ。

帰り際、明るみに戻った後、貴方は暫く私と顔を合わせなかった。やっと合わせたと思ったら、貴方の目が潤んでいた。「感動でウルウルしちゃったよ」そう貴方相好をくずされましたけど、その笑顔にどこか無理が有りましたもの。

私、貴方の事、もっともっと知りたい。骨の髄のひと粒まで。

貴方、我が儘でのほほんとした性格の私ですけど、貴方にまたお会いした時に恥ずかしくないよう、貴方の妻として貴方に自慢してもらえるよう、この世で一生懸命生きますわね。生きて人の為に役立つ事をいっぱいいっぱいして貴方の胸に飛び込みますわ。この世で生きるのも、生きる事を完うした後にそちらに行けるのも、何だかわくわくしますわ。まだまだ貴方とはお会い出来ない事になりますが、その分、これからもずっとずっとお手紙書きますわね。ではまた。

何時か私の命も
愛する貴方の記憶と共に
永遠に消えてゆく
銀河の渦の中に

今から、さだまさしの「奇跡（大きな愛のように）」聴きます。

二〇一八年四月二十日

静香

貴方へ――

貴方が亡くなったと知らせを受けて、それがどうしようもない本当の事と確認出来ても、私はやっぱり貴方の死が、貴方がこの世にもう存在しないという事が実感出来なくて、日々私は夢遊病者のように生きていた。生きていたというよりただ息だけして存在していた。

そしてあっという間に八年。

私ね、もし貴方の日記を貴方の亡くなった頃に読んでいたら、貴方がどんなに深く私を愛おしく思ってくれていたかを知って、私、間違いなく貴方の後を追っていてよ。だってもう、私の夫は永遠に貴方しか考えられない筈ですもの。貴方無しでは生きられなかった筈ですもの。

人が生きるって、生きているって不思議ですね。ちょっとした事が嚙み合うか嚙み合わないかで生と死を分ける。

私ね、今はあの頃に読まなくて良かったって思ってるの。あの時、貴方の後を追わなくて良かったって思ってるの。だって貴方の私への深い愛情は変わらないのですし、私の貴方への愛も全く変わらないのですもの。時間の経過と共に愛が変わるのでしたら、それが嫌で私、貴方を追い掛けたと思うの。でも変わらない。幾ら時間が経っても貴方を愛おしく思う心は変わらない。

それにね、私ね、今こんな事を思ってるの。貴方の身体(からだ)は確かにこの世から消えてしまった。でも私の心の中に生きている以上、貴方を想うこと、日々思い出すこと、即ちそれは貴方が現実に私と一緒に生きている事と同じじゃないかしらって。

だから私が生きている間は貴方も生きている。貴方が私の心の中に棲んでいる以上、私は永く永く、より永く生きなければならない、私の命を永らえなければならない。だって自分が死んだら貴方の存在も消えて無くなる、貴方の存在も本当にこの世から死ぬのですもの。

生きている事と貴方への感謝を込めて。
(貴方が嫌と言っても、私、毎日貴方のこと思い出してよ。)
小田和正の「言葉にできない」、今から聴きます。

二〇一八年四月二十三日
静香

貴方へ――

貴方、怒らないでくださいね。どうして七年も経って貴方の机を整理しようと思ったか。実は私、今、或る方から結婚を申し込まれています。気配りの出来る優しい方で、何時も私の事を優先に考えてくれています。周りの人達の言を借りますと、男として太鼓判を押せる尊敬に値する人だそうです。確かに優しくて紳士な方です。

貴方が亡くなって、風になって昨年で七年です。七回目の夏を迎えました。でもその年月はあっという間。あっという間ですけれど七年。父母が優しく話してくれます。そろそろ自分のこれから、生きている自分のこれからを考えなくちゃいけないんじゃないかと。今までそっと包み込むようにしてくれていた両親の事を思うと、この七年を機に私もそろそろ貴方の事は忘れなければと思うようになりました。だってそうしなければ両親が可哀相なんですもの。いえ、両親だけじゃありませんわ。もしかして私も。

私、新しい出発をしなければと思うようになりました。その方との結婚の為にはどうしても貴方との事を清算し、ケジメとして貴方とお別れしなければと思ったのです。でないと相手の方に申し訳ありませんもの。

私、貴方とのお別れの心算で、貴方を心の奥に封印する心算で最後の作業として貴方の日記を開く事にしたのです。それが貴方を封印する私なりの最良の儀式、方法だと思ったのです。

私、貴方の日記を開きました。でも読み始めて直ぐに私の考えが浅はかだった事に気付きました。気付いたというより愚かだった事を思い知らされました。私、貴方の事、殆ど何も知らなかった事に気付かされたのです。貴方の妻でありながら、貴方の本当の考え、貴方の思想、貴方の胸の内、私、十分の一も解ってはいなかったのです。貴方の優しさに包まれて只ぬくぬくとしていただけなのです。貴方との結婚生活、何か暖かい光に包まれていたような気がします。いえ、包まれていました。貴方の優しさの中で私、のほほんと貴方に見守られて暮らしていた。幸せな毛布に包まれて幼児がうたた寝をしていた、そんな感じでしょうか。貴方を失って初めて、日記を開いて初めてその事に気付いた私。本当にバカです。鈍感です。

読み進めるごとに私の事も記されていてどんどん貴方との思い出が甦り、この世に生まれ貴方と夫婦になれた幸せを前よりももっともっと感じるようになりました。それはもしかしたら、貴方と一緒に生きて生活していた時よりかもしれません。貴方を忘れる為の儀式が貴方を遠ざける所か皮肉にも益々貴方を連れてきた。私のこの命を、人生を完うしたら、その先でやっぱりまた貴方と巡り合い夫婦になりたい、そう強く思うようになったのです。永遠に貴方の妻でいたいのです。

私、相手の方にはお断りを入れようと思います。貴方、それでいいですよね。

貴方が何時か『あの世が有るとして、もし自ら命を絶ったらあの世では逢いたい人に会えない』そう仰有った。私もそんな気がします。貴方に一日も早く逢いたいですけど、私は私の一生を完うしてからそちらに行きます。貴方、それまで待っていてくれますか。行ったらまた私と一緒になってくださいますか。映画『ひまわり』じゃないですけど、他の人をお嫁さんに貰っていたりしちゃ嫌ですよ。独身を貫く以上、貴方もそちらで独身で居てくださいね。あら、でもそれじゃ貴方が可哀相ね。貴方も男です。長い間鰥夫でも可哀相ですから大目にみて私が行くまでは他のひとと付き合っていてもいいです。浮気ならいいです。でも本気にはならないでくださいね。私がそちらに参りましたらその方とは終わりにしてくださいね。行ったら『あら、どちらのおばあちゃん?』そう言われないよう、貴方と一緒になった頃の姿になって貴方の前に立ちます。そちらでは自分の一番成りたい年齢の姿に成れる、私そう思っていますから。貴方、私その頃の私でいいですよね。そしたら『これが俺の妻だ』とそちらの方々に紹介してくださいね。決して妻を娶ったりしてちゃ嫌ですよ。貴方の妻は私だけ、その事は頑として守ってくださいね。私をずっとずっとこの先も永遠に貴方の妻で居させてくださいね。お願いします。

でも、もしあの世が無くてそこに貴方が存在せず、私の存在も有り得なくて貴方に逢えないとしても私、それはそれで後悔はなくってよ。だって、この世が全て、この世で生きた事が全てとしたら、私は貴方の永遠の唯一の妻という事になりますもの。《貴方の永遠の唯一の妻》何て素適な響きでしょう。

貴方ともう永遠に会えない、もしそうであっても私、悲しまないよう努力する。一つの銀河の寿命は一四〇億年と言われています。それに対して私たち人間の命は僅か一〇〇年かもしれませんけど、でも確かに存在し、確かに貴方と出会い、確かに愛し合えた、それは永遠

の事実なんですもの。誰が何と言おうと、宇宙の神様仏様が何と言おうとその事実は消せな

い。それは貴方との出会いだけじゃなく、私が生きて会えた人全て。父であり、母であり、

友人であり、全ての人。私、次の世、あの世が無くても後悔も悲しみもしないようにします。

もう貴方に会えないからといって後ろ向きにはならないわ。

私ね、歴史に残る偉人よりもノーベル賞を取った過去の人よりも、私が実際に今出会って

いる人の方が大切だって思うの。何故かそう思うようになったの。だから今の一瞬の短い時

間を一緒に生きている人を大切にしたいの。ごめんなさいね、死んでしまった貴方も大切だ

けど今生きている人の方がもっともっと大切だと思うの。確かに貴方は私の一番大切な人、

大切だった人、一番愛する人、でも現実にはこの世に居ない。でも私は現実にこの世に生き

ている。私、今というこの時を一緒に生きている人、その命を大切にしたいの。

生まれてこられて、生きてこられて、貴方と出会えて、父と母、他の皆んなと出会えて、

私、幸せ。私が死ぬ時はこの幸せの思いを抱いて死ぬわ。胸いっぱい抱いてこの世と地球と

にさよならをするわ。だから後悔なんかしていられない。後悔は有ってもその事を振り返っ

てなんかいられない。時間が勿体無いもの。命が勿体無いもの。この宇宙の、この銀河の渦

の端っこのこの地球で今生きている。貴方との思い出を大切に胸に抱いて、残っている私の

命の時間を精一杯生きてゆくわ。

二〇一八年四月二十五日

これからクリス・ハートの「いのちの理由」を聴きます。

貴方の永遠の唯一の妻・静香

永遠のハズバンドへ

貴方へ――

私ね、今ね、貴方の日記読み終えてしまって何だか悲しい気持ちで一杯なの。どうしてでしょうね。

残り少なくなって、終わりに近づいて、終わらないでほしい、永遠に終わりが無ければいいと、涙が滲んで来て困りましたの。

でも確実に終わりはきてしまった。

私ね、このままではいけない、貴方の事ばかり想っていてはいけない、そう自分に強引に言い聞かせなければならない時が来た、そう思い始めたの。でなければ何時までも前に進めない。

本当はもっともっと、いえ、死ぬまでずっとずっと書きたい、そんな気持ちですけど、でも反面、これではいけない、このままだと、今現実に生きている私の周りの大切な人達を悲しませてしまう事になる。そう思うようになったの（やっと大人に成ったのかしら）。

ですから貴方、ごめんなさいね。申し訳ありませんけど、手紙、あと三回で終わりにさせて下さい。でないと私、過去に囚われてばかりで、振り向いてばかりで本当の前を向けない。

貴方への手紙、本当にもう終わりにしなければいけない、やめにしなければと決めたの。貴方、私の我が儘な決断、許してくださいね。貴方のことだもの、きっと賛成してくれると私信じています。

私、本当に、本当に実行します。実行の鬼になります。

貴方の影響かしら、私、今日詩らしき物を書いてみましたの。笑わないで読んでみてくださる。きっとよ。

あ、この風、つむじ風
貴方を攫って行った風
あの日、秋の林の径で
私は貴方を見失い、泣き崩れた

確かにこの世には有る、人攫いの風
どうせなら私も一緒に攫ってほしかった
連れて行ってほしかった
何処へ？
何処かへ
貴方と一緒の場所へ

貴方、点数にしたら何点？　十点、二十点？

私の体ね、最近何だか不思議なの。体というより心ね。場所も時間も選ばず突然に心が温かみを感じてくる事が有るの。胸の奥深くから無性に喜びが湧き上がってくるというか、その喜びが何の喜びかも分からないのですけど、間違いなく喜びなの。

言葉にすれば嬉しさの喜びとでも言うのか、それが生きている事の喜びなのか何なのか判然としないのですけど、とにかく喜びの感情のようなものなの。すると嬉しさで心も体もじっとしていられなくなってきて、胸が幸せ感で震えて止まらなくなる。

貴方、私がそんな状態の時、若しかしたら私の側に貴方が来てらっしゃるのじゃありません？　来てその両腕で私を包んでくれているのじゃありません？

「あ、今、貴方に守られている」そんな時、何時も私、そんな気がしちゃうの。

貴方、話は変わりますが「子ども食堂」って知ってます？

今の日本で起こり始めた、種々な事情で満足に食事が取れない子供に無料で食事を提供する食堂です。食堂と言っても普通の家のようなものですけど。もちろんボランティア。

何て素適な事をされている方がいらっしゃるのだろうと感銘いたします。今の時代貧富の差が激しくなってきて、富と貧との家庭を比べましたら圧倒的に貧の方が多くなってきている時代。子供の内、十人に一人は貧困に喘いで満足な食事をしていない統計さえ出ています。

ところが驚く事に食堂をされる人々は決して富の人じゃない方。自分の生活自体、日々大変な筈なのに。何でしょうこの行ない、行為は？

ふと思うのは、貧しさや苦しさ、食べる物の無い辛さを知っていられるから、誰の子であれ、子供にそんな思いはさせたくないという心が有るからじゃないかしら。人って、誰かの為に役立ちたい、そういう心根が有るから出来る優しさの表現なのじゃないかしら（「優しさ、それは心に咲く花」、貴方の本棚の誰かの詩にそう書いて有った気がしますが、さて、どなただったか）。

最初一人で始められた無償の行為が、今では近所の方々の手伝いも増え始め、皆さん、生き生きとしてらっしゃる、眼が輝いてらっしゃる。フードバンクというのを立ち上げられる方も出て、企業やコンビニ等から捨てられる、まだまだ食べられる食品を集めて、これもまた無償で困った方や施設に配っている。更にこの行為が進んで、生活に困窮しているご老人などの為の食堂も出来始めた由。

何て素適な方々が居られるのでしょう。何て素適な日本なのでしょう。日本もまだまだ捨てたものじゃないですわね。

貴方、私も絶対、そんな素適な事を手伝わせてもらう心算でいますから、そちらから応援して下さいね。子供達は皆んな人類の宝ものだと思って。

人って素適ねと沁沁（しみじみ）思っている静香より

二〇一八年四月二十八日

追伸　あと二回です。

貴方へ――

私、素適な事を思い付きましたわ。何だか分かります？　分からないでしょうね。では発表。私、由紀さんを応援しようと思うの。あの子はこの八年どんなに苦しんできた事でしょう。貴方を死なせてしまったというその苦しみの傷は永遠に癒える事はない。生ある限り胸に残って彼女を苦しませ続ける。

先日、由紀さんとお母様にお会いして種々お話をしました時にちょっと気になった事がありましたの。今、由紀さん看護師になろうとして看護学校に行っているとの事ですが、お母様が「この子、人の命を守りたいって看護師になろうとしていますが、高校の進学指導の先生に医学部受験を進められたんです。でも、私に甲斐性が無かったものですから……」

私、先日、お母様だけに会ってきました。そして由紀さんの本心を知りました。由紀さん、中学の時お母さんに言ったんですって。「私、命を助けられた。今度は私が人の命を助けられる人間になりたい。医者になって命を助けたい」。それからの由紀さんの学業成績は常に学年で一番。でも高校に入るとその事は一切言わなくなった。医大に通うにはたくさんのお金が掛かりますものね。その事を知っていたからなのでしょう、医者になろうとは言わなくなったとの事。

私、お母様からその話を聞いて、或る事が天啓のように脳の中に降臨しましたの。降臨？

凄い言葉ね。貴方何だか分かります？　分からないでしょうね。

　では答え。またまた発表。もし由紀さんの心の中にまだお医者さんになりたいという希望が有るなら、私、それを応援しようと思うの。経済的にバックアップさせていただいて医者の道に進んでもらいたいって思うの。彼女、より人の命を助ける仕事に就く事によって、貴方を死なせてしまったという一生負い続ける彼女の心の苦しみを薄められるような気がするの。消える事が無いならせめて忘れていられる時間をより多く持ってほしいの。貴方が自分の命に代えて残した大切な人ですもの。言わば貴方の命、貴方の分身、貴方の子供ですもの。幸せに生きてほしい、幸せになってほしいの。希望通りの道に進んでほしいの。私、あの子の支えになりたいの。貴方が命を賭けたあの子の夢の実現の力になりたいの。

　由紀さん、貴方に助けられた自分の命を考えるようになって学業を頑張ってきた事、間違いない気がする。ねえ貴方、私の考え、いえ、私の希望、どう思います？

「お、それはいい考えだねぇ。さすが俺の女房。いい女を嫁に貰ったものだ」、貴方そちらでそう言って満面の笑みを浮かべているような気がします。

　のほほんとして何時も行動の遅い私ですが、即、行動に移しました。後日直ぐ由紀さんと待ち合わせて公園の片隅のブランコで二人だけで話し合いました。根掘り葉掘り聞いてゆくうちに、やっぱりこの子は貴方の影響を受け続けて生きてきた、貴方の苦しみから逃れられずに生きてきた、そう確信いたしました。

　私、単刀直入に聞きました。看護師は人の命に関わる大切な仕事。でも貴女の中学の頃からの夢だった医者になりたい、医師になってより多くの人の命を救いたい気持ちはまだ心の中に残っているの？　と。彼女暫く答えませんでしたが、死んだ私の夫が聞いていると思って正直に答えて頂戴と言うと、「ごめんなさい。今でも成りたいです」とポツンと小さな声。

その瞬間、私の心は決まりました。由紀さんの後援会長になって、彼女の夢の実現の支援をさせていただく。「経済的な面はバックアップさせていただく。だから挑戦してみて」と言うと、彼女「でもそれじゃ申し訳ないし、第一私の頭で医大に入れるかどうか」と力の無い声。私、言ってやりましたの。「貴女の成績、学年で常に一番。調べはついてるわ」「でも私の成績はあくまで普通の公立校のですから」「一番は一番。しかも貴女の希望を知っている進路指導の先生に医大受験を進められたそうじゃないの。もし一年で無理でも何度でも挑戦すればいい事。静香探偵事務所は調査済みよ」それでも前向きになれず顔を上げないので「あの世に調査員を出張させて夫の意向を確認してきました。『挑戦させろ』その一言だったそうです」。

彼女、顔を上げて私をまじまじと見ました。

「これは夫の意志です。妻の私が言うのですから間違いありません」、さらにそう断言すると、彼女の瞳、大きくなったかと思うと大粒の涙がボロボロ。言葉は出ず、涙が後から後からボロボロ出続けました。

天から貴方の声「一件落着」。落着ついでに、医者になったら私の、私の父母の、篠田家の主治医になってくださいねとお願いしておきましたわ。「はい」と頷いてくれた。私、何だか楽しくなってきましたわ。この世でやりがいを見つけたってことかしら。

二〇一八年五月三日

名探偵並びに名進路指導係

静香より

あの世で満足の大笑いをしている夫へ

追伸

ついにあと一回になりました。貴方とまだまだ繋がっていたい思いは強くて、意気地の無い私は挫けそうですが、もう終わりにする、前を向こうと決心したのは私です。これは自分自身との約束です。

ですから、本当に本当にあと一回で終わりにしますね。最後にしますね。

貴方へ――

最後のお手紙です。

「妻よ、由紀さんを説得するのに随分僕を登場させたね。まあ、でも人を幸せにする嘘は大いに結構」そう言って笑う貴方の顔が見えるようです。

私、仕事頑張ります。父と母をもっともっと手伝って『和菓子・しの田』を大いに売り込みます。売上を上げて、お給料も増やして貰い、由紀さんの合格に備えます。明日からお店の中だけじゃなく、営業にも出て曽我さんの本当の後継者にもなります。

「人って、誰の為に生きる、頑張るのが一番幸せなんだろう?」貴方そう仰有った。私がお答えしてあげます。アンサー、それは自分以外の誰か、愛する者の為。あらあら、私って学校の先生みたい。

人間って不思議ね。自分の事より他の人の為に頑張れるなんて。ほんと不思議。勿論、自分の為の事も嬉しい、でも、自分以外の人の為ならもっと嬉しい、そう思うもの。

貴方の日記、読み終えてしまって何だか淋しいですが、これから今までよりもっともっと仕事に集中して頑張ります。ですから貴方に書く手紙の時間が無くなりますけど許してください。「淋しいから無くすなよ」そう仰有っても無理。今は貴方の事は二番目、いや、三番目、違うわ四番目かな。一番は由紀さんの合格に備えての預金。二番目は両親、三番目は私、四番目にやっと貴方ね。どう悔しい? 悔しいと思ったら私の事、いっぱいいっぱい想って。そしたら三番目に昇格してあげる。これ、私の焦らし戦略。焦らして焦らして焦らし続けると、貴方、我慢出来なくなって毎晩私の夢に出てくるようになるかも。そしたら私の思う壺、なんてね。

まあ冗談はこのくらいにして、本当にお手紙は書けなくなりますけど許してね。

貴方にまたお会いするまで、お会い出来るまで、銀河の渦の中の地球のこの世で、私、精一杯生きますね。生きて生きて、この世の神様仏様に呆れ返られるほど生きてからそちらに参ります。それまではご機嫌ようです。本当に本当にご機嫌ようです。
ではまた。ご機嫌よう、さようならです。

二〇一八年五月八日

暫くのお別れにニニロッソの「蛍の光」を流します。

静香

あとがき

滅び

あなたのいのち
私のいのち
あの人のいのち
この人のいのち

全ては移ろい
現世(うつしよ)から消えて無くなる
跡形も無く
夢のように……
だがそれは
確かに存在したという

生を授かった事に感謝しながらの
美しい滅び

人との出会い、結び付きはほんの一瞬。
一期一会、会者定離。
読んでいただく事はその人の大切な命の時間を、
作者がいただく事に外(ほか)ならない。
とすれば、繙いていただく事は何と感謝に堪えない行為であろう。
人はありがたい。
生きていることはありがたい。
皆様の命の時間が、
素適な輝きに満ちておりますようにと祈りつつ……。

二〇二二年夏

松原寿幸

やがて来る……

この世に生まれ
生きた証し
言うなれば命の表現という事であろうか
かけがえの無いこの時間を生きている奇跡
生きて
愛し愛される喜び
そんなものを描きたい
そんなものを心の襞に美しく刻み付けたい
やがて来る別れ
永遠の眠りの前に

――私にとっての文学――

著者プロフィール

松原 寿幸（まつばら ひさゆき）

1956(昭和31)年　岩手県出身。
同人詩誌「東京四季」同人。

松原寿幸小説集　八月の哀しみ　他３編

2023年５月15日　初版第１刷発行

著　者　松原 寿幸
発行者　瓜谷 綱延
発行所　株式会社文芸社
〒160-0022　東京都新宿区新宿1－10－1
電話　03-5369-3060（代表）
03-5369-2299（販売）

印刷所　株式会社フクイン

ISBN978-4-286-29004-1